〈都市〉文学を読む

鼎書房

はじめに

○本書は日本の近代文学のなかから、精読にたえうるすぐれた短篇小説を集めたものである。
○編纂にあたっては、文学史的な流れに配慮しつつ、特に〈都市〉論的な解読の可能なものを中心に配列した。
○作品は原則として当該作家の最新の全集ないしはそれに準ずるものを底本にし、原則として旧漢字は新漢字に改めた。
○それぞれの作品には、〈テキスト〉〈解説〉〈参考文献〉を付した。
〈テキスト〉は、初出、初収刊本および底本について記した。〈解説〉では、主として〈都市〉論的コンセプトによる読みの可能性を中心に、読解上の問題点を簡潔に記した。〈参考文献〉は、新しいものを中心に基本的な先行研究をあげた。
○巻末の「〈都市〉論へのいざない」は、特に近代文学研究における〈都市〉論的アプローチについて、と留意点を概観したものである。
○本書によって、特に若い世代のなかから近代小説への関心と新しい読み換えが生ま

〈都市〉文学を読む　目次

夜行巡査

泉　鏡花

一

「こう爺様《ぢいさん》、お前何処《めえどこ》だ。」と職人体《しよくにんてい》の壮佼《わかもの》は、其傍《そのかたはら》なる車夫《しやふ》の老人《らうじん》に向《むか》ひて問懸《とひか》けたり。車夫《しやふ》の老人《らうじん》は年紀《とし》既《すで》に五十を越《こ》えて、六十にも間《ま》はあらじと思《おも》はる。餓《う》ゑてや弱々《よわ〳〵》しき声《こゑ》の然《しか》も寒《さむ》さにをのゝきつゝ、

「何卒真平御免《どうぞまつぴらごめん》なすつて、向後屹《かうごきつ》と気《き》を着《つ》けますする。へい〳〵。」

と、どぎまぎして慌《あわ》て居《を》れり。

「爺様慌《ぢいさんあわ》てなさんな。こう己《おり》や巡査《じゆんさ》ぢやねえぜ。え、おい可哀相《かはいさう》に余程面食《よつぽどめんくら》つたと見《み》える、全体《ぜんたい》お前《めえ》、気《き》が小《ちひ》さ過《す》ぎらあ。なんの縛《しば》らうとは謂《い》やしめえし、彼様《あんな》に怯気々々《びく〳〵》しねえでものことさ。俺片一方《おらあかたいつぱう》で聞《き》いててせえ少癇癪《すこかんしやく》に障《さは》つて堪《こた》へられなかつたよ。え、爺様《ぢいさん》、聞《き》きやお前《めえ》の扮装《みなり》が悪《わる》いとつて咎《とが》めた様《やう》だつけが、それにしちやあ咎《とが》め様《やう》が激《はげ》しいや、他《ほか》にお前何《めえなん》ぞ仕損《しぞこな》ひでもしなすつたのか、えゝ、爺様《ぢいさん》。」

問《と》はれて老車夫《らうしやふ》は吐息《といき》をつき、

「へい、誠《まこと》に吃驚《びつくり》いたしました。巡査様《おまはりさん》に咎《とが》められましたのは、親父今《おやぢいま》が最初《はじめて》で、はい、もう何《ど》うなりまするとことやらと、人心地《ひとごこち》もござりませなんだ。いやもうから意気地《いくぢ》がござりません代《かはり》にや、決《けつ》して後暗《うしろぐら》いことはいたしません。

唯今《たゞいま》とても別《べつ》に不調法《ぶてうはふ》のあつた訳《わけ》ではございませんが、股引《もゝひき》が破《やぶ》れまして、膝《ひざ》から下《した》が露出《むきだし》でございますので、見苦《みぐる》しいと、こんなにおつしやります、へい、御規則《ごきそく》も心得《こゝろえ》ないではございませんが、つい届《とゞ》きませんもんで、へい、唐突《だしぬけ》にこら!ツて喚《わめ》かれましたのに驚《おどろ》きまして、未《いま》だに胸《むね》がどき〳〵いたしまする。」

壮佼《わかもの》は頻《しきり》に頷《うなづ》けり。

「むゝ、左様《さう》だらう。気《き》の小《ちひ》さい維新前《むかし》の者《もの》は得《え》て巡的《じゆんてき》を恐《こは》がる奴《やつ》よ。何《なん》だ、高《たか》がこれ股引《もゝひき》が無《ね》えからとつて、仰山《ぎやうさん》に咎立《とがめだて》をするにやあ当《あた》らねえ。主《ぬし》の抱車《かゝへぐるま》ぢやあるめえし、ふむ、余計《よけい》なおせつかいよ、喃爺様《なあぢいさん》、向《むか》うから謂《い》はねえたつて、此寒《このさむ》いのに股引《もゝひき》は此方《こつち》で穿《は》きてえや、其処《そこ》が各々《めい〳〵》の内証《ないしよう》で穿《は》けねえから、穿《は》けねえのだ。何《なに》も穿《は》かねえといふんぢやねえ。然《しか》もお提灯《ちやうちん》より見《み》ツこのねえ闇夜《やみ》だらうぢやねえか、風俗《ふうぞく》も糸瓜《へちま》もあるもんか。汝《うぬ》が商売《しやうばい》で寒《さむ》い思《おも》ひをするからたつて、何《なに》も人民《じんみん》にあたるにやあ及《およ》ばねえ。ん!寒鴉《かんがらす》め。彼様奴《あんなやつ》も滅多《めつた》にやねえよ、往来《わうらい》の少《すく》ない処《ところ》なら、昼《ひる》だつてひよぐる位《ぐらゐ》は大目《おほめ》に見《み》てくれらあ、業腹《ごふはら》な。我《おら》あ別《べつ》に人《ひと》の褌襠《ふんどし》で相撲《すまふ》を取《と》るにもあたらねえが、これが若《わか》いものでもあることか、可哀相《かはいさう》によぼ〳〵の爺様《ぢいさん》だ。こう、腹《はら》あ立《た》てめえよ、真個《ほんに》さ、此状《このざま》で腕車《くるま》を曳《ひ》くなあ、よく〳〵のことだと思《おも》ひねえ。チヨツ、べら棒《ぼう》め。洋刀《サアベル》がなけりや袋叩《ふくろだたき》にして遣《や》らうものを、威張《ゐば》るのも可《い》い加減《かげん》にして置《お》けえ。へむ、お堀端《ほりばた》あ此方人等《こちとら》のお成筋《なりすぢ》だぞ、罷間違《まかりまちが》やあ胴上《どうあ》げして鴨《かも》のあしらひにしてやらあ。」

口《くち》を極《きは》めて既《すで》に立去《たちさ》りたる巡査《じゆんさ》を罵《のゝし》り、満腔《まんかう》の熱気《ねつき》を吐《は》きつゝ、思《おも》はず腕《うで》を擦《さす》りしが、四谷組合《よつやくみあひ》と記《しる》したる煤《すゝ》け提灯《ちやうちん》の蠟燭《らふそく》を今継足《いまつぎた》して、力無《ちからな》げに梶棒《かぢぼう》を取上《とりあ》ぐる老車夫《らうしやふ》の風采《ふうさい》を見《み》て、壮佼《わかもの》は打悄《うちしを》るゝまでに哀《あはれ》を催《もよほ》し、「而《さう》して爺様《ぢいさん》稼人《かせぎて》はお前《めえ》ばかりか、孫子《まごこ》はねえのかい。」

優《やさ》しく謂《い》はれて、老車夫《らうしやふ》は涙《なみだ》ぐみぬ。

「へい、難有《ありがた》う存《ぞん》じます、いやも幸《さいはひ》と孝行《かうかう》な悴《せがれ》が一人《ひとり》居《を》りまして、能《よ》う稼《かせ》いでくれまして、お前様《まへさん》、此様《こん》な晩《ばん》にや行火《あんくわ》を抱《だ》いて寝《ね》て居《ゐ》られる勿体《もつたい》ない身分《みぶん》でございましたが、悴《せがれ》はな、お前様《まへさん》、此秋兵隊《このあきへいたい》に取《と》られましたので、後《あと》には嫁《よめ》と孫《まご》が二人皆《ふたりみん》な快《こゝろよ》う世話《せわ》をしてくれますが、何分《なにぶん》活計《くらし》が立兼《たちか》ねますので、蛙《かへる》の子《こ》は蛙《かへる》になる、親仁《おやぢ》も旧《もと》は此家業《このかげふ》をいたして居《を》りましたから、年紀《とし》は取《と》つても些少《ちつと》は呼吸《こきふ》がわかりますので、悴《せがれ》の腕車《くるま》を斯《か》うやつて曳《ひ》きますが、何《なに》が、達《たつ》者《しや》で、綺麗《きれい》で、安《やす》いといふ、三拍子《さんびやうし》も揃《そろ》つたのが競争《きやうさう》をいたしますのに、私《わたし》の様《やう》な腕車《くるま》には、それこそお茶人《ちやじん》か、余《よつ》程《ぽど》後生《ごしやう》の善《い》いお客《きやく》でなければ、とても乗《の》つてはくれませんで、稼《かせ》ぐに追着《おひつ》く貧乏《びんぼふ》なしとはいひまするが、何《ど》うしていくら稼《かせ》いでも其日《そのひ》を越《こ》すことが出来悪《できにく》うござりますから、自然装《しぜんなり》なんぞも構《かま》ふことは出来《でき》ませんので、つい、巡査様《おまはりさん》に、はい、お手数《てかず》を懸《か》けるやうにもなりまする。」

最長々《いとなが〳〵》しき繰言《くりごと》をまだるしとも思《おも》はで聞《き》きたる壮佼《わかもの》は一方《ひとかた》ならず心《こゝろ》を動《うご》かし、

「爺様《ぢいさん》、否《いや》たあ謂《い》はれねえ、むゝ、道理《もつとも》だ。聞《き》きや一人息子《ひとりむすこ》が兵隊《へいたい》になつてるといふぢやねえか、大方戦争《おほかたせんさう》にも出《で》るんだらう、そんなことなら黙《だま》つて居《ゐ》ないで、どし〳〵言籠《いひこ》めて隙《ひま》あ潰《つぶ》さした埋合《うめあは》せに、酒代《さかて》でもふんだくつてやれば可《い》いに。」

「えゝ、滅相《めつさう》な、しかし申訳《まをしわけ》のためばかりに、其事《そのこと》も申《まを》しましたなれど、一向《いつかう》お肯入《きゝいれ》がござりませんので。」

壮佼《わかもの》はます〳〵憤《いきどほ》り一入憐《ひとしほあはれ》みて、

「何《なん》といふ木念人《ぼくねんじん》だらう、因業《いんごふ》な寒鴉《かんがらす》め。トいつた処《ところ》で仕方《しかた》もないかい。時《とき》に爺様《ぢいさん》、手間《てま》は取《と》らさねえから其処等《そこいら》まで一処《いつしよ》に歩《あゆ》びねえ。股火鉢《またひばち》で五合《ごんつく》とやらかさう。ナニ遠慮《ゑんりよ》しなさんな、些相談《ちとさうだん》もあるんだからよ。はて、可《い》いわな。お前《めえ》稼業《かげふ》にも似合《にあ》はねえ。馬鹿《ばか》め、こんな爺様《ぢいさん》を摑《つか》めえて、剣突《けんつく》も凄《すさ》まじいや、何《なん》だと思《おも》つて居《ゐ》やがんでえ、こう指《ゆび》一本《いつぽん》でも指《さ》して見《み》ろ、今《いま》ぢや己《おいら》が後見《こうけん》だ。」

憤慨《ふんがい》と、軽侮《けいぶ》と、怨恨《ゑんこん》とを満《み》たしたる、視線《しせん》の赴《おもむ》く処《ところ》、麹町一番町英国公使館《かうぢまちいちばんちやうえいこくこうしくわん》の土塀《どべい》のあたりを、柳《やなぎ》の木立《こだち》に隠見《いんけん》して、角燈《かくとう》あり、南《みなみ》をさして行《ゆ》く。其光《そのひかり》は暗夜《あんや》に怪獣《くわいじう》の眼《まなこ》の如《ごと》し。

二

公使館《こうしくわん》の辺《あたり》を行《ゆ》く其怪獣《そのくわいじう》は八田義延《はつたよしのぶ》といふ巡査《じゆんさ》なり。渠《かれ》は明治二十七年十二月十日《めいぢにじふしちねんじふにぐわつとをか》の午後零時《ごごれいじ》を以《も》て某町《なにがしまち》の交番《かうばん》を発《はつ》し、一時間交替《いちじかんかうたい》の巡回《じゆんくわい》の途《と》に就《つ》けるなりき。

其歩行《そのあゆむ》や、此巡査《このじゆんさ》には一定《いつてい》の法則《はふそく》ありて存《そん》するが如《ごと》く、晩《おそ》からず、早《はや》からず、着々《ちやく〳〵》歩《ほ》を進《すゝ》めて路《みち》を行《ゆ》くに、身体《からだ》は屹《きつ》として立《た》ちて左右《さいう》に寸毫《すんがう》も傾《かたむ》かず、決然自若《けつぜんじじやく》たる態度《たいど》には一種《いつしゆ》犯《をか》すべからざる威厳《ゐげん》を備《そな》へつ。

制帽《せいばう》の庇《ひさし》の下《した》に物凄《ものすご》く潜《ひそ》める眼光《がんくわう》は、機敏《きびん》と、鋭利《えいり》と厳酷《げんこく》とを混《こん》じたる、異様《いやう》の光《ひかり》に輝《かゞや》けり。渠《かれ》は左右《さいう》の物《もの》を見《み》、上下《じやうげ》のものを視《なが》むる時《とき》、更《さら》に其顔《そのかほ》を動《うご》かし、首《くび》を掉《ふ》ることをせざれども、瞳《ひとみ》は自在《じざい》に回転《くわいてん》して、随意《ずゐい》に其用《そのよう》を弁《べん》ずるなり。

然《さ》れば路《みち》すがらの事々物々《じゞぶつ〳〵》、譬《たと》へばお堀端《ほりばた》の芝生《しばふ》の一面《いちめん》に白《しろ》く仄見《ほのみ》ゆるに、幾条《いくでう》の蛇《くちなは》の這《は》へるが如《ごと》き人《ひと》の踏《ふ》みしだきたる痕《あと》を印《いん》せること、英国公使館《えいこくこうしくわん》の二《に》階《かい》なる硝子窓《がらすまど》の一面《いちめん》に赤黒《あかぐろ》き燈火《ともしび》の影《かげ》の射《さ》せること、其門前《そのもんぜん》なる二柱《にちう》の瓦斯《がす》燈《とう》の昨夜《さくや》よりも少《すこ》しく暗《くら》きこと、往来《わうらい》の真中《まんなか》に脱捨《ぬぎす》てたる草鞋《わらぢ》の片足《かたあし》の、霜《しも》に凍《い》て附《つ》きて堅《かた》くなりたること、路傍《みちばた》にすく〳〵と立併《たちなら》べる枯柳《かれやなぎ》の、一陣《いちぢん》の北風《きたかぜ》に颯《さ》と音《おと》して一斉《いつせい》に南《みなみ》に靡《なび》くこと、遙《はる》か彼方《あなた》にぬつくと立《た》てる電燈局《でんとうきよく》の煙筒《えんとう》より一縷《いちる》の煙《けむり》の立騰《たちのぼ》ること等《とう》、凡《およ》そ這般《このはん》の些細《ささい》なる事柄《ことがら》と雖《いへど》も一《ひとつ》として件《くだん》の巡査《じゆんさ》の視線《しせん》以外《いぐわい》に免《のが》るゝことを得《え》ざりしなり。

然《しか》も渠《かれ》は交番《かうばん》を出《い》でて、路《みち》に一個《いつこ》の老車夫《らうしやふ》を叱責《しつせき》し、而《しか》して後此処《のちこのところ》に来《きた》れるまで、たゞに一回《くわい》も背後《うしろ》を振返《ふりかへ》りしことあらず。

渠《かれ》は前途《ぜんと》に向《むか》ひて着眼《ちやくがん》の鋭《するど》く、細《こま》かに、厳《きび》しきほど、背後《うしろ》には全《まつた》く放心《はうしん》せるものの如《ごと》し。如何《いかに》となれば背後《うしろ》は既《すで》に一旦《いつたん》我《わ》が眼《まなこ》に検察《けんさつ》して、異状《いじやう》なしと認《みと》めてこれを放免《はうめん》したるものなればなり。

兇徒《きようと》あり、白刃《はくじん》を揮《ふる》ひて背後《うしろ》より渠《かれ》を刺《さ》さむか、巡査《じゆんさ》は其呼吸《そのいき》の根《ね》の留《と》まらむまでは、背後《うしろ》に人《ひと》あるといふことに、思《おも》ひ到《いた》ることはなかるべし。他《た》なし、渠《かれ》は己《おの》が眼《まなこ》の観察《くわんさつ》の一度《いちど》達《たつ》したる処《ところ》には、譬《たと》ひ藕糸《ぐうし》の孔中《こうちう》と雖《いへど》も一点《いつてん》の懸念《けねん》をだに遺《のこ》し置《お》かざるを信《しん》ずるに因《よ》れり。

故《ゆゑ》に渠《かれ》は泰然《たいぜん》と威厳《ゐげん》を存《そん》して、他意《たい》なく、懸念《けねん》なく、悠々《いう〱》として唯前途《たゞぜんと》のみを志《こゝろざ》すを得《う》るなりけり。

其靴《そのくつ》は霜《しも》のいと夜深《よふか》きに、空谷《くうこく》を鳴《なら》して遠《とほ》く跫音《きようおん》を送《おく》りつゝ、行《ゆ》く〱一番町《いちばんちやう》の曲角《まがりかど》の良此方《やゝこなた》まで進《すゝ》みける時《とき》、右側《みぎがは》の唯《と》ある冠木門《かぶきもん》の下《した》に踞《うづく》まれる物体《ぶつたい》ありて、我《わ》が跫音《あしおと》に蠢《うご》めけるを、例《れい》の眼《まなこ》にて屹《きつ》と見《み》たり。

八田巡査《はつたじゆんさ》は屹《きつ》と見《み》るに、こは最寠々《いとやつ〱》しき婦人《をんな》なりき。

一個《ひとり》の幼児《をさなご》を抱《いだ》きたるが、夜深《よふけ》の人目無《ひとめな》きに心《こゝろ》を許《ゆる》しけむ、帯《おび》を解《と》きて其幼児《そのをさなご》を膚《はだ》に引緊《ひきし》め、着《き》たる襤褸《らんる》の綿入《わたいれ》を衾《ふすま》となして、少《すこ》しにても多量《たりやう》の暖《だん》を与《あた》へむとせる、母《はゝ》の心《こゝろ》はいかなるべき。よしや其母子《そのおやこ》に一銭《いつせん》の恵《めぐみ》を垂《た》れずとも、誰《たれ》か憐《あはれ》と思《おも》はざらむ。

然《しか》るに巡査《じゆんさ》は二《ふた》つ三《み》つ婦人《をんな》の枕頭《まくらもと》に足踏《あしぶみ》して、

「おいこら、起《お》きんか、起《お》きんか。」

と沈《しづ》みたる、然《しか》も力《ちから》を籠《こ》めたる声《こゑ》にて謂《い》へり。

婦人《をんな》は慌《あわたゞ》しく蹶起《はねお》きて、急《きふ》に居住《ゐずま》ひを繕《つくろ》ひながら、

「はい、」と答《こた》ふる歯《は》の音《ね》も合《あ》はず、其《その》まゝ土《つち》に頭《かうべ》を埋《うづ》めぬ。

巡査《じゆんさ》は重々《おも〱》しき語気《ごき》を以《も》て、

「はいでは無《な》い、こんな処《ところ》に寝《ね》て居《ゐ》ちやあ下可《いか》ん、疾《はや》く行《ゆ》け、何《なん》といふ醜態《しうたい》だ。」

と鋭《するど》き音調《おんてう》。婦人《をんな》は恥《は》ぢて呼吸《いき》の下《した》にて、

「はい、恐入《おそれい》りましてございます。」

恁《か》く打謝罪《うちわぶ》る時《とき》しも、幼児《をさなご》は夢《ゆめ》を破《やぶ》りて、睡眠《すゐみん》の中《うち》に忘《わす》れたる、饑《うゑ》と寒《さむ》さとを思出《おもひだ》し、あと泣出《なきいだ》す声《こゑ》も疲労《ひらう》のために裏涸《うらが》れたり。母《はゝ》は見《み》るより人目《ひとめ》も恥《は》ぢず、慌《あわ》てて乳房《ちぶさ》を含《ふく》ませながら、

「夜分《やぶん》のことでございますから、何卒旦那様《どうぞだんなさま》お慈悲《じひ》でございます。大眼《おほめ》に御覧遊《ごらんあそ》ばして。」

巡査《じゆんさ》は冷然《れいぜん》として、

「規則《きそく》に夜昼《よるひる》は無《な》い。寝《ね》ちやあ不可《いか》ん、軒下《のきした》で。」

折《をり》から一陣荒《ひとしきりすさ》ぶ風《かぜ》は冷《れい》を極《きは》めて、手足《てあし》も露《あら》はなる婦人《をんな》の膚《はだ》を裂《さ》きて寸断《すんだん》せむとせり。渠《かれ》はぶるぶると身《み》を震《ふる》はせ、鞠《まり》の如《ごと》くに竦《すく》みつゝ、

「堪《たま》りません、もし旦那《だんな》、何卒《どうぞ》、後生《ごしやう》でございます。少時此処《しばらくこゝ》にお置《お》き遊《あそ》ばして下《くだ》さいまし。此寒《このさむ》さにお堀端《ほりばた》の吹曝《ふきさらし》へ出《で》ましては、こ、この子《こ》が可哀相《かはいさう》でございます。種々災難《いろ〳〵さいなん》に逢《あ》ひまして、俄《には》かの物貰《ものもらひ》で勝手《かつて》は分《わか》りませず……」といひかけて婦人《をんな》は咽《むせ》びぬ。

これを此軒《このゝき》の主人《あるじ》に請《こ》はば、其諾否《そのだくひ》未《いま》だ計《はか》り難《がた》し。然《しか》るに巡査《じゆんさ》は肯入《きゝい》れざりき。

「不可《いかん》、我《おれ》が一旦不可《いつたんいかん》といつたら何《なん》といつても不可《いか》んのだ。譬《たと》ひ汝《きさま》が、観音様《くわんのんさま》の化身《けしん》でも、寝《ね》ちやならない、こら、行《ゆ》けといふに。」

三

「伯父様《をぢさん》お危《あぶな》うございますよ。」

半蔵門《はんざうもん》の方《かた》より来《きた》りて、今《いま》や堀端《ほりばた》に曲《まが》らむとする時《とき》、一個《いつこ》の年紀少《としわか》き美人《びじん》は其同伴《そのつれ》なる老人《らうじん》の蹣跚《まんさん》たる酔歩《すゐほ》に向《むか》ひて注意《ちうい》せり。渠《かれ》は編物《あみもの》の手袋《てぶくろ》を嵌《は》めたる左《ひだり》の手《て》にぶら提灯《ぢやうちん》を携《たづさ》へたり。片手《かたて》は老人《らうじん》を導《みちび》きつゝ。

伯父様《をぢさん》と謂《い》はれたる老人《らうじん》は、ぐらつく足《あし》を踏占《ふみし》めながら、

「なに、大丈夫《だいぢやうぶ》だ。あれんばかしの酒《さけ》にたべ酔《よ》つて堪《たま》るものかい。時《とき》にもう何時《なんどき》だらう。」

夜《よ》は更《ふ》けたり。天色沈々《てんしよくちん〳〵》として風騒《かぜさわ》がず。見渡《みわた》すお堀端《ほりばた》の往来《わうらい》は、三宅坂《みやけざか》にて一度尽《ひとたびつ》き、更《さら》に一帯《いつたい》の樹立《こだち》と相連《あひつらな》る煉瓦屋《れんぐわをく》にて東京《とうきやう》の其局部《そのきよくぶ》を限《かぎ》れる、この小天地寂《せうてんちせき》として、星《ほし》のみ冷《ひや》ゝかに冴《さ》え渡《わた》れり。美人《びじん》は人欲《ひとほ》しげに振返《ふりかへ》りぬ。

百歩《ひやくほ》を隔《へだ》てて黒影《こくえい》あり、靴《くつ》を鳴《なら》して徐《おもむろ》に来《きた》る。

「あら、巡査《おまはり》さんが来《き》ましたよ。」

伯父《をぢ》なる人《ひと》は顧《かへり》みて角燈《かくとう》の影《かげ》を認《みと》むるより、直《たゞ》ちに不快《ふくわい》なる音調《おんてう》を帯《お》び、

「巡査《じゆんさ》が何《ど》うした、お前何《まへなん》だか、嬉《うれ》しさうだな。」

と女《むすめ》の顔《かほ》を瞻《みまも》れる、一眼盲《いちがんし》ひて片眼鋭《へんがんするど》し。女《むすめ》はギツクリとしたる様《さま》なり。

「ひどく寂《さび》しうございますから、もう一時前《いちじまへ》でもございませうか。」

「うむ、そんなものかも知《し》れない、ちつとも腕車《くるま》が見《み》えんからな。」

「ようございますわね、もう近《ちか》いんですもの。」

良無言《やゝむごん》にて歩《ほ》を運《はこ》びぬ。酔《よ》へる足《あし》は捗取《はかど》らで、靴音《くつおと》は早《は》や近《ちか》づきつ。老人《らうじん》は声高《こわだか》に、

「お香《かう》、今夜《こんや》の婚礼《こんれい》は何《ど》うだつた。」と少《すこ》しく笑《ゑみ》を含《ふく》みて問《と》ひぬ。

女《むすめ》は軽《かろ》くうけて、

「大層《たいそう》お見事《みごと》でございました。」

「いや、お見事《みごと》ばかりぢやあない、お前《まへ》は彼《あれ》を見《み》て何《なん》と思《おも》つた。」

女《むすめ》は老人《らうじん》の顔《かほ》を見《み》たり。

「何《なん》ですか。」

「嘸《さぞ》、羨《うらや》しかつたらうの。」といふ声《こゑ》は嘲《あざけ》る如《ごと》し。

女《むすめ》は答《こた》へざりき。渠《かれ》はこの一冷語《いちれいご》のために太《いた》く苦痛《くつう》を感《かん》じたる状《さま》見《み》えつ。

老人《らうじん》は然《さ》こそあらめと思《おも》へる見得《みえ》にて、

「何《ど》うだ、羨《うらやま》しかつたらう。おい、お香《かう》、己《おれ》が今夜《こんや》彼家《あすこ》の婚礼《こんれい》の席《せき》へお前《まへ》を連《つ》れて行《い》つた主意《しゆい》を知《し》つとるか。ナニ、はいだ。はいぢやない。其主意《そのしゆい》を知《し》つてるかよ。」

女《をんな》は黙《もく》しぬ。首《かうべ》を低《た》れぬ。老夫《らうふ》はます〳〵高調子《たかでうし》。

「解《わか》るまい、こりや恐《おそ》らく解《わか》るまいて。何《なに》も儀式《ぎしき》を見習《みなら》はせようためでもなし、別《べつ》に御馳走《ごちそう》を喰《く》はせたいと思《おも》ひもせずさ。たゞ羨《うらやま》しがらせて、情《なさけ》なく思《おも》はせて、お前《まへ》が心《こゝろ》に泣《な》いて居《ゐ》る、其顔《そのかほ》を見《み》たいばつかりよ。はゝゝ。」

口気酒芬《こうきしゆふん》を吐《は》きて面《おもて》をも向《む》くべからず、女《むすめ》は悄然《せうぜん》として横《よこ》に背《そむ》けり。老夫《らうふ》は其肩《そのかた》に手《て》を懸《か》けて、

「何《ど》うだお香《かう》、あの縁女《えんぢよ》は美《うつく》しいの、さすがは一生《いつしやう》の大礼《たいれい》だ。あのまた白《しろ》と紅《あか》との三枚襲《さんまいがさね》で、ト羞《はづか》しさうに坐《すわ》つた恰《かつ》好《かう》といふものは、ありや婦人《をんな》が二度《にど》とないお晴《はれ》だな。縁女《えんぢよ》もさ、美《うつく》しいは美《うつく》しいが、お前《まへ》にや九目《せいもく》だ。婿《むこ》も立派《りつぱ》な男《をとこ》だが、あの巡査《じゆんさ》にや一段《いちだん》劣《おと》る。もしこれがお前《まへ》と巡査《じゆんさ》とであつて見《み》ろ。嘸目《さぞめ》の覚《さ》むることだらう。喃《なあ》、お香《かう》、過日《いつぞや》巡査《じゆんさ》がお前《まへ》をくれろと申込《まをしこ》んで来《き》た時《とき》に、吾《おれ》さへアイと合点《がつてん》すりや、あべこべに人《ひと》を羨《うらや》ましがらせて遣《や》られる処《ところ》よ。然《しか》もお前《まへ》が（生命《いのち》かけても）といふ男《をとこ》だもの、どんなにおめでたかつたかも知《し》れやアしない。しかし何《ど》うもそれ随意《まま》にならないのが浮世《うきよ》つてな、よくしたものさ。我《おれ》といふ邪魔者《じやまもの》が居《を》つて、小気味《こきみ》よく断《ことわ》つた。彼奴《あいつ》も飛《と》んだ恥《はぢ》を掻《か》いたな。はじめから出来《でき》る相談《さうだん》か、出来《でき》ないことか、見当《けんたう》をつけて懸《かゝ》ればよいのに、何《なに》も、八田《はつた》も目先《めさき》の見《み》えない奴《やつ》だ。馬鹿《ばか》巡査《じゆんさ》！」

「あれ伯父様《をぢさん》。」

と声《こゑ》ふるへて、後《うしろ》の巡査《じゆんさ》に聞《きこ》えやせんと、心《こゝろ》を置《お》きて振返《ふりかへ》る、眼《まなこ》に映《えい》ずる其人《そのひと》は、……夜目《よめ》にもいかで見紛《みまが》ふべき。

「おや！」と一言《ひとこと》我知《われし》らず、口《くち》よりもれて愕然《がくぜん》たり。八田巡査《はつたじゆんさ》は一注《いつちう》の電気《でんき》に感《かん》ぜし如《ごと》くなりき。

四

老人《らうじん》は咄嗟《とつさ》の間《あひだ》に演《えん》ぜられたる、このキツカケにも心着《こゝろづ》かでや、更《さら》に気《き》に懸《か》くる様子《やうす》も無《な》く、

「喃《なあ》、お香《かう》、嘸吾《さぞおれ》がことを無慈悲《むじひ》な奴《やつ》と怨《うら》んで居《ゐ》よう。吾《おり》やお前《まへ》に怨《うら》まれるのが本望《ほんまう》だ。いくらでも怨《うら》んでくれ。何《ど》うせ、吾《おれ》もかう因業《いんごふ》ぢや、良《い》い死様《しにざま》もしやアしまいが、何《なに》、そりや固《もと》より覚悟《かくご》の前《まへ》だ。」

真顔《まがほ》になりて謂《い》ふ風情《ふぜい》、酒《さけ》の業《わざ》とも思《おも》はれざりき。女《むすめ》はやう〳〵口《くち》を開《ひら》き、

「伯父様《をぢさん》、貴下《あなた》まあ往来《わうらい》で、何《なに》をおつしやるのでございます。早《はや》く帰《かへ》らうぢやございませんか。」

と老夫《らうふ》の袂《たもと》を曳動《ひきうご》かし急《いそ》ぎ巡査《じゆんさ》を避《さ》けむとするは、聞《き》くに堪《た》へざる伯父《をぢ》の言《ことば》を渠《かれ》の耳《みゝ》に入《い》れじとなるを、伯父《をぢ》は少《すこ》しも頓着《とんぢやく》せで、平気《へいき》に、寧《むし》ろ聞《きこ》えよがしに、

「彼《あれ》もさ、巡査《じゆんさ》だから、我《おれ》が承知《しようち》しなかつたと思《おも》はれると、何《なに》か身分《みぶん》のいゝ官員《くわんゐん》か、金満《かねもち》でも択《えら》んで居《ゐ》て、月給《げつきふ》八円《ゑん》におぞ毛《け》をふるつた様《やう》だが、そんな賤《いや》しい了簡《れうけん》ぢやない。お前《まへ》の嫌《きらひ》な、一所《いつしよ》になると生血《いきち》を吸《す》はれる様《やう》な人間《にんげん》でな、譬《たと》へば癩病坊《かつたゐばう》だとか、高利貸《かうりかし》だとか、再犯《さいはん》の盗人《ぬすつと》とでもいふ様《やう》な者《もの》だつたら、吾《おれ》は喜《よろこ》んで、くれて遣《や》るのだ。乞食《こじき》ででもあつて見《み》ろ、其《それ》こそ吾《おれ》が乞食《こじき》をして吾《おれ》の財産《ざいさん》を皆《みん》な其奴《そいつ》に譲《ゆづ》つて、夫婦《めをと》にしてやる。え、お香《かう》、而《さう》してお前《まへ》の苦《くる》しむのを見《み》て楽《たのし》むさ。けれども彼《あ》の巡査《じゆんさ》はお前《まへ》が心《しん》からすいてた男《をとこ》だらう。あれと添《そ》はれなけりや生《い》きてる効《かひ》がないとまでに執心《しふしん》の男《をとこ》だ。其処《そこ》を吾《おれ》がちやんと心得《こゝろえ》てるから、きれいさつぱりと断《ことわ》つた。何《なん》と慾《よく》の無《な》いもんぢやあるまいか。其処《そこ》で一旦吾《いつたんおれ》が断《ことわ》つた上《うへ》は何《なん》でもあきらめてくれなければならないと、普通《なみ》の人間《にんげん》ならいふ処《ところ》だが、吾《おれ》がのは然《さ》うぢやない。伯父《をぢ》さんが不可《いけない》とおつしやつたから、まあ私《わたし》も仕方《しかた》がないと、お前《まへ》にわけもなく断念《あきら》めて貰《もら》つた日《ひ》にや

あ、吾《おれ》が志《こゝろざし》も水《みづ》の泡《あわ》さ、形《かた》なしになる。処《ところ》で、恋《こひ》といふものは、そんな浅薄《あさはか》なもんぢやあない。何《なん》でも剛膽《がうたん》な奴《やつ》が危《けん》険《のん》な目《め》に逢《あ》へば逢《あ》ふほど、一層《いつそ》剛膽《がうたん》になる様《やう》で、何《なに》か知《し》ら邪魔《じやま》が入《はひ》れば、なほさら恋《こひ》しうなるものでな、とても思切《おもひき》れないものだといふことを知《し》つてゐるから、こゝで愉快《おもしろ》いのだ。何《ど》うだい、お前《まへ》は思《おも》ひ切《き》れるかい、うむ、お香《かう》、今《いま》ぢやもう彼《あ》の男《をとこ》を忘《わす》れたか。」

女《むすめ》は良少時《やゝしばらく》黙《もく》したるが、

「い……い……え。」ときれ〲に答《こた》へたり。

老夫《らうふ》は心地《こゝち》好《よ》げに高《たか》く笑《わら》ひ、

「むゝ、道理《もつとも》だ。さうやすつぽくあきらめられる様《やう》では、吾《おれ》が因業《いんごふ》も価値《ねうち》がねえわい。これ、後生《ごしやう》だからあきらめてくれるな。まだ〱足《た》りない、もつと其巡査《そのじゆんさ》を慕《した》うて貰《もら》ひたいものだ。」

女《むすめ》は堪《こら》へかねて顔《かほ》を振上《ふりあ》げ、

「伯父様《をぢさん》、何《なに》がお気《き》に入《い》りませんで、そんな情《なさけ》ないことをおつしやいます、私《わたし》は、……」と声《こゑ》を飲《の》む。

老夫《らうふ》は空嘯《そらうそぶ》き、

「なんだ、何《なに》がお気《き》に入《い》りません？謂《い》ふな、勿体《もつたい》ない。何《なん》だつてまた恐《おそ》らくお前《まへ》ほど吾《おれ》が気《き》に入《い》つたものはあるまい。第一容色《だいいちきりやう》は可《よ》し、気立《きだて》は可《よ》し、優《やさ》しくはある、することなすこと、お前《まへ》のことといつたら飯《めし》のくひ様《やう》まで気《き》に入《い》るて。しかしそんなことで何《なに》、巡査《じゆんさ》を何《ど》うするの、斯《か》うするのといふ理窟《りくつ》はない。譬《たと》ひお前《まへ》が何《なに》かの折《をり》に、我《おれ》の生命《いのち》を助《たす》けてくれてさ、生命《いのち》の親《おや》と思《おも》へばとても、決《けつ》して巡査《じゆんさ》にやあ遣《や》らないのだ。お前《まへ》が憎《にく》い女《をんな》なら吾《おれ》もなに、邪魔《じやま》をしやあしねえが、可愛《かはい》いから、あゝしたものさ。気《き》に入《い》るの入《い》らないのと、そんなこたあ言《い》つてくれるな。」

女《むすめ》は少《すこ》し屹《きつ》となり、

「それでは貴下《あなた》、あのお方《かた》に何《なん》ぞお悪《わる》いことでもございますの。」

恪言《かくい》ひ懸《か》けて振返《ふりかへ》りぬ。巡査《じゆんさ》は此時《このとき》囁《さゝや》く声《こゑ》をも聞《き》くべき距離《きより》に着々《ちやく〱》として歩《ほ》し居《を》れり。

老夫《らうふ》は頭《かうべ》を打掉《うちふ》りて、

「う、んや、吾《おり》や彼奴《あいつ》も大好《だいすき》さ。八円《ゑん》を大事《だいじ》にかけて、世《よ》の中《なか》に巡査《じゆんさ》ほどのものはないと澄《す》まして居《ゐ》るのが妙《めう》だ。あまり職掌《しよくしやう》を重《おも》んじて、苛酷《かこく》だ、思遣《おもひや》りがなさすぎると、評判《ひやうばん》の悪《わる》いのにも頓着《とんぢやく》なく、すべ一本《いつぽん》でも見免《みのが》さない、アノ邪慳非道《じやけんひだう》な処《ところ》が、馬鹿《ばか》に吾《おれ》は気《き》に入《い》つてる。まづ八円《ゑん》の価値《ねうち》はあるな。八円《ゑん》ぢや高《たか》くない、禄盗人《ろくぬすびと》とはいはれない、まことに立派《りつぱ》な八円様《ゑんさま》だ。」

女《をんな》は堪《たま》らず顧《かへり》みて、小腰《こごし》を屈《かゞ》め、片手《かたて》をあげてソト巡査《じゆんさ》を拝《をが》みぬ。いかにお香《かう》はこの振舞《ふるまひ》を伯父《をぢ》に認《みと》められじとは勉《つと》めけむ。瞬間《しゆんかん》にまた頭《かうべ》を返《かへ》して、八田《はつた》が何等《なんら》の挙動《きよどう》を以《も》て我《われ》に答《こた》へしやを知《し》らざりき。

五

「えゝと、八円様《ゑんさま》に不足《ふそく》はないが、何《ど》うしてもお前《まへ》を遣《や》ることは出来《でき》ないのだ。それも彼奴《あいつ》が浮気《うはき》もので、ちよいと色《いろ》に迷《まよ》つたばかり、お嫌《いや》ならよしなさい、他所《よそ》を聞《き》いて見《み》ますといふ、お手軽《てがる》な処《ところ》だと、吾《おれ》も承知《しようち》をしたかも知《し》れんが、何《ど》うして己《おれ》が探《さぐ》つて見《み》ると、義延《よしのぶ》（巡査《じゆんさ》の名《な》）といふ男《をとこ》はそんな男《をとこ》と男《をとこ》が違《ちが》ふ。何《なん》でも思込《おもひこ》んだら何《ど》うしても忘《わす》れることの出来《でき》ない質《たち》で、矢張《やつぱり》お前《まへ》と同一様《おんなじやう》に、自殺《じさつ》でもしたいといふ風《ふう》だ。こゝで愉快《おもしろ》いて、はゝゝゝはゝ。」と冷笑《あざわら》へり。

女《むすめ》は声《こゑ》をふるはして、

「そんなら伯父様《をぢさん》、まあ何《ど》うすりやいゝのでございます。」と思詰《おもひつ》めたる体《てい》にて問《と》ひぬ。

伯父《をぢ》は事《こと》もなげに、

「何《ど》うしても不可《いけな》いのだ。何《ど》んなにしても不可《いけな》いのだ。とても駄目《だめ》だ、何《なん》にもいふな、譬《たと》ひ何《ど》うしても肯《き》きやあしないから、お香《かう》、まあ、然《さ》う思《おも》つてくれ。」

女《むすめ》はわつと泣出《なきいだ》しぬ。渠《かれ》は途中《とちう》なることをも忘《わす》れたるなり。

伯父《をぢ》は少《すこ》しも意《い》に介《かい》せず、

「これ、一生《いつしやう》のうちに唯一度《たゞいちど》いはうと思《おも》つて、今《いま》までお前《まへ》にも誰《だれ》にもほのめかしたことも無《な》いが、次手《ついで》だから謂《い》つて聞《き》かす。可《い》いか、亡《な》くなつたお前《まへ》の母様《おつかさん》はな。」

母《はゝ》といふ名《な》を聞《き》くや否《いな》や女《むすめ》は俄《にはか》に聞耳立《きゝみゝた》てて、

「え、母様《おつかさん》が。」

「むゝ、亡《な》くなつた、お前《まへ》の母様《おつかさん》には、吾《おれ》が、すつかり惚《ほ》れて居《ゐ》たのだ。」

「あら、まあ、伯父様《をぢさん》。」

「うんや、驚《おどろ》くこたあない、また疑《うたが》ふにも及《およ》ばない。其《それ》を、其母様《そのおつかさん》を、お前《まへ》の父様《おとつさん》に奪《と》られたのだ。な、解《わか》つたか。勿論《もちろん》お前《まへ》の母様《おつかさん》は、吾《おれ》が何《なん》だといふことも知《し》らず、弟《おとゝ》もやつぱり知《し》らない。吾《おれ》もまた、口《くち》へ出《だ》したことはないが、心《こゝろ》では、心《こゝろ》では、実《じつ》に吾《おり》やもう、お香《かう》、お前《まへ》は其《そ》の思遣《おもひやり》があるだらう。巡査《じゆんさ》といふものを知《し》つてるから。婚礼《こんれい》の席《せき》に連《つら》なつた時《とき》や、明暮其《あけくれその》なかの好《い》いのを見《み》て居《ゐ》た吾《おれ》は、えゝ、これ、何《ど》んな気《き》がしたとお前《まへ》は思《おも》ふ。」

といふ声濁《こゑにご》りて、痘痕《とうこん》の充《み》てる頬骨高《ほゝぼねたか》き老顔《らうがん》の酒気《しゆき》を帯《お》びたるに、一眼《いちがん》の盲《し》ひたるが最《いと》もの凄《すご》きものとなりて、拉《とりひし》ぐばかり力《ちから》を籠《こ》めて、お香《かう》の肩《かた》、摑《つか》み動《うご》かし、

「未《いま》だに忘《わす》れない。何《ど》うしても其残念《そのざんねん》さが消《き》え失《う》せない。其為《そのため》に吾《おれ》はもう総《すべ》ての事業《じげふ》を打棄《うちす》てた。名誉《めいよ》も棄《す》てた。家《いへ》も棄《す》てた。つまりお前《まへ》の母親《はゝおや》が、己《おれ》の生涯《しやうがい》の幸福《かうふく》と、希望《きばう》とを皆奪《みなうば》つたものだ。吾《おれ》はもう世《よ》の中《なか》に生《い》きてる望《のぞみ》はなくなつたが、唯何《たゞなん》とぞしてしかへしがしたかつた、トいつて寝刃《ねたば》を合《あは》せるぢやあ無《な》い、恋《こひ》に失望《しつばう》したものの其苦痛《そのくるしみ》といふものは、凡《およ》そ、何《ど》の位《くらゐ》であるといふことを、思知《おもひし》らせたいばつかりに、要《い》らざる生命《いのち》をながらへたが、慕《した》ひ合《あ》つて

望《のぞみ》が合《かな》うた、お前《まへ》の両親《ふたおや》に対《たい》しては、何《ど》うしても其味《そのあぢ》を知《し》らせよう手段《しゆだん》がなかつた。もうちつと長生《ながいき》をして居《ゐ》りや、其内《そのうち》には吾《おれ》が仕方《しかた》を考《かんが》へて思知《おもひし》らせてやらうものを、不幸《ふしあはせ》だか、幸《しあはせ》だか、二人《ふたり》ともなくなつて、残《のこ》つたのはお前《まへ》ばかり。親身《しんみ》といつて他《ほか》にはないから、其処《そこ》でおいらが引取《ひきと》つて、これだけの女《をんな》にしたのも、三代崇《さんだいたゝ》る執念《しふねん》で、親《おや》のかはりに、なあ、お香《かう》、汝《きさま》に思知《おもひし》らせたさ。幸《さいは》ひ八田《はつた》といふ意中人《おもひもの》が、お前《まへ》の胸《むね》に出来《でき》たから、吾《おれ》も望《のぞみ》が遂《と》げられるんだ。さ、斯《か》ういふ因縁《いんねん》があるんだから、讐《たと》ひ世界《せかい》の金満《かねもち》に己《おれ》をしてくれるといつたつて、とても謂《い》ふこたあ肯《き》かれない。覚悟《かくご》しろ！所詮駄目《しよせんだめ》だ。や、此奴《こいつ》、耳《みゝ》に蓋《ふた》をして居《ゐ》るな。」

眼《め》に一杯《いつぱい》の涙《なみだ》を湛《たゝ》へて、お香《かう》はわな〳〵ふるへながら、両袖《りやうそで》を耳《みゝ》にあてて、せめて死刑《しけい》の宣告《せんこく》を聞《き》くまじと勤《つと》めたるを、老夫《らうふ》は残酷《ざんこく》にも引放《ひきはな》ちて、

「あれ！」と背《そむ》くる耳《みゝ》に口《くち》、

「何《ど》うだ、解《わか》つたか。何《なん》でも、少《すこ》しでもお前《まへ》が失望《しつぼう》の苦痛《くるしみ》を余計《よけい》に思知《おもひし》る様《やう》にする。其内巡査《そのうちじゆんさ》のことをちつとでも忘《わす》れると、それ今夜《こんや》のやうに人《ひと》の婚礼《こんれい》を見《み》せびらかしたり、気《き》の悪《わる》くなる談話《はなし》をしたり、あらゆることをして苛《いぢ》めてやる。」

「あれ、伯父様《をぢさん》、もう私《わたし》は、もう、ど、どうぞ堪忍《かんにん》して下《くだ》さいまし。お放《はな》しなすつて、え、何《ど》うせうねえ。」

とおぼえず、声《こゑ》を放《はな》ちたり。

少距離《せうきより》を隔《へだ》てて巡行《じゆんかう》せる八田巡査《はつたじゆんさ》は思《おも》はず一足前《ひとあしまへ》に進《すゝ》みぬ。渠《かれ》は其処《そのところ》を通過《とほりす》ぎむと思《おも》ひしならむ。さりながら得進《えすゝ》まざりき。渠《かれ》は立留《たちどま》りて、しばらくして、たじ〳〵と後《あと》に退《さが》りぬ。巡査《じゆんさ》は此処《このところ》を避《さ》けむとせしなり。されども渠《かれ》は退《しりぞ》かざりき。造次《ざうじ》の間《あひだ》八田巡査《はつたじゆんさ》は、木像《もくざう》の如《ごと》く突立《つゝた》ちぬ。更《さら》に冷然《れいぜん》として一定《いつてい》の足並《あしなみ》を以《も》て粛々《しゆく〳〵》と歩出《あゆみいだ》せり。あゝ、恋《こひ》は命《いのち》なり。間接《かんせつ》に我《われ》をして死《し》せしめむとする老人《らうじん》の談話《はなし》を聞《き》くことの、いかに巡査《じゆんさ》には絶痛《ぜつつう》なりしよ。一度《ひとたび》歩《ほ》を急《きふ》にせむか、八田《はつた》は疾《とく》に渠等《かれら》を通越《とほりこ》し得《え》たりしならむ、或《ある》は故《ことさ》らに歩《ほ》を緩《ゆる》うせむか、眼界《がんかい》の外《そと》に渠等《かれら》を送遣《そうけん》し得《え》たりしな

らむ。然《しか》れども渠《かれ》は其職掌《そのしよくしやう》を堅守《けんしゆ》するため、自家《じか》が確定《かくてい》せし平時《へいじ》に於《お》ける一式《いつしき》の法則《はふそく》あり。交番《かうばん》を出《い》でて幾曲《いくまがり》の道《みち》を巡《めぐ》り、再《ふたゝ》び駐在所《ちうざいしよ》に帰《かへ》るまで、歩数約《ほすうやく》三万八千九百六十二と。情《じやう》のために道《みち》を迂回《うくわい》し、或《あるひ》は疾走《しつそう》し、緩歩《くわんぽ》し、立停《りふてい》するは、職務《しよくむ》に尽《つく》すべき責任《せきにん》に対《たい》して、渠《かれ》が屑《いさぎよし》とせざりし処《ところ》なり。

六

老人《らうじん》はなほ女《をんな》の耳《みゝ》を捉《とら》へて放《はな》たず、負《お》はれ懸《かゝ》るが如《ごと》くにして歩行《ある》きながら、

「お香《かう》、斯《か》うは謂《い》ふもののな、吾《おれ》はお前《まへ》が憎《にく》かあない、死《し》んだ母親《はゝおや》にそつくりで可愛《かはい》くつてならないのだ。憎《にく》い奴《やつ》なら何《なに》も吾《おれ》が仕返《しかへし》をする価値《ねうち》は無《な》いのよ。だからな、食《く》ふことも衣《き》ることも、何《なん》でもお前《まへ》の好《すき》な通《とほ》り、吾《おり》や衣《き》ないでもお前《まへ》には衣《き》せる。我《わが》まゝ一杯《いつぱい》さして遣《や》るが、唯《たゞ》あればかりは何《どん》なにしても許《ゆる》さんのだから然《さ》う思《おも》へ。吾《おれ》ももう取《と》る年《とし》だし、死《し》んだあとでと思《おも》ふであらうが、然《さ》ううまくはさせやあしない、吾《おれ》が死《し》ぬ時《とき》は汝《きさま》も一所《いつしよ》だ。」

恐《おそ》しき声《こゑ》を以《も》て老人《らうじん》が語《かた》れる其最後《そのさいご》の言《ことば》を聞《き》くと斉《ひと》しく、お香《かう》は最早忍《もはやしの》びかねけむ、力《ちから》を極《きは》めて老人《らうじん》が押《おさ》へたる肩《かた》を振放《ふりはな》し、ばた〱と駈出《かけいだ》して、あはやと見《み》る間《ま》に堀端《ほりばた》の土手《どて》へひたりと飛乗《とびの》りたり。コハ身《み》を投《な》ぐる！と老人《らうじん》は狼狽《うろた》へて、引戻《ひきもど》さんと飛行《とびゆ》きしが、酔眼《すゐがん》に足場《あしば》をあやまり、身《み》を横《よこ》ざまに霜《しも》を辷《すべ》りて、水《みづ》にざんぶと落《お》ち込《こ》みたり。

此時疾《このときはや》く救護《きうご》のために一躍《いちやく》して馳来《はせきた》れる、八田巡査《はつたじゆんさ》を見《み》るよりも、

「義《よし》さん。」と呼吸《いき》せはしく、お香《かう》は一声呼懸《ひとこゑよびか》けて、巡査《じゆんさ》の胸《むね》に額《ひたひ》を埋《うづ》め我《われ》をも人《ひと》をも忘《わす》れし如《ごと》く、犇《ひし》とばかりに縋《すが》り着《つ》きぬ。蔦《つた》を其身《そのみ》に絡《から》めたるまゝ枯木《こぼく》は冷然《れいぜん》として答《こた》へもなさず、堤防《ていばう》の上《うへ》に衝《つ》と立《た》ちて、角燈片手《かくとうかたて》に振翳《ふりかざ》し、水《みづ》を屹《きつ》と瞰下《みおろ》したる、時《とき》に寒冷《かんれい》謂《い》ふべからず、見渡《みわた》す限《かぎ》り霜白《しもしろ》く墨《すみ》より黒《くろ》き水面《すゐめん》に烈《はげ》しき泡《あわ》の吹出《ふきい》づるは老夫《らうふ》の沈《しづ》める処《ところ》と覚《おぼ》しく、薄氷《はくひよう》は亀裂《きれつ》し居《を》れり。

八田巡査《はつたじゆんさ》はこれを見《み》て、躊躇《ちうちよ》するもの一秒時《いつセコンド》、手《て》なる角燈《かくとう》を差置《さしお》きつ、唯見《とみ》れば一枝《ひとえだ》の花簪《はなかんざし》の、徽章《きしやう》の如《ごと》く我胸《わがむね》に

懸《かゝ》れるが、ゆらぐばかりに動悸《どうき》烈《はげ》しき、お香《かう》の胸《むね》とおのが胸《むね》とは、ひたと合《あ》ひてぞ放《はな》れがたき。両手《りやうて》を静《しづか》にふり払《はら》ひて、

「お退《ど》き。」

「え、何《ど》うするの。」

とお香《かう》は下《した》より巡査《じゆんさ》の顔《かほ》を見上《みあ》げたり。

「助《たす》けて遣《や》る。」

「伯父《をぢ》さんを？」

「伯父《をぢ》でなくつて誰《だれ》が落《お》ちた。」

「でも、貴下《あなた》。」

巡査《じゆんさ》は儼前《げんぜん》として、

「職務《しよくむ》だ。」

「だつて貴下《あなた》。」

巡査《じゆんさ》は冷《ひやゝ》かに、「職掌《しよくしやう》だ。」

お香《かう》は俄《にはか》に心着《こゝろづ》き、また更《さら》に蒼《あを》くなりて、

「おゝ、そしてまあ貴下《あなた》、貴下《あなた》はちつとも泳《およぎ》を知《し》らないぢやありませんか。」

「職掌《しよくしやう》だ。」

「それだつて。」

「不可《いか》ん、駄目《だめ》だもう、僕《ぼく》も殺《ころ》したいほどの老爺《おやぢ》だが、職務《しよくむ》だ！断念《あきらめ》ろ。」

と突遣《つきや》る手《て》に喰附《くひつ》くばかり、

「不可《いけ》ませんよう、不可《いけ》ませんよう。あれ、誰《だれ》ぞ来《き》て下《くだ》さいな。助《たす》けて、助《たす》けて。」と呼《よ》び立《た》つれど、土塀《どべい》石垣《いしがき》寂《せき》として、前後《ぜんご》十町《じつちやう》に行人《かうじん》絶《た》えたり。

八田巡査《はつたじゆんさ》は、声《こゑ》をはげまし、

「放《はな》さんか！」

決然《けつぜん》として振払《ふりはら》へば、力《ちから》かなはで手《て》を放《はな》てる、咄嗟《とつさ》に巡査《じゆんさ》は一躍《いちやく》して、棄《す》つるが如《ごと》く身《み》を投《とう》ぜり。お香《かう》はハツと絶《たえ》入《い》りぬ。あはれ八田《はつた》は警官《けいくわん》として、社会《しやくわい》より荷《にな》へる負債《ふさい》を消却《せうきやく》せむがため、あくまで其死《そのし》せむことを、寧《むし》ろ殺《ころ》さむことを欲《ほつ》しつゝありし悪魔《あくま》を救《すく》はむとて、氷点《ひようてん》の冷《れい》、水凍《みづこほ》る夜半《よは》に泳《およぎ》を知《し》らざる身《み》の、生命《いのち》とともに愛《あい》を棄《す》てぬ。後日《ごじつ》社会《しやくわい》は一般《いつぱん》に八田巡査《はつたじゆんさ》を仁《じん》なりと称《しよう》せり。あゝ果《はた》して仁《じん》なりや、然《しか》も一人《いちにん》の渠《かれ》が残忍苛酷《ざんにんかこく》にして、恕《じよ》すべき老車夫《らうしやふ》を懲罰《ちようばつ》し、憐《あはれ》むべき母《はゝ》と子《こ》を厳責《げんせき》したりし尽瘁《じんすゐ》を、讃歎《さんたん》するもの無《な》きはいかん。

○テキスト　初出は「文芸倶楽部」一八九五（明28）年四月。「明治小説文庫」第七編（博文館、明31・6）に再録。作品集『菖蒲貝』（植竹書院、大4・5）、『粧蝶集』（春陽堂、大6・8）に収録され、後に春陽堂版『鏡花全集』巻一（昭2・4）に収められた。テキストには『鏡花全集』巻一（岩波書店、昭48・11）所収の本文を収録した。

○解説　二カ月後に発表された「外科室」（明28・6）とともに観念小説の代表作として高く評価され、鏡花の出世作となった作品である。

　日清戦争後の新傾向の文学として広津柳浪らの深刻小説や悲惨小説と併せて注目された観念小説は、島村抱月「小説界の新潮を論ず」（早稲田文学、明29・1）のいうように、「作者が世相に対する一種の概念を作中に現化せるもの」であった。泳げないにも関わらず、恋敵ともいうべきお香の伯父を助けようとして命を落とした八田巡査の行為は、確かに「仁」として称揚されるべきだが、そこだけに注目して、それ以前に八田が老車夫を「仰山に咎立《とがめだて》」し、「唯《と》ある冠木門の下」で寒さをしのいでいた母子に退去を命じた点に目を向けない世俗の浅薄な見方と八田を「冷然」として「職務」を遂行する「邪慳非道」な規則の「怪獣」に追いやり、水死に導いた社会を批判したもので、末尾の一節に「世相に対する一種の概念」が表明されている。

　また、凍てついた深夜の堀端をゆく八田の異常性に注目すれば、醜悪な「老顔」で「三代祟《たゝ》る」恋の妄執を語り、「吾《おれ》が死ぬ時は汝《きさま》も一所だ」といってお香を苦しめる伯父も人外の存在であって、美しい女をめぐる常軌を逸した二「怪獣」の葛藤と水死を描いた作品とも読める。

　「処女作談」（大阪日報、明40・1）によれば、明治「二十七年の九月頃、舞台を牛ケ淵に取らう」として「場所の研究」に出かけ、「英国公使館の此方の処に柳の木がある、其蔭でいろ〳〵と工夫を凝らし」たという。牛ケ淵は、九段坂の急峻な堀で、永井荷風「日和下駄」（大4・11）は「水の美の冠たるもの」に数えているが、鏡花にとっては、愛読書であった坪内逍遙「妹と背かゞみ」（明19・10）のヒロインお辻が「身を投げ」た場所としてのイメージがあったものと考えられる。この年四月には、郷里金沢を舞台に城のお堀で身投げする女を描いた「鐘声夜半録」（明28・7）を執筆してもいた。「夜行巡査」のお香も堀に身投げしようとするわけで、本作には「鐘声夜半録」の東京版といった趣もある。

　実際の舞台は、牛ケ淵そのものではなく、千鳥ケ淵から半蔵堀、桜田堀にいたる番町から隼町にかけての一帯である。番町は元来「堂々たる冠木門」がある（『戊辰物語』昭3）中級武家の旗本屋敷であったが、明治四年以降高級官吏の屋敷町となった（陣内秀信『東京の空間人類学』筑摩書房　昭60・4）。堀端には、農商務大臣や宮内大臣官舎が並び、半蔵門近辺の大名屋敷は、明治五年ウオートルス設計の英国公使館に変貌した（『新撰東京名所図絵』参照）。また、三宅坂一帯には、広大な東京衛戍病院があった。このように寒さつのる深夜の堀端は、「土塀石垣寂《せき》とし」て前後に「行人」まれな吹きさらしの「小天地」であった。なお、当時交番勤務の巡査に「一時間交代の巡回」が課せられていたことは、篠田鉱造『明治百話』（昭6）に記述がある。

この他、老車夫の「煤け提灯」に「四谷組合」とあることも注目される。老車夫が半蔵門西方の東京屈指の貧民窟、四谷鮫ヶ橋周辺から来たことが示唆されているからである。鏡花は、明治二十七年初めに松原岩五郎『最暗黒の東京』（明26・11）に基づいて四谷鮫ヶ橋の貧民窟を本拠とする女乞食のお丹らが上流社会の欺瞞を暴く「貧民倶楽部」（明28・8）を執筆しており、下層社会に強い関心を抱いていた。老車夫も「物貰《ものもらひ》」の母子も、現世の秩序の集約された堀端に似つかわしくない存在である。さらに、現世の秩序と無縁な恋の妄執に生きるお香の伯父を配し、社会と内面双方に渉る矛盾を提示したこの作品には、独自の奥行きがある。その背景には、「随意《まゝ》」ならない「浮世」に対する作者自身の認識があることは、いうまでもない。

このように、「明治二十七年十二月十日の午後零時」以降の一時間に、八田巡査と彼の「怪獣の眼」が照らし出した人々との交渉を描いた「夜行巡査」においては、堀端の時空が重要な意味を持ち、かつ効果的に用いられているのである。

（秋山　稔）

○参考文献　関良一「夜行巡査」（「解釈と鑑賞」昭48・6）。鈴木康子「『夜行巡査』考」（お茶の水女子大「国文」昭49・7）。笠原伸夫『泉鏡花　美とエロスの構造』（至文堂、昭51・5）。越野格「鏡花の観念小説」（「日本近代文学」昭52・10）。松村友視「明治二十年代末の鏡花文学」（「国語と国文学」平2・10）。

十三夜

樋口一葉

上

例《いつも》は威勢《いせい》よき黒《くろ》ぬり車《くるま》の、それ門《かど》に音《おと》が止《と》まつた娘《むすめ》ではないかと両親《ふたおや》に出迎《でむか》はれつる物《もの》を、今宵《こよひ》は辻《つぢ》より飛《とび》のりの車《くるま》さへ帰《かへ》して悄然《しよんぼり》と格子戸《かうしど》の外《そと》に立《た》てば、家内《うち》には父親《ちゝおや》が相《あひ》かはらずの高声《たかごゑ》、いはゞ私《わし》も福人《ふくじん》の一人《ひとり》、いづれも柔順《おとな》しい子供《こども》を持《も》つて育《そだ》てるに手《て》は懸《かゝ》らず人《ひと》には褒《ほ》められる、分外《ぶんぐわい》の欲《よく》さへ渇《かわ》かねば此上《このうへ》に望《のぞ》みもなし、やれ〳〵有難《ありがた》い事《こと》と物《もの》がたられる、あの相手《あいて》は定《さだ》めし母様《はゝさん》、あゝ何《なに》も御存《ごぞん》じなしに彼《あ》のやうに喜《よろこ》んでお出遊《いであそ》ばす物《もの》を、何《ど》の顔《かほ》さげて離縁状《りゑんじよう》もらふて下《くだ》されと言《い》はれた物《もの》か、叱《し》かられるは必定《ひつぢよう》、太郎《たらう》と言《い》ふ子《こ》もある身《み》にて置《お》いて駆《か》け出《だ》して来《く》るまでには種々《いろ〳〵》思案《しあん》もし尽《つく》しての後《のち》なれど、今更《いまさら》にお老人《としより》を驚《おどろ》かして是《こ》れまでの喜《よろこ》びを水《みづ》の泡《あわ》にさせまする事《こと》つらや、寧《いつ》そ話《はな》さずに戻《もど》ろうか、戻《もど》れば太郎《たらう》の母《はゝ》と言《い》はれて何時《いつ》〳〵までも原田《はらだ》の奥様《おくさま》、御両親《ごりようしん》に奏任《そうにん》の聟《むこ》がある身《み》と自慢《じまん》させ、私《わたし》さへ身《み》を節倹《つめ》れば時《とき》たまはお口《くち》に合《あ》ふ物《もの》お小遣《こづか》ひも差《さし》あげられるに、思《おも》ふまゝを通《とほ》して離縁《りゑん》とならば太郎《たらう》には継母《まゝはゝ》の憂《う》き目《め》を見《み》せ、御両親《ごりようしん》には今《いま》までの自慢《じまん》の鼻《はな》にはかに低《ひく》くさせまして、人《ひと》の思《おも》はく、弟《おとゝ》の行末《ゆくすゑ》、あゝ此身《このみ》一つの心《こゝろ》から出世《しゆつせ》の真《しん》も止《と》めずはならず、戻《もど》らうか、戻《もど》らうか、あの鬼《おに》のやうな我良人《わがつま》のもとに戻《もど》らうか、彼《あ》の鬼《おに》の、鬼《おに》の良人《つま》のもとへ、ゑゝ厭《い》や厭《い》やと身《み》をふるはす途端《とたん》、よろ〳〵として、思《おも》はず格子《かうし》にがたりと音《おと》さすれば、誰《だ》れだと大《おほ》きく父親《ちゝおや》の声《こゑ》、道《みち》ゆく悪太郎《あくたらう》の悪戯《いたづら》とまがへてなるべし。

外《そと》なるはおほゝと笑《わら》ふて、お父様《とつさん》私《わたし》で御座《ござ》んすといかにも可愛《かわゆ》き声《こゑ》、や、誰《た》れだ、誰《た》れであつたと障子《しやうじ》を引明《ひきあけ》て、ほうお関《せき》か、何《なん》だな其様《そん》な処《ところ》に立《た》つて居《ゐ》て、何《ど》うして又此《またこの》おそくに出《で》かけて来《き》た、車《くるま》もなし、女中《ぢよちう》も連《つ》れずか、やれ〱〱ま早《はや》く中《なか》へ這入《はい》れ、さあ這入《はい》れ、何《ど》うも不意《ふい》に驚《おどろ》かされたやうでまご〱するわな、格子《かうし》は閉《し》めずとも宜《よ》い私《わ》しが閉《し》める、兎《と》も角《かく》も奥《おく》が好《い》い、ずつとお月様《つきさま》のさす方《はう》へ、さ、蒲団《ふとん》へ乗《の》れ、蒲団《ふとん》へ、何《ど》うも畳《たゝみ》が汚《きた》ないので大屋《おほや》に言《い》つては置《お》いたが職人《しよくにん》の都合《つがふ》があると言《い》ふてな、遠慮《ゑんりよ》も何《なに》も入《い》らない着物《きもの》がたまらぬから夫《そ》れを敷《し》ひて呉《く》れ、やれ〱何《ど》うして此遅《このおそ》くに出《で》て来《き》たお宅《うち》では皆《みな》お変《かは》りもなしかと例《いつ》に替《かは》らずもてはやさるれば、針《はり》の席《むしろ》にのる様《やう》にて奥《おく》さま扱《あつ》かひ情《なさけ》なくじつと涕《なみだ》を呑込《のみこん》で、はい誰《だ》れも時候《じかう》の障《さわ》りも御座《ござ》りませぬ、私《わたし》は申訳《まをしわけ》のない御無沙汰《ごぶさた》して居《を》りましたが貴君《あなた》もお母様《つかさん》も御機嫌《ごきげん》よくいらつしやりますかと問《と》へば、いや最《も》う私《わし》は嚔《くさみ》一つせぬ位《くらゐ》、お袋《ふくろ》は時《とき》たま例《れい》の血《ち》の道《みち》と言《い》ふ奴《やつ》を始《はじ》めるがの、夫《そ》れも蒲団《ふとん》かぶつて半日《はんにち》も居《ゐ》ればけろ〱とする病《やまひ》だから子細《しさい》はなしさと元気《げんき》よく呵々《から〱》と笑《わら》ふに、亥之《ゐの》さんが見《み》えませぬが今晩《こんばん》は何処《どちら》へか参《まゐ》りましたか、彼《あ》の子《こ》も替《かわ》らず勉強《べんきやう》で御座《ご》んすかと問《と》へば、母親《はゝおや》はほた〱として茶《ちや》を進《すゝ》めながら、亥之《ゐの》は今《いま》しがた夜学《やがく》に出《で》て行《ゆき》ました、あれもお前《まへ》お陰《かげ》さまで此間《このあひだ》は昇給《しやうきう》させて頂《いたゞ》いたし、課《くわ》長様《ちやうさま》が可愛《かわゆ》がつて下《くだ》さるので何《ど》れ位心丈夫《くらゐこゝろじやうぶ》であらう、是《こ》れと言《い》ふも矢張原田《やつぱりはらだ》さんの縁引《ゑん》が有《あ》るからだとて宅《うち》では毎日《まいにち》いひ暮《くら》して居《ゐ》ます、お前《まへ》に如才《ぢよさい》は有《あ》るまいけれど此後《このご》とも原田《はらだ》さんの御機嫌《ごきげん》の好《い》いやうに、亥之《ゐの》は彼《あ》の通《とほ》り口《くち》の重《おも》い質《たち》だし何《いづ》れお目《め》に懸《かゝ》つてもあつけない御挨拶《ごあいさつ》よりほか出来《でき》まいと思《おも》はれるから、何分《なにぶん》ともお前《まへ》が中《なか》に立《た》つて私《わたし》どもの心《こゝろ》が通《つう》じるやう、亥之《ゐの》が行末《ゆくすゑ》をもお頼《たの》み申《まをし》て置《お》いてお呉《く》れ、ほんに替《かは》り目《め》で陽気《ようき》が悪《わる》いけれど太郎《たろ》さんは何時《いつ》も悪戯《おいた》をして居《ゐ》ますか、何故《なぜ》に今夜《こんや》は連《つ》れてお出《いで》でない、お祖父《ぢい》さんも恋《こひ》しがつてお出《いで》なされた物《もの》をと言《い》はれて、又今更《またいまさら》にうら悲《かな》しく、連《つ》れて来《こ》やうと思《おも》ひましたけれど彼《あ》の子《こ》は宵《よひ》まどひで最《も》う疾《と》うに寐《ね》ましたから其《その》まゝ置《お》いて参《まゐ》りました、本当《ほんたう》に悪戯《いたづら》ばかりつのりまして聞《きゝ》わけとては少《すこ》しもなく、外《そと》へ出《で》れば跡《あと》を追《お》ひまするし、家内《うち》に居《ゐ》れば私《わたし》の傍《そば》ばつかり覗《ねら》ふて、ほんに〳〵手《て》が懸《かゝ》つて成《なり》ませぬ、何故彼様《なぜあんな》で御座《ござ》りませうと言《い》ひかけて思《おも》ひ出《だ》しの涙《なみだ》むねの中《なか》に漲《みなぎ》るやうに、思《おも》ひ切《き》つて置《お》いては来《き》たれど今頃《いまごろ》は目《め》を覚《さま》して母《かゝ》さん母《かゝ》さんと婢女《をんな》どもを迷惑《めいわく》がらせ、煎餅《おせん》やおこしの哆《たら》しも利《き》かで、皆々《みな〳〵》手《て》を引《ひ》いて鬼《おに》に喰《く》はすと威《おど》かしてゞも居《ゐ》やう、あゝ可愛《かあひ》さうな事《こと》をと声《こゑ》たてゝも泣《な》きたきを、さしも両親《ふたおや》の機嫌《きげん》よげなるに言《い》ひ出《いで》かねて、烟《けむり》にまぎらす烟草《たばこ》二三服《ぷく》、空咳《からせき》こん〳〵として涙《なみだ》を襦袢《じゆばん》の袖《そで》にかくしぬ。

今宵《こよひ》は旧暦《きうれき》の十三夜《や》、旧弊《きうへい》なれどお月見《つきみ》の真似事《まねごと》に団子《いし〳〵》をこしらへてお月様《つきさま》にお備《そな》へ申《まを》せし、これはお前《まへ》も好物《かうぶつ》なれば少々《せう〳〵》なりとも亥之助《ゐのすけ》に持《も》たせて上《あげ》やうと思《おも》ふたれど、亥之助《ゐのすけ》も何《なに》か極《きま》りを悪《わ》るがつて其様《そのやう》な物《もの》はお止《よし》なされと言《い》ふし、十五夜《や》にあげなんだから片月見《かたつきみ》に成《な》つても悪《わ》るし、喰《た》べさせたいと思《おも》ひながら思《おも》ふばかりで上《あげ》る事《こと》が出来《でき》なんだに、今夜《こんや》来《き》て呉《く》れるとは夢《ゆめ》の様《やう》な、ほんに心《こゝろ》が届《とゞ》いたのであらう、自宅《うち》で甘《うま》い物《もの》はいくらも喰《た》べやうけれど親《おや》のこしらいたは又別物《またべつもの》、奥様気《おくさまぎ》を取《とり》すてゝ今夜《こんや》は昔《むか》しのお関《せき》になつて、見得《みえ》を構《かま》はず豆《まめ》なり栗《くり》なり気《き》に入《い》つたを喰《た》べて見《み》せてお呉《く》れ、いつでも父様《とゝさん》と噂《うわさ》すること、出世《しゆつせ》は出世《しゆつせ》に相違《さうゐ》なく、人《ひと》の見《み》る目《め》も立派《りつぱ》なほど、お位《くらゐ》の宜《い》い方々《かた〴〵》や御身《ごみ》分《ぶん》のある奥様《おくさま》がたとの御交際《おつきあひ》もして、兎《と》も角《かく》も原田《はらだ》の妻《つま》と名告《なのつ》て通《とほ》るには気骨《きぼね》の折《を》れる事《こと》もあらう、女子《をんな》どもの使《つか》ひやう出入《でい》りの者《もの》の行渡《ゆきわた》り、人《ひと》の上《うへ》に立《た》つものは夫《そ》れ丈《だけ》に苦労《くらう》が多《おほ》く、里方《さとかた》が此様《このやう》な身柄《みがら》では猶更《なほさら》のこと人《ひと》に侮《あなど》られぬやうの心懸《こゝろが》けもしなければ成《な》るまじ、夫《そ》れを種々《さま〴〵》に思《おも》ふて見《み》ると父《とゝ》さんだとて私《わたし》だとて孫《まご》なり子《こ》なりの顔《かほ》の見《み》たいは当　然《あたりまへ》なれど、余《あん》まりうるさく出入《でい》りをしてはと控《ひか》へられて、ほんに御門《ごもん》の前《まへ》を通《とほ》る事《こと》はありとも木綿着物《もめんきもの》に毛繻子《けじゆす》の洋《かふ》傘《もり》さした時《とき》には見《み》す〳〵お二階《かい》の簾《すだれ》を見《み》ながら、吁《あゝ》お関《せき》は何《なに》をして居《ゐ》る事《こと》かと思《おも》ひやるばかり行過《ゆきす》ぎて仕舞《しまひ》まする、実家《じつか》でも少《すこ》し何《なん》とか成《な》つて居《ゐ》たならばお前《まへ》の肩身《かたみ》も広《ひろ》からうし、同《おな》じくでも少《すこ》しは息《いき》のつけやう物《もの》を、何《なに》を云《い》ふにも此通《このとほ》り、お月見《つきみ》の団子《いし〳〵》をあげやうにも重箱《おぢう》からしてお恥《はづ》かしいでは無《な》からうか、ほんにお前《まへ》の心遣《こゝろづか》ひが思《おも》はれると嬉《うれ》しき中《なか》にも思《おも》ふまゝの通路《つうろ》が叶《かな》はねば、愚痴《ぐち》の一《ひ》トつかみ賤《いや》しき身分《みぶん》を情《なさけ》なげに言《い》はれて、本当《ほんたう》に私《わたし》は親不幸《おやふかう》だと思《おも》ひまする、それは成程《なるほど》和《やは》らかひ衣類《きもの》きて手車《てぐるま》に乗《の》りあるく時《とき》は立派《りつぱ》らしくも見《み》えませうけれど、父《とゝ》さんや母《かゝ》さんに斯《か》うして上《あげ》やうと思《おも》ふ事《こと》も出来《でき》ず、いはゞ自分《じぶん》の皮一重《かはひとゑ》、寧《いつ》そ賃仕事《ちんしごと》してもお傍《そば》で暮《くら》した方《はう》が余《よ》つぽど快《こゝろ》よう御座《ござ》いますと言《い》ひ出《だ》すに、馬鹿《ばか》、馬鹿《ばか》、其様《そのやう》な事《こと》を仮《かり》にも言《い》ふてはならぬ、嫁《よめ》に行《い》つた身《み》が実家《さと》の親《おや》の貢《みつぎ》をするなどゝ思《おも》ひも寄《よ》らぬこと、家《うち》に居《ゐ》る時《とき》は斎藤《さいとう》の娘《むすめ》、嫁入《よめい》つては原田《はらだ》の奥方《おくがた》ではないか、勇《いさむ》さんの気《き》に入《い》る様《やう》にして家《いへ》の内《うち》を納《おさ》めてさへ行《ゆ》けば何《なん》の子細《しさい》は無《な》い、骨《ほね》が折《を》れるからとて夫《そ》れ丈《だけ》の運《うん》のある身《み》ならば堪《た》へられぬ事《こと》は無《な》い筈《はづ》、女《をんな》などゝ言《い》ふ者《もの》は何《ど》うも愚痴《ぐち》で、お袋《ふくろ》などが詰《つま》らぬ事《こと》を言《い》ひ出《だ》すから困《こま》り切《き》る、いや何《ど》うも団子《だんご》を喰《た》べさせる事《こと》が出来《でき》ぬとて一日《いちにち》大《おほ》立腹《りつぷく》であつた、大分《だいぶ》熱心《ねつしん》で調製《こしらへ》たものと見《み》えるから十分《ぶん》に喰《た》べて安心《あんしん》させて遺《や》つて呉《く》れ、余程《よほど》甘《うま》からうぞと父親《てゝおや》の滑稽《おどけ》を入《い》れるに、再《ふたゝ》び言《い》ひそびれて御馳走《ごちそう》の栗枝豆《くりえだまめ》ありがたく頂戴《ちようだい》をなしぬ。

　嫁入《よめい》りてより七年《ねん》の間《あひだ》、いまだに夜《よ》に入《い》りて客《きやく》に来《き》しこともなく、土産《みやげ》もなしに一人歩行《ひとりあるき》して来《く》るなど悉皆《しつかい》ためしのなき事《こと》なるに、思《おも》ひなしか衣類《いるい》も例《いつも》ほど燦《きらびや》かならず、稀《まれ》に逢《あ》ひたる嬉《うれ》しさに左《さ》のみは心《こゝろ》も付《つ》かざりしが、聟《むこ》よりの言伝《ことづて》とて何《なに》一言《こと》の口上《こうじやう》もなく、無理《むり》に笑顔《ゑがほ》は作《つく》りながら底《そこ》に萎《しほ》れし処《ところ》のあるは何《なに》か子細《しさい》のなくては叶《かな》はず、父親《てゝおや》は机《つくえ》の上《うへ》の置時計《おきどけい》を眺《なが》めて、これやモウ程《ほど》なく十時《じ》になるが関《せき》は泊《とま》つて行《い》つて宜《よ》いのかの、帰《かへ》るならば最《も》う帰《かへ》らねば成《な》るまいぞと気《き》を引《ひ》いて見《み》る親《おや》の顔《かほ》、娘《むすめ》は今更《いまさら》のやうに見上《みあ》げて御父様《おとつさん》　私《わたくし》は御願《おねが》ひがあつて出《で》たので御座《ござ》ります、何《ど》うぞ御聞遊《おきゝあそば》して屹《きつ》となつて畳《たゝみ》に手《て》を突《つ》く時《とき》、はじめて一トしづく幾層《いくそ》の憂《う》きを洩《もら》しそめぬ。

　父《ちゝ》は穏《おだや》かならぬ色《いろ》を動《うご》かして、改《あらた》まつて何《なに》かのと膝《ひざ》を進《すゝ》めれば、私《わたし》は今宵限《こよひかぎ》り原田《はらだ》へ帰《かへ》らぬ決心《けつしん》で出《で》て参《まい》つたので御座《ござ》ります、勇《いさむ》が許《ゆる》しで参《まい》つたのではなく、彼《あ》の子《こ》を寐《ね》かして、太郎《たらう》を寐《ね》かしつけて、最早《もう》あの顔《かほ》を見《み》ぬ決心《けつしん》で出《で》て参《まい》りました、まだ私《わたし》の手《て》より外《ほか》誰《だ》れの守《も》りでも承諾《しようち》せぬほどの彼《あ》の子《こ》を、欺《だま》して寐《ね》かして夢《ゆめ》の中《うち》に、私《わたくし》は鬼《おに》に成《な》つて出《で》て参《まい》りました、御父様《おとつさん》、御母様《おつかさん》、察《さつ》して下《くだ》さりませ私《わたくし》は今日《けふ》まで遂《つ》ひに原田《はらだ》の身《み》に就《つ》いて御耳《おみゝ》に入《い》れました事《こと》もなく、勇《いさむ》と私《わたし》との中《なか》を人《ひと》に言《い》ふた事《こと》は御座《ござ》りませぬけれど、千度《ちたび》も百度《もゝたび》も考《かんが》へ直《なほ》して、二年《ねん》も三年《ねん》も泣尽《なきつく》して今日《けふ》といふ今日《けふ》どうでも離縁《りゑん》を貰《もら》ふて頂《いたゞ》かうと決心《けつしん》の臍《ほぞ》をかためました、何《ど》うぞ御願《おねが》ひで御座《ござ》ります離縁《りゑん》の状《じやう》を取《と》つて下《くだ》され、私《わたし》はこれから内職《ないしよく》なり何《なん》なりして亥之助《いのすけ》が片腕《かたうで》にもなられるやう心《こゝろ》がけますほどに、一生一人《いつしやうひとり》で置《お》いて下《くだ》さりませとわつと声《こゑ》たてるを嚙《かみ》しめる襦袢《じゆばん》の袖《そで》、墨絵《すみゑ》の竹《たけ》も紫竹《しちく》の色《いろ》にや出《いづ》ると哀《あは》れなり。

夫《そ》れは何《ど》ういふ子細《しさい》でと父《ちゝ》も母《はゝ》も詰寄《つめよ》つて問《とひ》かゝるに今《いま》までは黙《だま》つて居《ゐ》ましたれど私《わたし》の家《うち》の夫婦《めおと》さし向《むか》ひを半日見《はんにちみ》て下《くだ》さつたら大底《たいてい》が御解《おわか》りに成《なり》ませう、物言《ものい》ふは用事《ようじ》のある時慳貪《ときけんどん》に申《まをし》つけられるばかり、朝起《あさおき》まして機嫌《きげん》をきけば不図脇《ふとわき》を向《む》ひて庭《には》の草花《くさばな》を態《わざ》とらしき褒《ほ》め詞《ことば》、是《これ》にも腹《はら》はたてども良人《おつと》の遊《あそ》ばす事《こと》なればと我慢《がまん》して私《わたし》は何《なに》も言葉《ことば》あらそひした事《こと》も御座《ござ》んせぬけれど、朝飯《あさはん》あがる時《とき》から小言《こゞと》は絶《た》えず、召使《めしつかひ》の前《まへ》にて散々《さん〴〵》と私《わたし》が身《み》の不器用不作法《ぶきようぶさはう》を御《お》並《なら》べなされ、夫《そ》れはまだ〳〵辛棒《しんぼう》もしませうけれど、二言目《ことめ》には教育《けういく》のない身《み》、教育《けういく》のない身《み》と御蔑《おさげす》みなさる、それは素《もと》より華族女学校《くわぞくぢよがくかう》の椅子《いす》にかゝつて育《そだ》つた物《もの》ではないに相違《さうゐ》なく、御同僚《ごどうりよう》の奥様《おくさま》がたの様《やう》にお花《はな》のお茶《ちや》の、歌《うた》の画《ゑ》のと習《なら》ひ立《た》てた事《こと》もなければ其御話《そのおはな》しの御相手《おあいて》は出来《でき》ませぬけれど、出来《でき》ずは人知《ひとし》れず習《なら》はせて下《くだ》さつても済《す》むべき筈《はづ》、何《なに》も表向《おもてむ》き実家《ぢつか》の悪《わ》るいを風聴《ふうちやう》なされて、召使《めしつか》ひの婢女《をんな》どもに顔《かほ》の見《み》られるやうな事《こと》なさらずとも宜《よ》かりさうなもの、嫁入《よめい》つて丁度半年《てうどはんとし》ばかりの間《あいだ》は関《せき》や関《せき》やと下《した》へも置《お》かぬやうにして下《くだ》さつたけれど、あの子《こ》が出来《でき》てからと言《い》ふ物《もの》は丸《まる》で御人《おひと》が変《かは》りまして、思《おも》ひ出《だ》しても恐《おそ》ろしう御座《ござ》ります、私《わたし》はくら暗《やみ》の谷《たに》へ突落《つきおと》されたやうに暖《あたゝ》かい日《ひ》の影《かげ》といふを見《み》た事《こと》が御座《ござ》りませぬ、はじめの中《うち》は何《なに》か串談《じようだん》に態《わざ》とらしく邪慳《じやけん》に遊《あそ》ばすのと思《おも》ふて居《を》りましたけれど、全《まつた》くは私《わたし》に御飽《おあ》きなされたので此様《こう》もしたら出《で》てゆくか、彼様《あゝ》もしたら離縁《りゑん》をと言《い》ひ出《だ》すかと苦《いぢ》めて苦《いぢ》めて苦《いぢ》め抜《ぬ》くので御座《ござ》りましよ、御父様《おとつさん》も御母様《おつかさん》も私《わたし》の性分《せうぶん》は御存《ごぞん》じ、よしや良人《おつと》が芸者狂《げいしやぐる》ひなさらうとも、囲《かこ》い者《もの》して御置《おお》きなさらうとも其様《そん》な事《こと》に悋気《りんき》する私《わたし》でもなく、侍婢《をんな》どもから其様《そん》な噂《うわさ》も聞《きこ》えまするけれど彼《あ》れほど働《はたら》きのある御方《おかた》なり、男《をとこ》の身《み》のそれ位《くらゐ》はありうちと他処行《よそゆき》には衣類《めしもの》にも気《き》をつけて気《き》に逆《さか》らはぬやう心《こゝろ》がけて居《お》りまするに、唯《たゞ》もう私《わたし》の為《す》る事《こと》とては一から十まで面白《おもしろ》くなく覚《おぼ》しめし、箸《はし》の上《あ》げ下《おろ》しに家《いへ》の内《うち》の楽《たの》しくないは妻《つま》が仕方《しかた》が悪《わ》るいからだと仰《おつ》しやる、夫《そ》れも何《ど》ういふ事《こと》が悪《わる》い、此処《こゝ》が面白《おもしろ》くないと言《い》ひ聞《き》かして下《くだ》さる様《やう》ならば宜《よ》けれど、一筋《すぢ》に詰《つま》らぬくだらぬ、解《わか》らぬ奴《やつ》、とても相談《さうだん》の相手《あいて》にはならぬの、いはゞ太郎《たらう》の乳母《うば》として置《お》いて遣《つか》はすのと嘲《あざけ》つて仰《おつ》しやる斗《ばかり》、ほんに良人《おつと》といふではなく彼《あ》の御方《おかた》は鬼《おに》で御座《ござ》りまする、御自分《ごじぶん》の口《くち》から出《で》てゆけとは仰《おつ》しやりませぬけれど私《わたし》が此様《このやう》な意久地《いくぢ》なしで太郎《たらう》の可愛《かわゆ》さに気《き》が引《ひ》かれ、何《ど》うでも御詞《おことば》に異背《いはい》せず唯々《はい〱》と御小言《おこごと》を聞《き》いて居《お》りますれば、張《はり》も意気地《いきぢ》もない愚《ぐ》うたらの奴《やつ》、それからして気《き》に入《い》らぬと仰《おつ》しやりまする、左《さ》うかと言《い》つて少《すこ》しなりとも私《わたし》の言条《いひでう》を立《た》てゝ負《ま》けぬ気《き》に御返事《おへんじ》をしましたら夫《それ》を取《とつ》てに出《で》てゆけと言《い》はれるは必定《ひつぢやう》、私《わたし》は御母様《おつかさん》出《で》て来《く》るのは何《なん》でも御座《ござ》んせぬ、名《な》のみ立《りつ》派《ぱ》の原田勇《はらだいさむ》に離縁《りゑん》されたからとて夢《ゆめ》さら残《のこ》りをしいとは思《おも》ひませぬけれど、何《なん》にも知《し》らぬ彼《あ》の太郎《たらう》が、片親《かたおや》に成《な》るかと思《おも》ひまするとと意地《いぢ》もなく我慢《がまん》もなく、詫《わび》て機嫌《きげん》を取《と》つて、何《なん》でも無《な》い事《こと》に恐《おそ》れ入《い》つて、今日《けふ》までも物言《ものい》はず辛棒《しんぼう》して居《を》りました、御父様《おとつさん》、御母様《おつかさん》、私《わたし》は不運《ふうん》で御座《ござ》りますとて口措《くや》しさ悲《かな》しさ打出《うちいだ》し、思《おも》ひも寄《よ》らぬ事《こと》を談《かた》れば両親《ふたおや》は顔《かほ》を見合《みあは》せて、さては其様《そのやう》の憂《う》き中《なか》かと呆《あき》れて暫時《しばし》いふ事《こと》もなし。

　母親《はゝおや》は子《こ》に甘《あま》きならひ、聞《き》く毎々《こと〲》に身《み》にしみて口惜《くちを》しく、父様《とゝさん》は何《なん》と思《おぼ》し召《め》すか知《し》らぬが元来《もと〱》此方《こち》から貰《もら》ふて下《くだ》されと願《ねが》ふて遣《や》つた子《こ》ではなし、身分《みぶん》が悪《わる》いの学校《がくかう》が何《ど》うしたのと宜《よ》くも宜《よ》くも勝手《かつて》な事《こと》が言《い》はれた物《もの》、先方《さき》は忘《わす》れたかも知《し》らぬが此方《こちら》はたしかに日《ひ》まで覚《おぼ》えて居《ゐ》る、阿関《おせき》が十七の御正月《おしやうがつ》、まだ門松《かどまつ》を取《とり》もせぬ七日《なのか》の朝《あさ》の事《こと》であつた、旧《もと》の猿楽町《さるがくてう》の彼《あ》の家《うち》の前《まへ》で御隣《おとなり》の小娘《ちいさいの》と追羽根《おひばね》して、彼《あ》の娘《こ》の突《つ》いた白《しろ》い羽根《はね》が通《とほ》り掛《かゝ》つた原田《はらだ》さんの車《くるま》の中《なか》へ落《おち》たとつて、夫《そ》れをば阿関《おせき》が貰《もら》ひに行《ゆ》きしに、其時《そのとき》はじめて見《み》たとか言《い》つて人橋《ひとばし》かけてやい〱と貰《もら》ひたがる、御身分《おみぶん》がらにも釣合《つりあ》ひませぬし、此方《こちら》はまだ根《ね》つからの子供《こども》で何《なに》も稽古事《けいこごと》も仕込《しこ》んでは置《おき》ませず、支度《したく》とても唯今《たゞいま》の有様《ありさま》で御《ご》座《ざ》いますからとて幾度《いくたび》断《ことは》つたか知《し》れはせぬけれど、何《なに》も舅《しうと》　姑《しうとめ》のやかましいが有《あ》るでは無《な》し、我《わし》が欲《ほ》しくて我《わし》が貰《もら》ふに身分《みぶん》も何《なに》も言《い》ふ事《こと》はない、稽古《けいこ》は引取《ひきと》つてからでも充分《じうぶん》させられるから其心配《そのしんぱい》も要《い》らぬ事《こと》、兎角《とかく》くれさへすれば大《だい》事《じ》にして置《お》かうからと夫《それ》は夫《それ》は火《ひ》のつく様《やう》に催促《さいそく》して、此方《こちら》から強請《ねだつ》た訳《わけ》ではなけれど支度《したく》まで先方《さき》で調《とゝの》へて謂《い》はゞ御前《おまへ》は恋《こひ》　女《によ（う）》　房《ばう》、私《わたし》や父様《とゝさん》が遠慮《ゑんりよ》して左《さ》のみは出入《でい》りをせぬといふも勇《いさむ》さんの身分《みぶん》を恐《おそ》れてゞは無《な》い、これが妾手《めかけて》かけに出《だ》したのではなし正当《しようたう》にも正当《しようとう》にも百《ひやく》まんだら頼《たの》みによこして貰《もら》つて行《い》つた嫁《よめ》の親《おや》、大威張《おほゐばり》に出這入《ではいり》しても差《さし》つかへは無《な》けれど、彼方《あちら》が立派《りつぱ》にやつて居《ゐ》るに、此方《こちら》が此通《このとほ》りつまらぬ活計《くらし》をして居《ゐ》れば、御前《おまへ》の縁《ゑん》にすがつて聟《むこ》の助力《たすけ》を受《う》けもするかと他人様《ひとさま》の処思《おもはく》が口惜《くちを》しく、痩《や》せ我慢《がまん》では無《な》けれど交際《つきあひ》だけは御身分相応《ごみぶんさうおう》に尽《つく》して、平常《へいぜい》は逢《あ》いたい娘《むすめ》の顔《かほ》も見《み》ずに居《ゐ》まする、夫《そ》れをば何《なん》の馬鹿《ばか》〳〵しい親《おや》なし子《ご》でも拾《ひろ》つて行《い》つたやうに大層《たいさう》らしい、物《もの》が出来《でき》るの出来《き》ぬのと宜《よ》く其様《そん》な口《くち》が利《き》けた物《もの》、黙《だま》つて居《ゐ》ては際限《さいげん》もなく募《つの》つて夫《そ》れは夫《そ》れは癖《くせ》に成《な》つて仕舞《しま》ひます、第《だい》一は婢女《をんな》どもの手前奥様《てまへおくさま》の威光《ゐくわう》が削《そ》げて、末《すゑ》には御前《おまへ》の言《い》ふ事《こと》を聞《き》く者《もの》もなく、太郎《たらう》を仕立《したて》るにも母様《はゝさん》を馬鹿《ばか》にする気《き》になられたら何《なん》としまする、言《い》ふだけの事《こと》は屹度《きつと》言《い》ふて、それが悪《わ》るいと小言《こゞと》をいふたら何《なん》の私《わたし》にも家《うち》が有《あり》ますとて出《で》て来《く》るが宜《よ》からうでは無《な》いか、実《ほん》に馬鹿《ばか》〳〵しいとつては夫《そ》れほどの事《こと》を今日《けふ》が日《ひ》まで黙《だま》つて居《ゐ》るといふ事《こと》が有《あ》ります物《もの》か、余《あんま》り御前《おまへ》が温順《おとな》し過《すぎ》るから我儘《わがまゝ》がつのられたのであろ、聞《き》いた計《ばかり》でも腹《はら》が立《た》つ、もう〳〵退《ひ》けて居《ゐ》るには及《およ》びません、身分《みぶん》が何《なん》であらうが父《ちゝ》もある母《はゝ》もある、年《とし》はゆかねど亥之助《いのすけ》といふ弟《おとゝ》もあればその様《やう》な火《ひ》の中《なか》にじつとして居《ゐ》るには及《およ》ばぬこと、なあ父様《とゝさん》、一遍《ぺん》勇《いさむ》さんに逢《あ》ふて十分《ぶん》油《あぶら》を取《と》つたら宜《よ》う御座《ござ》りましよと母《はゝ》は猛《たけ》つて前後《ぜんご》もかへり見《み》ず。

　父親《てゝおや》は先刻《さきほど》より腕《うで》ぐみして目《め》を閉《と》ぢて有《あり》けるが、あゝ御袋《おふくろ》、無茶《むちや》の事《こと》を言《い》ふてはならぬ、我《わ》しさへ始《はじ》めて聞《き》いて何《ど》うした物《もの》かと思案《しあん》にくれる、阿関《おせき》の事《こと》なれば並大底《なみたいてい》で此様《こん》な事《こと》を言《い》ひ出《だ》しさうにもなく、よく〳〵愁《つ》らさに出《で》て来《き》たと見《み》えるが、して今夜《こんや》は聟《むこ》どのは不在《るす》か、何《なに》か改《あら》たまつての事件《じけん》でもあつてか、いよ〳〵離縁《りゑん》するとでも言《い》はれて来《き》たのかと落《おち》ついて問《と》ふに、良人《おつと》は一昨日《おとゝひ》より家《うち》へとては帰《かへ》られませぬ、五日《か》六日《か》と家《うち》を明《あ》けるは平常《つね》の事《こと》、左《さ》のみ珍《めづ》らしいとは思《おも》ひませぬけれど出際《でぎは》に召物《めしもの》の揃《そろ》へかたが悪《わる》いとて如何《いか》ほど詫《わ》びても聞入《きゝい》れがなく、其品《それ》をば脱《ぬ》いで擲《たゝ》きつけて、御自身洋服《ごじゝんようふく》にめしかへて、吁《あゝ》、私位不《わしぐらゐふ》仕合《しあはせ》の人間《にんげん》はあるまい、御前《おまへ》のやうな妻《つま》を持《も》つたのはと言《い》ひ捨《ず》てに出《で》て御出《おい》で遊《あそば》しました、何《なん》といふ事《こと》で御座《ござ》りませう一年《ねん》三百六十五日物《にちもの》いふ事《こと》も無《な》く、稀々《たま〳〵》言《い》はれるは此様《このやう》な情《なさけ》ない詞《ことば》をかけられて、夫《そ》れでも原田《はらだ》の妻《つま》と言《い》はれたいか、太郎《たらう》の母《はゝ》で候《さふらふ》と顔《かほ》おし拭《ぬぐ》つて居《ゐ》る心《こゝろ》か、我身《わがみ》ながら我身《わがみ》の辛棒《しんぼう》がわかりませぬ、もう〳〵もう私《わたし》は良人《つま》も子《こ》も御座《ござ》んせぬ嫁入《よめいり》せぬ昔《むか》しと思《おも》へば夫《そ》れまで、あの頑是《ぐわんぜ》ない太郎《たらう》の寝顔《ねがほ》を眺《なが》めながら置《お》いて来《く》るほどの心《こゝろ》になりましたからは、最《も》う何《ど》うでも勇《いさむ》の傍《そば》に居《ゐ》る事《こと》は出来《でき》ませぬ、親《おや》はなくとも子《こ》は育《そだ》つと言《い》ひまするし、私《わたし》の様《やう》な不運《ふうん》の母《はゝ》の手《て》で育《そだ》つより継母御《まゝはゝご》なり御手《おて》かけなり気《き》に適《かな》ふた人《ひと》に育《そだ》てゝ貰《もら》ふたら、少《すこ》しは父御《てゝご》も可愛《かわゆ》がつて後々《のち〳〵》あの子《こ》の為《ため》にも成《な》りませう、私《わたし》はもう今宵《こよひ》かぎり何《ど》うしても帰《かへ》る事《こと》は致《いた》しませぬとて、断《た》つても断《た》てぬ子《こ》の可憐《かわゆ》さに、奇麗《きれい》に言《い》へども詞《ことば》はふるへぬ。

父《ちゝ》は歎息《たんそく》して、無理《むり》は無《な》い、居愁《ゐづ》らくもあらう、困《こま》つた中《なか》に成《な》つたものよと暫時《しばらく》阿関《おせき》の顔《かほ》を眺《なが》めしが、大丸髷《おほまるまげ》に金《きん》輪《わ》の根《ね》を巻《ま》きて黒縮緬《くろちりめん》の羽織《はをり》何《なん》の惜《を》しげもなく、我《わ》が娘《むすめ》ながらもいつしか調《とゝの》ふ奥様風《おくさまふう》、これをば結《むす》び髪《がみ》に結《ゆ》ひかへさせて綿銘仙《めんめいせん》の半天《はんてん》に襷《たすき》がけの水仕業《みづしわざ》さする事《こと》いかにして忍《しの》ばるべき、太郎《たらう》といふ子《こ》もあるものなり、一端《たん》の怒《いか》りに百年《ねん》の運《うん》を取《とり》はづして、人《ひと》には笑《わら》はれものとなり、身《み》はいにしへの斎藤主計《さいとうかずへ》が娘《むすめ》に戻《もど》らば、泣《な》くとも笑《わら》ふとも再度《ふたゝび》原田《はらだ》太郎《たらう》が母《はゝ》とは呼《よ》ばるゝ事《こと》成《な》るべきにもあらず、良人《おつと》に未練《みれん》は残《のこ》さずとも我《わ》が子《こ》の愛《あい》の断《た》ちがたくは離《はな》れていよ〳〵物《もの》をも思《おも》ふべく、今《いま》の苦労《くらう》を恋《こひ》しがる心《こゝろ》も出《い》づべし、斯《か》く形《かたち》よく生《うま》れたる身《み》の不幸《ふしやはせ》、不相応《ふさうおう》の縁《ゑん》につながれて幾《いく》らの苦《く》労《らう》をさする事《こと》と哀《あは》れさの増《まさ》れども、いや阿関《おせき》こう言《い》ふと父《ちゝ》が無慈悲《むじひ》で汲取《くみと》つて呉《く》れぬのと思《おも》ふか知《し》らぬが決《けつ》して御前《おまへ》を叱《し》かるではない、身分《みぶん》が釣合《つりあ》はねば思《おも》ふ事《こと》も自然違《しぜんちが》ふて、此方《こちら》は真《しん》から尽《つく》す気《き》でも取《と》りやうに寄《よ》つては面白《おもしろ》くなく見《み》える事《こと》もあらう、勇《いさむ》さんだからとて彼《あ》の通《とほ》り物《もの》の道理《だうり》を心得《こゝろえ》た、利発《りはつ》の人《ひと》ではあり随分学者《ずいぶんがくしや》でもある、無茶苦茶《むちやくちや》にいぢめ立《たて》る訳《わけ》ではあるまいが、得《え》て世間《せけん》に褒《ほ》め物《もの》の敏腕家《はたらきて》などゝ言《い》はれるは極《きわ》めて恐《おそ》ろしい我《わが》まゝ物《もの》、外《そと》では知《し》らぬ顔《かほ》に切《き》つて廻《まわ》せど勤《つと》め向《む》きの不平《ふへい》などまで家内《うち》へ帰《かへ》つて当《あた》りちらされる、的《まと》に成《な》つては随分《ずいぶん》つらい事《こと》もあらう、なれども彼《あ》れほどの良人《おつと》を持《も》つ身《み》のつとめ、区役所《くやくしよ》がよひの腰弁当《こしべんたう》が釜《かま》の下《した》を焚《た》きつけて呉《くれ》るのとは格《かく》が違《ちが》ふ、随《した》がつてやかましくもあらう六づかしくもあろう夫《それ》を機嫌《きげん》の好《い》い様《やう》にとゝのへて行《ゆ》くが妻《つま》の役《やく》、表面《うわべ》には見《み》えねど世間《せけん》の奥様《おくさま》といふ人達《ひとたち》の何《いづ》れも面白《おもしろ》くをかしき中《なか》ばかりは有《あ》るまじ、身《み》一つと思《おも》へば恨《うら》みも出《で》る、何《なん》の是《こ》れが世《よ》の勤《つと》めなり、殊《こと》には是《こ》れほど身《み》がらの相違《さうゐ》もある事《こと》なれば人《ひと》一倍《ばい》の苦《く》もある道理《だうり》、お袋《ふくろ》などが口広《くちひろ》い事《こと》は言《い》へど亥之《ゐの》が昨今《さくこん》の月給《げつきう》に有《あり》ついたも必竟《ひつきやう》は原田《はらだ》さんの口入《くちい》れではなからうか、七光《なゝひかり》どころか十光《とひかり》もして間接《よそ》ながらの恩《おん》を着《き》ぬとは言《い》はれぬに愁《つ》らからうとも一つは親《おや》の為《ため》弟《おとゝ》の為《ため》、太郎《たらう》といふ子《こ》もあるものを今日《けふ》までの辛棒《しんぼう》がなるほどならば、是《こ》れから後《ご》とて出来《でき》ぬ事《こと》はあるまじ、離縁《りゑん》を取《と》つて出《で》たが宜《よ》いか、太郎《たらう》は原田《はらだ》のもの、其方《そち》は斎藤《さいとう》の娘《むすめ》、一度《ど》縁《ゑん》が切《き》れては二度《ど》と顔《かほ》見《み》にゆく事《こと》もなるまじ、同《おな》じく不運《ふうん》に泣《な》くほどならば原田《はらだ》の妻《つま》で大泣《おほな》きに泣《な》け、なあ関《せき》さうでは無《な》いか、合点《がてん》がいつたら何事《なにごと》も胸《むね》に納《おさ》めて、知《し》らぬ顔《かほ》に今夜《こんや》は帰《かへ》つて、今《いま》まで通《どほ》りつゝしんで世《よ》を送《おく》つて呉《く》れ、お前《まへ》が口《くち》に出《だ》さんとても親《おや》も察《さつ》しる弟《おとゝ》も察《さつ》しる、涙《なみだ》は各自《てんで》に分《わけ》て泣《な》かうぞと因果《いんぐわ》を含《ふく》めてこれも目《め》を拭《ぬぐ》ふに、阿関《おせき》はわつと泣《な》いて夫《そ》れでは離《り》縁《ゑん》をといふたも我《わが》まゝで御座《ござ》りました、成程《なるほど》太郎《たらう》に別《わか》れて顔《かほ》も見《み》られぬ様《やう》にならば此世《このよ》に居《ゐ》たとて甲斐《かひ》もないものを、唯目《たゞめ》の前《まへ》の苦《く》をのがれたとて何《ど》うなる物《もの》で御座《ござ》んせう、ほんに私《わたし》さへ死《し》んだ気《き》にならば三方《ばう》四方波風《はうなみかぜ》たゝず、兎《と》もあれ彼《あ》の子《こ》も両親《れうしん》の手《て》で育《そだ》てられまするに、つまらぬ事《こと》を思《おも》ひ寄《より》まして、貴君《あなた》にまで嫌《い》やな事《こと》を御聞《おき》かせ申《まをし》ました、今宵限《こよひかぎ》り関《せき》はなくなつて魂《たましゐ》一つが彼《あ》の子《こ》の身《み》を守《まも》るのと思《おも》ひますれば良人《おつと》のつらく当《あた》る位《くらゐ》百年《ねん》も辛棒《しんぼう》出来《でき》さうな事《こと》、よく御言葉《おことば》も合点《がてん》が行《ゆ》きました、もう此様《こん》な事《こと》は御聞《おき》かせ申《まをし》ませぬほどに心配《しんぱい》をして下《くだ》さりますなとて拭《ぬぐ》ふあとから又涙《またなみだ》、母親《はゝおや》は声《こゑ》たてゝ何《なん》といふ此娘《このこ》は不仕合《ふしやわせ》と又《また》一しきり大泣《おほな》きの雨《あめ》、くもらぬ月《つき》も折《をり》から淋《さび》しくて、うしろの土手《どて》の自然生《しぜんばへ》を弟《おとゝ》の亥之《ゐの》が折《をつ》て来《き》て、瓶《びん》にさしたる薄《すゝき》の穂《ほ》の招《まね》く手振《てぶ》りも哀《あは》れなる夜《よ》なり。

　実家《じつか》は上野《うへの》の新坂下《しんざかした》、駿河台《するがだい》への路《みち》なれば茂《しげ》れる森《もり》の木《こ》のした暗侘《やみわび》しけれど、今宵《こよひ》は月《つき》もさやかなり、広小路《ひろこうぢ》へ出《いづ》れば昼《ひる》も同様《どうやう》、雇《やと》ひつけの車宿《くるまやど》とて無《な》き家《いへ》なれば路《みち》ゆく車《くるま》を窓《まど》から呼《よ》んで、合点《がてん》が行《い》つたら兎《と》も角《かく》も帰《かへ》れ、主人《あるじ》の留守《るす》に断《ことはり》なしの外出《ぐわいしゆつ》、これを咎《とが》められるとも申訳《まをしわけ》の詞《ことば》は有《あ》るまじ、少《すこ》し時刻《じこく》は遅《おく》れたれど車《くるま》ならばつひ一ト飛《とび》、話《はな》しは重《かさ》ねて聞《き》きに行《ゆ》かう、先《ま》づ今夜《こんや》は帰《かへ》つて呉《く》れとて手《て》を取《と》つて引出《ひきいだ》すやうなるも事《こと》あら立《だて》じの親《おや》の慈悲《じひ》、阿関《おせき》はこれまでの身《み》と覚悟《かくご》してお父様《とつさん》、お母様《つかさん》、今夜《こんや》の事《こと》はこれ限《かぎ》り、帰《かへ》りまするからは私《わたし》は原田《はらだ》の妻《つま》なり、良人《おつと》を誹《そし》るは済《す》みませぬほどに最《も》う何《なに》も言《い》ひませぬ、関《せき》は立派《りつぱ》な良人《おつと》を持《も》つたので弟《おとゝ》の為《ため》にも好《い》い片腕《かたうで》、あゝ安心《あんしん》なと喜《よろこ》んで居《ゐ》て下《くだ》されば私《わたし》は何《なに》も思《おも》ふ事《こと》は御座《ござ》んせぬ、決《けつ》して決《けつ》して不了簡《ふりやうけん》など出《だ》すやうな事《こと》はしませぬほどに夫《そ》れも案《あん》じて下《くだ》さりますな、私《わたし》の身体《からだ》は今夜《こんや》をはじめに勇《いさむ》のものだと思《おも》ひまして、彼《あ》の人《ひと》の思《おも》ふまゝに何《なん》となりして貰《もら》ひましよ、夫《それ》では最《も》う私《わたし》は戻《もど》ります、亥之《いの》さんが帰《かへ》つたらば宜《よろ》しくいふて置《お》いて下《くだ》され、お父様《とつさん》もお母様《つかさん》も御機嫌《ごきげん》よう、此次《このつぎ》には笑《わら》ふて参《まゐ》りまするとて是非《ぜひ》なさゝうに立《たち》あがれば、母親《はゝおや》は無《な》けなしの巾着《きんちやく》さげて出《で》て駿河台《するがだい》まで何程《いくら》でゆくと門《かど》なる車夫《しやふ》に声《こゑ》をかくるを、あ、お母様《つかさん》それは私《わたし》がやりまする、有《あり》がたう御座《ござ》んしたと温順《おとな》しく挨拶《あいさつ》して、格子戸《かうしど》くゞれば顔《かほ》に袖《そで》、涙《なみだ》をかくして乗《の》り移《うつ》る哀《あは》れさ、家《うち》には父《ちゝ》が咳払《せきばら》ひの是《こ》れもうるめる声成《こゑなり》し。

下

さやけき月《つき》に風《かぜ》のおと添《そ》ひて、虫《むし》の音《ね》たえ〴〵に物《もの》がなしき上野《うへの》へ入《い》りてよりまだ一町《てう》もやう〳〵と思《おも》ふに、いかにしたるか車夫《しやふ》はぴつたりと轅《かぢ》を止《と》めて、誠《まこと》に申《まをし》かねましたが私《わたし》はこれで御免《ごめん》を願《ねが》ひます、代《だい》は入《い》りませぬからお下《お》りなすつてと突然《だしぬけ》にいはれて、思《おも》ひもかけぬ事《こと》なれば阿関《おせき》は胸《むね》をどつきりとさせて、あれお前《まへ》そんな事《こと》を言《い》つては困《こま》るではないか、少《すこ》し急《いそ》ぎの事《こと》でもあり増《ま》しは上《あ》げやうほどに骨《ほね》を折《を》つてお呉《く》れ、こんな淋《さび》しい処《ところ》では代《かは》りの車《くるま》も有《あ》るまいではないか、それはお前人困《まへひとこま》らせといふ物《もの》、愚図《ぐず》らずに行《い》つてお呉《く》れと少《すこ》しふるへて頼《たの》むやうに言《い》へば、増《ま》しが欲《ほ》しいと言《い》ふのでは有《あり》ませぬ、私《わたし》からお願《ねが》ひです何《ど》うぞお下《お》りなすつて、最《も》う引《ひ》くのが厭《い》やに成《な》つたので御座《ござ》りますと言《い》ふに、夫《それ》ではお前加減《まへかげん》でも悪《わ》るいか、まあ何《ど》うしたと言《い》ふ訳《わけ》、此処《ここ》まで挽《ひ》いて来《き》て厭《い》やに成《な》つたでは済《す》むまいがねと声《こゑ》に力《ちから》を入《い》れて車夫《しやふ》を叱《しか》れば、御免《ごめん》なさいまし、もう何《ど》うでも厭《い》やに成《な》つたのですからとて提燈《ちようちん》を持《もち》しまゝ不図《ふと》脇《わき》へのがれて、お前《まへ》は我《わが》まゝの車夫《くるまや》さんだね、夫《それ》ならば約定《きめ》の処《ところ》までとは言《い》ひませぬ、代《かは》りのある処《とこ》まで行《い》つて呉《く》れゝば夫《それ》でよし、代《だい》はやるほどに何処《どこ》か其処《そこ》らまで、切《せ》めて広小路《ひろこうぢ》までは行《い》つてお呉《く》れと優《やさ》しい声《こゑ》にすかす様《やう》にいへば、成《な》るほど若《わか》いお方《かた》ではあり此淋《このさび》しい処《ところ》へおろされては定《さだ》めしお困《こま》りなさりませう、これは私《わたし》が悪《わる》う御座《ござ》りました、ではお乗《の》せ申《まをし》ませう、お供《とも》を致《いた》しませう、嘸《さぞ》お驚《おどろ》きなさりましたろうとて悪《わる》者らしくもなく提燈《ちようちん》を持《もち》かゆるに、お関《せき》もはじめて胸《むね》をなで、心丈夫《こゝろじようぶ》に車夫《しやふ》の顔《かほ》を見《み》れば二十五六の色黒《いろくろ》く、小男《こをとこ》の痩《や》せぎす、あ、月《つき》に背《そむ》けたあの顔《かほ》が誰《た》れやらで有《あ》つた、誰《た》れやらに似《に》て居《ゐ》ると人《ひと》の名《な》も咽元《のどもと》まで転《ころ》がりながら、もしやお前《まへ》さんはと我知《われし》らず声《こゑ》をかけるに、ゑ、と驚《おどろ》いて振《ふり》あふぐ男《をとこ》、あれお前《まへ》さんは彼《あ》のお方《かた》では無《な》いか、私《わたし》をよもやお忘《わす》れはなさるまいと車《くるま》より滑《すべ》るやうに下《お》りてつく〴〵と打《うち》まもれば、貴嬢《あなた》は斎藤《さいとう》の阿関《おせき》さん、面目《めんもく》も無《な》い此様《こん》な姿《なり》で、背後《うしろ》に目《め》が無《な》ければ何《なん》の気《き》もつかずに居《ゐ》ました、夫《そ》れでも音声《ものごゑ》にも心《こゝろ》づくべき筈《はづ》なるに、私《わたし》は余程《よつぽど》の鈍《どん》に成《な》りましたと下《した》を向《む》いて身《み》を恥《はぢ》れば、阿関《おせき》は頭《つむり》の先《さき》より爪先《つまさき》まで眺《なが》めていゑ〳〵私《わたし》だとて往来《わうらい》で行逢《ゆきあ》ふた位《くらゐ》ではよもや貴君《あなた》と気《き》は付《つ》きますまい、唯《たつ》た今《いま》の先《さき》までも知《し》らぬ他人《たにん》の車夫《くるまや》さんとのみ思《おも》ふて居《ゐ》ましたに御存《ごぞん》じないは当然《あたりまへ》、勿体《もつたい》ない事《こと》であつたれど知《し》らぬ事《こと》なればゆるして下《くだ》され、まあ何時《いつ》から此様《こん》な業《こと》して、よく其《その》か弱《よは》い身《み》に障《さわ》りもしませぬか、伯母《おば》さんが田舎《いなか》へ引取《ひきと》られてお出《いで》なされて、小川《をがはまち》のお店《みせ》をお廃《や》めなされたといふ噂《うわさ》は他処《よそ》ながら聞《き》いても居《ゐ》ましたれど、私《わたし》も昔《むか》しの身《み》でなければ種々《いろ〳〵》と障《さわ》る事《こと》があつてな、お尋《たづ》ね申《まを》すは更《さら》なること手紙《てがみ》あげる事《こと》も成《なり》ませんかつた、今《いま》は何処《どこ》に家《うち》を持《も》つて、お内儀《かみ》さんも御健勝《おまめ》か、小児《ちツさい》のも出来《でき》てか、今《いま》も私《わたし》は折《をり》ふし小川町《をがはまち》の勧工場《くわんこうば》見物《み》に行《ゆき》まする度々《たび〳〵》、旧《もと》のお店《みせ》がそつくり其儘《そのまゝ》同《おな》じ烟草店《たばこみせ》の能登《のと》やといふに成《な》つて居《ゐ》まするを、何時通《いつとほ》つても覗《のぞ》かれて、あゝ高坂《かうさか》の録《ろく》さんが子供《こども》であつたころ、学校《がくかう》の行返《ゆきもど》りに寄《よ》つては巻烟草《まきたばこ》のこぼれを貰《もら》ふて、生意気《なまいき》らしう吸立《すいた》てた物《もの》なれど、今《いま》は何処《どこ》に何《なに》をして、気《き》の優《やさ》しい方《かた》なれば此様《こん》な六《む》づかしい世《よ》に何《ど》のやうの世渡《よわた》りをしてお出《いで》ならうか、夫《そ》れも心《こゝろ》にかゝりまして、実家《じつか》へ行《ゆ》く度《たび》に御様子《ごやうす》を、もし知《し》つても居《ゐ》るかと聞《き》いては見《み》まするけれど、猿楽町《さるがくてう》を離《はな》れたのは今《いま》で五年《ねん》の前《まへ》、根《ね》つからお便《たよ》りを聞《き》く縁《ゑん》がなく、何《ど》んなにお懐《なつか》しう御座《ござ》んしたらうと我身《わがみ》のほどをも忘《わす》れて問《と》ひかくれば、男《をとこ》は流《なが》れる汗《あせ》を手拭《てぬぐひ》にぬぐふて、お恥《はづ》かしい身《み》に落《おち》まして今《いま》は家《うち》と言《い》ふ物《もの》も御座《ござ》りませぬ、寐処《ねどころ》は浅草町《あさくさまち》の安宿《やすやど》、村田《むらた》といふが二階《かい》に転《ころ》がつて、気《き》に向《む》ひた時《とき》は今夜《こんや》のやうに遅《おそ》くまで挽《ひ》く事《こと》もありまするし、厭《い》やと思《おも》へば日《ひ》がな一日《いちにち》ごろ〳〵として烟《けぶり》のやうに暮《くら》して居《ゐ》まする、貴嬢《あなた》は相変《あいかは》らずの美《うつ》くしさ、奥様《おくさま》にお成《な》りなされたと聞《き》いた時《とき》から夫《それ》でも一度《ど》は拝《おが》む事《こと》が出来《でき》るか、一生《しよう》の内《うち》に又《また》お言葉《ことば》を交《か》はす事《こと》が出来《でき》るかと夢《ゆめ》のやうに願《ねが》ふて居《ゐ》ました、今日《けふ》までは入用《いりよう》のない命《いのち》と捨《す》て物《もの》に取《とり》あつかふて居《ゐ》ましたけれど命《いのち》があればこその御対面《ごたいめん》、あゝ宜《よ》く私《わたくし》を高坂《かうさか》の録之助《ろくのすけ》と覚《おぼ》えて居《ゐ》て下《くだ》さりました、辱《かたじけ》なう御座《ござ》りますと下《した》を向《む》くに、阿関《おせき》はさめ〴〵として誰《だ》れも憂《う》き世《よ》に一人《ひとり》と思《おも》ふて下《くだ》さるな。

　してお内儀《かみ》さんはと阿関《おせき》の問《と》へば、御存《ごぞん》じで御座《ござ》りましよ筋向《すぢむか》ふの杉田《すぎた》やが娘《むすめ》、色《いろ》が白《しろ》いとか恰好《かつかう》が何《ど》うだとか言《い》ふて世間《せけん》の人《ひと》は暗雲《やみくも》に褒《ほ》めたてた女《もの》で御座《ござ》ります、私《わたし》が如何《いか》にも放蕩《のら》をつくして家《うち》へとては寄《よ》りつかぬやうに成《な》つたを、貰《もら》ふべき頃《ころ》に貰《もら》ふ物《もの》を貰《もら》はぬからだと親類《しんるい》の中《うち》の解《わか》らずやが勘違《かんちが》ひして、彼《あ》れならばと母親《はゝおや》が眼鏡《めがね》にかけ、是非《ぜひ》もらへ、やれ貰《もら》へと無茶苦茶《むちやくちや》に進《すゝ》めたてる五月蝿《うるさ》さ、何《ど》うなりと成《な》れ、成《な》れ、勝手《かつて》に成《な》れとて彼《あ》れを家《うち》へ迎《むか》へたは丁《てう》度《ど》貴嬢《あなた》が御懐妊《ごくわいにん》だと聞《きゝ》ました時分《じぶん》の事《こと》、一年目《ねんめ》には私《わたし》が処《ところ》にもお目出《めで》たうを他人《ひと》からは言《い》はれて、犬張子《いぬはりこ》や風車《かざぐるま》を並《なら》べたてる様《やう》に成《な》りましたれど、何《なん》のそんな事《こと》で私《わたし》が放蕩《のら》のやむ事《こと》か、人《ひと》は顔《かほ》の好《い》い女房《にようぼ》を持《も》たせたら足《あし》が止《と》まるか、子《こ》が生《うま》れたら気《き》が改《あらた》まるかとも思《おも》ふて居《ゐ》たのであらうなれど、たとへ小町《こまち》と西施《せいし》と手《て》を引《ひ》いて来《き》て、衣通姫《そとほりひめ》が舞《ま》ひを舞《ま》つて見《み》せて呉《く》れても私《わたし》の放蕩《のら》は直《なほ》らぬ事《こと》に極《き》めて置《お》いたを、何《なん》で乳《ちゝ》くさい子供《こども》の顔見《かほみ》て発心《ほつしん》が出来《でき》ませう、遊《あそ》んで遊《あそ》んで遊《あそ》び抜《ぬ》いて、呑《の》んで呑《の》んで呑《の》み尽《つく》して、家《いへ》も稼業《かげふ》もそつち除《の》けに箸《はし》一本《ぽん》もたぬやうに成《な》つたは一昨々年《さきおとゝし》、お袋《ふくろ》は田舎《いなか》へ嫁入《よめい》つた姉《あね》の処《ところ》に引取《ひきと》つて貰《もら》ひまするし、女房《にようぼ》は子《こ》をつけて実家《さと》へ戻《もど》したまゝ音信不通《いんしんふつう》、女《をんな》の子《こ》ではあり惜《を》しいとも何《なん》とも思《おも》ひはしませぬけれど、其子《そのこ》も昨年《さくねん》の暮《くれ》チプスに懸《かゝ》つて死《し》んださうに聞《きゝ》ました、女《をんな》はませな物《もの》ではあり、死《し》ぬ際《ぎは》には定《さだ》めし父様《とゝさん》とか何《なん》とか言《い》ふたので御座《ござ》りましよう、今年《ことし》居《ゐ》れば五つになるので御座《ござ》りました、何《なん》のつまらぬ身《み》の上《うへ》、お話《はなし》にも成《な》りませぬ。

　男《をとこ》はうす淋《さび》しき顔《かほ》に笑《ゑ》みを浮《うか》べて貴孃《あなた》といふ事《こと》も知《し》りませぬので、飛《と》んだ我《わが》まゝの不調法《ぶてうはふ》、さ、お乗《の》りなされ、お供《とも》をしまする、嘸不意《さぞふい》でお驚《おどろ》きなさりましたろう、車《くるま》を挽《ひ》くと言《い》ふも名《な》ばかり、何《なに》が楽《たの》しみに轅棒《かぢぼう》をにぎつて、何《なに》が望《のぞ》みに牛馬《うしうま》の真似《まね》をする、銭《ぜに》を貰《もら》へたら嬉《うれ》しいか、酒《さけ》が呑《の》まれたら愉快《ゆくわい》なか、考《かんが》へれば何《なに》も彼《か》も悉皆《しつかい》厭《い》やで、お客様《きやくさま》を乗《の》せやうが空車《から》の時《とき》だらうが嫌《い》やとなると用捨《ようしや》なく嫌《い》やに成《なり》まする、呆《あき》れはてる我《わが》まゝ男《をとこ》、愛想《あいそ》が尽《つ》きるでは有《あ》りませぬか、さ、お乗《の》りなされ、お供《とも》をしますと進《すゝ》められて、あれ知《し》らぬ中《うち》は仕方《しかた》もなし、知《し》つて其車《それ》に乗《の》れます物《もの》か、夫《そ》れでも此様《こん》な淋《さび》しい処《ところ》を一人《ひとり》ゆくは心細《こゝろぼそ》いほどに、広小路《ひろこうぢ》へ出《で》るまで唯道《たゞみち》づれに成《な》つて下《くだ》され、話《はな》しながら行《ゆき》ませうとてお関《せき》は小褄《こづま》少《すこ》し引《ひき》あげて、ぬり下駄《げた》のおと是《こ》れも淋《さび》しげなり。

　昔《むかし》の友《とも》といふ中《うち》にもこれは忘《わす》られぬ由縁《ゆかり》のある人《ひと》、小川町《をがはまち》の高坂《かうさか》とて小奇麗《こぎれい》な烟草屋《たばこや》の一人息子《ひとりむすこ》、今《いま》は此様《このやう》に色《いろ》も黒《くろ》く見《み》られぬ男《をとこ》になつては居《ゐ》れども、世《よ》にある頃《ころ》の唐桟《とうざん》ぞろひに小気《こき》の利《き》いた前《まへ》だれがけ、お世辞《せじ》も上手《じやうず》、愛敬《あいけう》もありて、年《とし》の行《ゆ》かぬやうにも無《な》い、父親《てゝおや》の居《ゐ》た時《とき》よりは却《かへ》つて店《みせ》が賑《にぎ》やかなと評判《ひやうばん》された利口《りこう》らしい人《ひと》の、さても〳〵の替《かは》り様《やう》、我身《わがみ》が嫁入《よめい》りの噂《うわさ》聞《きこ》え初《そめ》た頃《ころ》から、やけ遊《あそ》びの底《そこ》ぬけ騒《さわ》ぎ、高坂《かうさか》の息子《むすこ》は丸《まる》で人間《にんげん》が変《かは》つたやうな、魔《ま》でもさしたか、祟《たゝ》りでもあるか、よもや只事《たゞごと》では無《な》いと其頃《そのころ》に聞《き》きしが、今宵《こよひ》見《み》れば如何《いか》にも浅《あさ》ましい身《み》の有様《ありさま》、木賃《きちん》泊《どま》りに居《ゐ》なさんすやうに成《な》らうとは思《おも》ひも寄《よ》らぬ、私《わたし》は此人《このひと》に思《おも》はれて、十二の年《とし》より十七まで明暮《あけくれ》顔《かほ》を合《あは》せる毎《たび》に行々《ゆく〳〵》は彼《あ》の店《みせ》の彼処《あすこ》へ座《すわ》つて、新聞《しんぶん》見《み》ながら商《あきな》ひするのと思《おも》ふても居《ゐ》たれど、量《はか》らぬ人《ひと》に縁《ゑん》の定《さだ》まりて、親々《おや〳〵》の言《い》ふ事《こと》なれば何《なん》の異存《いぞん》を入《いれ》られやう、烟草《たばこ》（屋《や》）の録《ろく》さんにはと思《おも》へど夫《そ》れはほんの子供《こども》ごゝろ、先方《さき》からも口《くち》へ出《だ》して言《い》ふた事《こと》はなし、此方《こちら》は猶《なほ》さら、これは取とまらぬ夢《ゆめ》の様《やう》な恋《こひ》なるを、思《おも》ひ切《き》つて仕舞《しま》へ、思《おも》ひ切《き》つて仕舞《しま》へ、あきらめて仕舞《しまは》うと心《こゝろ》を定《さだ》めて、今《いま》の原田《はらだ》へ嫁入《よめい》りの事《こと》には成《な》つたれど、其際《そのきは》までも涙《なみだ》がこぼれて忘《わす》れかねた人《ひと》、私《わたし》が思《おも》ふほどは此人《このひと》も思《おも》ふて、夫《そ》れ故《ゆゑ》の身《み》の破滅《はめつ》かも知《し》れぬ物《もの》を、我《わ》が此様《このやう》な丸髷《まるまげ》などに、取済《とりすま》したる様《やう》な姿《すがた》をいかばかり面《つら》にくゝ思《おも》はれるであらう、夢《ゆめ》さらさうした楽《たの》しらしい身《み》ではなけれども阿関《おせき》は振《ふり》かへつて録之助《ろくのすけ》を見《み》やるに、何《なに》を思《おも》ふか茫然《ばうぜん》とせし顔《かほ》つき、時《とき》たま逢《あ》ひし阿関《おせき》に向《むか》つて左《さ》のみは嬉《うれ》しき様子《やうす》も見《み》えざりき。

広小路《ひろこうぢ》に出《いづ》れば車《くるま》もあり、阿関《おせき》は紙入《かみい》れより紙幣《しへい》いくらか取出《とりいだ》して小菊《こぎく》の紙《かみ》にしほらしく包《つゝ》みて、録《ろく》さんこれは誠《まこと》に失礼《しつれい》なれど鼻紙《はながみ》なりとも買《か》つて下《くだ》され、久《ひさ》し振《ぶり》でお目《め》にかゝつて何《なに》か申《まをし》たい事《こと》は沢山《たんと》あるやうなれど口《くち》へ出《で》ませぬは察《さつ》して下《くだ》され、では私《わたし》は御別《おわか》れに致《いた》します、随分《ずいぶん》からだを厭《いと》ふて煩《わづ》らはぬ様《やう》に、伯母《おば》さんをも早《はや》く安心《あんしん》させておあげなさりまし、陰《かげ》ながら私《わたし》も祈《いの》ります、何《ど》うぞ以前《いぜん》の録《ろく》さんにお成《な》りなされて、お立派《りつぱ》にお店《みせ》をお開《ひら》きに成《な》ります処《ところ》を見《み》せて下《くだ》され、左様《さやう》ならばと挨拶《あいさつ》すれば録之助《ろくのすけ》は紙《かみ》づゝみを頂《いたゞ》いて、お辞儀《じぎ》申《まを》す筈《はづ》なれど貴嬢《あなた》のお手《て》より下《くだ》されたのなれば、あり難《がた》く頂戴《ちやうだい》して思《おも》ひ出《で》にしまする、お別《わか》れ申《まを》すが惜《を》しいと言《い》つても是《こ》れが夢《ゆめ》ならば仕方《しかた》のない事《こと》、さ、お出《いで》なされ、私《わたくし》も帰《かへ》ります、更《ふ》けては路《みち》が淋《さび》しう御座《ござ》りますぞとて空車《からぐるまひ》引いてうしろ向《む》く、其人《それ》は東《ひがし》へ、此人《これ》は南《みなみ》へ、大路《おほぢ》の柳月《やなぎつき》のかげに靡《なび》いて力《ちから》なささうの塗《ぬ》り下駄《げた》のおと、村田《むらた》の二階《かい》も原田《はらだ》の奥《おく》も憂《う》きはお互《たが》ひの世《よ》におもふ事《こと》多《おほ》し。

（終）

○テキスト　初出は『文芸倶楽部』第一巻第十二編「閨秀小説」一八九五（明28）年十二月臨増。テキストには『樋口一葉全集』第二巻（筑摩書房、昭49・9）所収の本文を収録した。

○解説　「十三夜」は、明治二十七年十二月発表の「大つごもり」以後、一葉が相次いで代表作を書き上げた「奇蹟の十四カ月」（和田芳恵）と言われる時期の作品である。影響を指摘される先行作品には坪内逍遙「細君」（明22・1）、尾崎紅葉「二人女房」（明24・8～25・12）、北田薄氷「鬼千疋」（明28・5）などがある。

「十三夜」とは陰暦九月十三日の夜のことで、八月の十五夜同様に月見の宴が催され、豆名月、栗名月とも言われた。また、月待の儀式として女の集会が持たれることもあったが、近代社会の都市部では、むしろ一家団欒のための行事であったといえる。他家へ嫁いだお関が離婚の決意をして実家へ赴く「今宵」が、そのような伝統的な習俗と近代的な機能を合わせ持つ月待の夜であったという設定は、物語に重層的な意味を喚起させる仕掛けとなっている。

松坂俊夫は、この作品を「あたかも一幕二場の戯曲のような構成をもつ」（『樋口一葉研究』教育出版センター　昭45・9）と指摘したが、事実、〈上〉は離縁を申し出る娘と実家の父母との対話劇としての側面を持ち、また一方の〈下〉は、その申し出を受け入れてもらえず失意の中で原田の家へ戻ろうとする途中のお関が、かつて思いを寄せた幼なじみの録之助の零落した姿に出会う再会譚的構成という巧みな設定が施されており、このどちらに重きを置くかによって、作品への評価や解釈も大きく異なってくるだろう。だが、〈上〉〈下〉を有機的に関わらせる問題設定の一つが、まさに〈都市〉という視点であり、そのような文脈に置いてこそ、「十三夜」という物語が内包する歴史的な意味を、再浮上させることが可能となるはずである。

従来の一葉のイメージを一転させ、変貌する都市・東京を描く「街の語り部」として一葉の作品を読み変えたのは前田愛であったが、では、都市小説としての「十三夜」からは、一体どのような問題が読み取れるのであろうか。

例えば作品中に頻出する語の一つとして「嫁」があるが、お関という女性は原田に見初められ、「嫁」となることによって奏任官の「奥様」となり、都市生活者としての階層移動に成功する。いわゆる玉の輿である。だが、奏任官の妻として「奥様風」の暮らしを送るお関は、やがて「身分」の違いを云々され、夫の原田から度重なる蔑みを受けることになる。ここには、お関と原田の夫婦関係を取り巻く家柄の問題や、その家にふさわしい「嫁」にとっての教育（教養）という問題がある。上層階級の「奥様」となったお関の結婚生活は、このように原田と斎藤、双方の家同士の関係に大きく規定されているのである。また、お関が原田の「嫁」であることによって、斎藤家の長男である亥之助は、原田の後ろ盾を得て職場の上司から可愛がられる。お関がもたらした原田と斎藤の姻戚関係は、「夜学」に通いながら都市生活者としての階層を昇るために、その手段として学歴を身につけようとする弟・亥之助の立場をも支えることになるのである。「嫁」としてのお関は、まさに原田と斎藤という二つの家を結ぶ媒介であるが、同時に「嫁」であるがゆえに、嫁ぎ先（原田家）では外から来た女として見られ、逆に実家（斎藤家）では外へ嫁いだ娘として扱われるという、居場所を持たない境界的な者として存在する。自ら生活手段を持たないこのような都市生活者としての「嫁」という問題には、家族論やジェンダー分析といった幅広い方法を用いた考察が必要となるだろう。

また、〈住み分け〉という都市の住居空間に注目することによって、その地勢的構図から作品を読み解いてみるのもおもしろい。〈上〉の舞台である斎藤一家が住む上野新坂下とは、のちに上野公園裏から山手線鶯谷駅（一九一二年開設）の公園口に通じる新開地である。また、斎藤一家が五年前までいた猿楽町や録之助の実家の煙草屋がある小川町は、江戸時代には武家屋敷が並び、明治以降は商業地となった土地である。そして、原田が住む駿河台は高台にある屋敷町であり、放蕩生活を送る録之助がいる浅草町の山谷堀周辺は、飯屋や木賃宿が多い場末の町であった。都市化は近代社会の顕著な現象であるが、それは同時に資本の原理によって階層差を生み出して行く。そのような時代状況の中での登場人物たちの住居空間の移動は、物語の展開にリアルな社会性をもたらすといえるだろう。特に零落した録之助が身を潜める浅草町の貧民窟と車夫との関係には、同時代的な強い必然性があると言える。明治二年、和泉要助らによって考案された人力車は、まさに明治の都市を走り抜ける街の風物であったが、次第に人力車夫は貧困階級の代表的職業と見なされるようになっていく（横山源之助『日本之下層社会』明32・4）。いつもは「黒ぬり車」（自家用高級人力車）に乗っているお関が、流しの車夫となった録之助に出会うという構図の中に、現在の身分差による立場の違いが、同時に二人の過去の記憶の共有を妨げるという、時間のドラマが用意されている。

物語の最後において、二つの「家」から疎外されたお関と無頼な生活を送っている録之助が再会する場所が〈路上〉であることにも注目したい。なぜならば、〈路上〉こそは最も都市的な〈場〉でもあるからだ。そして〈路上〉の二人を照らし出す「十三夜」の月は、本来の農耕儀礼の対象とは違った都市生活者の愛でる月として新たな記号性を帯び、明治の読者の想像力を刺激したと言えるだろう。

（松下浩幸）

○参考文献　前田愛『樋口一葉の世界』（平凡社、昭54・12）。十川信介、他「樋口一葉『十三夜』を読む」（岩波書店、『文学』平2・第1巻第1号、第1巻第2号）。関礼子『姉の力　樋口一葉』（筑摩書房、平5・11）。山田有策、他編『樋口一葉事典』（おうふう、平8・11）。

少女病

田山花袋

一

山手線の朝の七時二十分の上り汽車が、代々木の電車停留場の崖下を地響させて通る頃、千駄谷の田畝《たんぼ》をてく〳〵と歩いて行く男がある。此男の通らぬことはいかな日にもないので、雨の日には泥濘の深い田畝道に古い長靴を引ずつて行くし、風の吹く朝には帽子を阿弥陀に被《かぶ》つて塵埃を避けるやうにして通るし、沿道の家々の人は、遠くから其姿を見知つて、もうあの人が通つたから、あなたお役所が遅くなりますなどと春眠いぎたなき主人を揺り起す軍人の細君もある位だ。

此男の姿の此田畝道にあらはれ出したのは、今から二月ほど前、近郊の地が開けて、新しい家作が彼方の森の角、此方の丘の上に出来上つて、某少将の邸宅、某会社重役の邸宅などの大きな構《かまへ》が、武蔵野の名残の櫟《くぬぎ》の大並木の間からちら〳〵と画のやうに見える頃であつたが、其櫟《くぬぎ》の並木の彼方に、貸家建の家屋が五六軒並んであるといふから、何でも其処等に移転して来た人だらうとの専らの評判であつた。

何も人間が通るのに、評判を立てる程のこともないのだが、淋しい田舎で人珍らしいのと、それに此男の姿がいかにも特色があつて、そして鶩《あひる》の歩くやうな変てこな形をするので、何とも謂へぬ不調和——その不調和が路傍の人々の閑な眼を惹くもとゝなつた。

年の頃三十七八、猫脊で、獅子鼻で、反歯で、色が浅黒くツて、頰髯が煩さゝうに顔の半面を蔽つて、鳥渡見ると恐ろしい容貌、若い女などは昼間出逢つても気味悪く思ふ程だが、それにも似合はず、眼には柔和なやさしいところがあつて、絶えず何物をか見て憧れて居るかのやうに見えた。足のコンパスは思切つて広く、トツトと小きざみに歩くその早さ！　演習に朝出る兵隊さんもこれにはいつも三舎を避けた。

大抵洋服で、それもスコツチの毛の摩《す》れてなくなつた鳶色の古脊広、上にあほつたインバネスも羊羹色に黄《き》ばんで、右の手には犬の頭のすぐ取れる安ステツキをつき、柄《がら》にない海老茶色の風呂敷包をかゝへながら、左の手はポツケツトに入れて居る。

四ツ目垣の外を通り懸ると、

『今お出懸けだ！』

と、田舎の角の植木屋の主婦が口の中で言つた。

其植木屋も新建の一軒家で、売物のひよろ松やら樫やら黄楊《つげ》やら八ツ手やらが其周囲にだらしなく植付られてあるが、其向うには千駄谷の街道を持つてゐる新開の屋敷町が参差《しんし》として連つて、二階の硝子窓には朝日の光が閃《きら》々と輝き渡つた。左は角筈の工場の幾棟、細い烟筒からはもう労働に取懸つた朝の烟がくろく低く靡いて居る。晴れた空には林を越して電信柱が頭だけ見える。

男はてく〳〵と歩いて行く。

田畝を越すと、二間幅の石ころ道、柴垣、樫垣、要垣、其絶間々々に硝子障子、冠木門、瓦斯燈と順序よく並んで居て、庭の松に霜よけの縄のまだ取られずに附いて居るのも見える。一二丁行くと千駄谷通りで、毎朝、演習の兵隊が駆足で通つて行くのに邂逅する。西洋人の大きな洋館、新築の医者の構への大きな門、駄菓子を売る古い茅葺の家、此処まで来ると、もう代々木の停留場の高い線路が見えて、新宿あたりで、ポーと電笛の鳴る音でも耳に入ると、男は其の大きな体を先へのめらせて、見得も何も構はずに、一散に走るのが例だ。

　今日も其処に来て耳を欹てたが、電車の来たやうな気勢《けはひ》も無いので、同じ歩調ですた〳〵と歩いて行つたが、高い線路に突当つて曲る角で、ふと栗梅の縮緬の羽織をぞろりと着た恰好の良い庇髪の女の後姿を見た。鶯色のリボン、繻珍の鼻緒、おろし立ての白足袋、それを見ると、もう其胸は何となく時めいて、其癖何うの彼うのと言ふのでもないが、唯嬉しく、そはそはして、其先へ追越すのが何だか惜しいやうな気がする様子である。男は此女を既に見知つて居るので、少くとも五六度は其女と同じ電車に乗つたことがある。それどころか、冬の寒い夕暮、わざ〳〵廻り路をして其女の家を突留めたことがある。千駄ケ谷の田畝の西の隅で、樫の木で取囲んだ奥の大きな家、其の総領娘であることをよく知つて居る。眉の美しい、色の白い頬の豊かな、笑ふ時言ふに言はれぬ表情を其眉と眼との間にあらはす娘だ。

『もう何《ど》うしても二十二三、学校に通つて居るのではなし……それは毎朝逢はぬのでもわかるが、それにしても何処へ行くのだらう、』と思つたが、其思つたのが既に愉快なので、眼の前にちらつく美しい着物の色彩が言ひ知らず胸をそゝる。『もう嫁に行くんだらう？』と続いて思つたが、今度はそれが何だか佗しいやうな惜しいやうな気がして、『己も今少し若ければ……』と二の矢を継いでだか、『何だ馬鹿々々しい、己《おれ》は幾歳だ、女房もあれば子供もある、』と思ひ返した。思ひ返したが、何となく悲しい、何となく嬉しい。

　代々木の停留場に上る階段の処で、それでも追ひ越して、衣ずれの音、白粉の香ひに胸を躍したが、今度は振返りもせず、大足に、しかも駈けるやうにして、階段を上つた。

　停留場の駅長が赤い回数切符を切つて返した。此駅長も其他の駅夫も皆な此大男に熟《じゆく》して居る。性急《せつかち》で、慌て者で、早口であるといふことをも知つて居る。

板囲ひの待合所に入らうとして、男はまた其前に兼ねて見知越の女学生の立つて居るのを眼敏《さと》くも見た。肉附きの好い、頰の桃色の、輪郭の丸い、それは可愛い娘だ。派手な縞物に、海老茶の袴を穿《は》いて、右手に女持の細い蝙蝠傘、左の手に、紫の風呂敷包を抱へて居るが、今日はリボンがいつものと違つて白いと男はすぐ思つた。此娘は自分を忘れはすまい、無論知つてる！ と続いて思つた。そして娘の方を見たが、娘は知らぬ顔をして、彼方《あつち》を向いて居る。あの位のうちは恥しいんだらう、と思ふと堪らなく可愛くなつたらしい。見ぬやうな振をして幾度となく見る、頻りに見る。――そしてまた眼を外《そら》して、今度は階段の処で追越した女の後姿に見入つた。

電車の来るのも知らぬといふやうに――。

二

此娘は自分を忘れはすまいと此男が思つたのは、理由のあることで、それには面白い一小挿話《エピソード》があるのだ。此娘とは何時でも同時刻に代々木から電車に乗つて、牛込まで行くので、以前からよく其姿を見知つて居たが、それと謂つて敢て口を利《き》いたといふのではない。唯相対して乗つて居る、よく肥つた娘だなアと思ふ。あの頰の肉の豊かなこと、乳の大きなこと、立派な娘だなどゝ続いて思ふ。それが度重なると、笑顔の美しいことも、耳の下に小さい黒子のあることも、込合つた電車の吊皮にすらりとのべた腕の白いことも、信濃町から同じ学校の女学生とをり〳〵邂逅して蓮葉《はすつぱ》に会話を交ゆることも、何も彼もよく知るやうになつて、何処の娘かしらん？ などゝ、其家、其家庭が知り度くなる。

でも後をつけるほど気にも入らなかつたと見えて、敢てそれを知らうとも為なかつたが、ある日のこと、男は例の帽子、例のインバネス、例の脊広、例の靴で、例の道を例のごとく千駄谷の田畝に懸つて来ると、不図前から其肥つた娘が、羽織の上に白い前懸をだらしなくしめて、半ば解き懸けた髪を右の手で押へながら、友達らしい娘と何事をか語り合ひながら歩いて来た。何時も逢ふ顔に違つた処で逢ふと、何だか他人でないやうな気がするものだが、男もさう思つたと見えて、もう少しで会釈を為るやうな態度をして、急いだ歩調をはたと留めた。娘もちらと此方を見て、これも、『あゝあの人だナ、いつも電車に乗る人だナ、』と思たらしかつたが、会釈をするわけもないので、黙《だま》つてすれ違つて了つた。男はすれ違ひざまに、『今日は学校に行かぬのかしらん？　さうか、試験休みか春休みか、』と我知らず口に出して言つて、五六間無意識にてく〳〵と歩いて行くと、不図黒い柔かい美しい春の土に、丁度金屛風に銀で画いた松の葉のやうにそつと落ちて居るアルミニユウムの留針《ピン》。

娘のだ！

突如《いきなり》、振り返つて、大きな声で、

『もし、もし、もし、』

と連呼した。

娘はまだ十間ほど行つたばかりだから、無論此声は耳に入つたのであるが、今すれ違つた大男に声を懸けられるとは思はぬので、振返りもせずに、友達の娘と肩を並べて静かに語りながら歩いて行く。朝日が美しく野の農夫の鋤の刃に光る。

『もし、もし、もし、』

と男は頷《ゐん》を押《ふ》んだやうに再び叫んだ。

で、娘も振返る。見るとその男は両手を高く挙げて、此方を向いて面白い恰好をして居る。ふと、気が附いて、頭に手を遣ると、留針《ピン》が無い。はつと思つて、『あら、私、嫌よ、留針を落してよ、』と友達に言ふでもなく言つて、其儘、ばたばたと駈け出した。

男は手を挙げたまゝ、其のアルミニユウムの留針を持つて待つて居る。娘はいきせき駆けて来る。やがて傍に近寄つた。

『何《ど》うも有難う………』

と、娘は恥しさうに顔を赧くして、礼を言つた。四角の輪廓をした大きな顔は、さも嬉しさうに莞爾莞爾《にこにこ》と笑つて、娘の白い美しい手に其の留針を渡した。

『何うも有難う御座いました。』

と、再び丁寧に娘は礼を述べて、そして踵を旋《めぐら》した。

男は嬉しくて為方が無い。愉快でたまらない。これであの娘、己の顔を見覚えたナ……と思ふ。これから電車で邂逅しても、あの人が私の留針を拾つて呉れた人だと思ふに相違ない。もし己が年が若くつて、娘が今少し別嬪で、それでかういふ幕を演ずると、面白い小説が出来るんだなどゝ、取留もないことを種々に考へる。聯想は聯想を生んで、其身の徒らに青年時代を浪費して了つたことや、恋人で娶つた細君の老いて了つたことや、子供の多いことや、自分の生活の荒涼としてゐることや、時勢に後れて将来に発達の見込のないことや、いろ〳〵なことが乱れた糸のやうに縺れ合つて、こんがらがつて、殆ど際限がない。ふと、其の勤めて居る某雑誌社のむづかしい編輯長の顔が空想の中に歴々と浮んだ。と、急に空想を捨てゝ路を急ぎ出した。

三

此男は何処から来るかと言ふと、千駄谷の田畝《たんぼ》を越して、櫟の並木の向うを通つて、新建の立派な邸宅の門をつらねて居る間を抜けて、牛の鳴声の聞える牧場、樫の大樹の連つて居る小径——その向うをだら〳〵と下つた丘陵《をか》の蔭の一軒家、毎朝かれは其処から出て来るので、丈の低い要垣を周囲に取廻して、三間位と思はれる家の構造《つくり》、床の低いのと屋根の低いのを見ても、貸家建ての粗雑《ぞんざい》な普請であることが解る。小さな門を中に入《はい》らなくとも、路から庭や座敷がすつかり見えて、篠竹の五六本生えて居る下に、沈丁花の小さいのが二三株咲いて居るが、其傍には鉢植の花ものが五つ六つだらしなく並べられてある。細君らしい二十五六の女が甲斐々々しく襷掛になつて働いて居ると、四歳位の男の児と六歳位の女の児とが、座敷の次の間の縁側の日当りの好い処に出て、頻りを何事をか言つて遊んで居る。

家の南側に、釣瓶《つるべ》を伏せた井戸があるが、十時頃になると、天気さへ好ければ、細君は其処に盥を持ち出して、頻りに洗濯を遣る。着物を洗ふ水の音がざぶ〳〵と長閑に聞えて、隣の白蓮の美しく春の日に光るのが、何とも言へぬ平和な趣をあたりに展げる。細君は成程もう色は哀へて居るが、娘盛りにはこれでも十人並以上であらうと思はれる。やゝ旧派の束髪に結つて、ふつくりとした前髪を取つてあるが、着物は木綿の縞物を着て、海老茶色の帯の末端《すゑ》が地について、帯揚のところが、洗濯の手を動かす度に微かに揺《うご》く。少時《しばらく》すると、末の男の児が、かアちやん〳〵と遠くから呼んで来て、傍に来ると、いきなり懐の乳を探つた。まアお待ちよと言つたが、中々言ふことを聞きさうにもないので、洗濯の手を前垂でそゝくさと拭いて、前の縁側に腰をかけて、子供を抱いて遣つた。其処へ総領の女の児も来て立つて居る。

客間兼帯の書斎は六畳で、硝子の嵌つた小さい西洋書箱《ほんばこ》が西の壁につけて置かれてあつて、栗の木の机がそれと反対の側に据ゑられてある。床の間には春蘭の鉢が置かれて、幅物は偽物の文晁の山水だ。春の日が室の中までさし込むので、実に暖い、気持が好い。机の上には二三の雑誌、硯箱は能代塗の黄い木地の木目が出てゐるもの、そして其処に社の原稿紙らしい紙が春風に吹かれて居る。

此主人公は名を杉田古城と謂つて言ふまでもなく文学者。若い頃には、相応に名も出て、二三の作品は随分喝采されたこともある。いや、三十七歳の今日、かうしてつまらぬ雑誌社の社員になつて、毎日毎日通つて行つて、つまらぬ雑誌の校正までして、平凡に文壇の地平線以下に沈没して了はうとは自らも思はなかつたであらうし、人も思はなかつた。けれどかうなつたのには原因がある。此男は昔から左様だが、何うも若い女に憧れるといふ悪い癖がある。若い美しい女を見ると、平生は割合に鋭い観察眼もすつかり権威を失つて了ふ。若い時分、盛に所謂少女小説を書いて、一時は随分青年を魅せしめたものだが、観察も思想もないあくがれ小説がさういつまで人に飽きられずに居ることが出来よう。遂には此男と少女と謂ふことが文壇の笑草の種となつて、書く小説も文章も皆な笑ひ声の中に没却されて了つた。それに、其容貌が前にも言つた通り、此上もなく蛮カラなので、いよ〳〵それが好い反映《コントラスト》をなして、あの顔で、何うしてあゝだらう、打見た所は、いかな猛獣とでも闘ふといふやうな風采と体格とを持つて居るのに……。これも造化の戯れの一つであらうといふ評判であつた。

　ある時、友人間で其噂があつた時、一人は言つた。

『何うも不思議だ。一種の病気かも知れんよ。先生のは唯、あくがれるといふばかりなのだからね。美しいと思ふ、唯それだけなのだ。我々なら、さういふ時には、すぐ本能の力が首を出して来て、唯、あくがれる位では何うしても満足が出来んがね。』

『さうとも、生理的に、何処か陥落《ロスト》して居るんぢやないかしらん。』

と言つたものがある。

『生理的と言ふよりも性質ぢやないかしらん。』

『いや、僕は左様は思はん。先生、若い時分、余に恣なことをしたんぢやないかと思ふね。』

『恣とは？』

『言はずとも解るぢやないか……。独りで余り身を傷つけたのさ。その習慣が長く続くと、生理的に、ある方面がロストして了つて、肉と霊とがしつくり合はんさうだ。』

『馬鹿な………。』

と笑つたものがある。

『だツて、子供が出来るぢやないか。』

と誰かゞ言つた。

『それは子供は出来るさ……。』と前の男は受けて、『僕は医者に聞いたんだが、其結果は色々ある相だ。烈しいのは、生殖の途が絶たれて了ふさうだが、中には先生のやうになるのもあるといふことだ。よく例があるつて……僕にいろ〳〵教へて呉れたよ。僕は屹度さうだと思ふ。僕の鑑定は誤《あやま》らんさ。』

『僕は性質だと思ふがね。』

『いや、病気ですよ、少し海岸にでも行つて好い空気でも吸つて、節慾しなければいかんと思ふ。』

『だつて、余りをかしい、それも十八九とか二十二三とかなら、さういふこともあるかも知れんが、細君があつて、子供が二人まであつて、そして年は三十八にもならうと言んぢやないか。君の言ふことは生理学万能で、何うも断定過ぎるよ。』

『いや、それは説明が出来る。十八九でなければさういふことはあるまいと言ふけれど、それはいくらもある。先生、屹度今でも遣つて居るに相違ない。若い時、あゝいふ風で、無闇に恋愛神聖論者を気取つて、口では綺麗なことを言つて居ても、本能が承知しないから、つい自から傷けて快を取るといふやうなことになる。そしてそれが習慣になると、病的になつて、本能の充分の働を為ることが出来なくなる。先生のは屹度それだ。つまり、前にも言つたが、肉と霊とがしつくり調和することが出来んのだよ。それにしても面白いぢやないか、健全を以て自からも任じ、人も許して居たものが、今では不健全も不健全、デカダンの標本になつたのは、これといふのも本能を蔑《ないがしろ》にしたからだ。君達は僕が本能万能説を抱いて居るのをいつも攻撃するけれど、実際、人間は本能が大切だよ。本能に従はん奴は生存して居られんさ。』と滔々として弁じた。

四

電車は代々木を出た。

春の朝は心地が好い。日がうら〳〵と照り渡つて、空気はめづらしくくつきりと透徹《すきとほ》つて居る。富士の美しく霞んだ下に大きい櫟林が黒く並んで、千駄谷の凹地に新築の家屋の参差《しんし》として連つて居るのが走馬燈のやうに早く行過ぎる。けれど此無言の自然よりも美しい少女の姿の方が好いので、男は前に相対した二人の娘の顔と姿とに殆ど魂を打込んで居た。けれど無言の自然を見るよりも活きた人間を眺めるのは困難なもので、余りしげ〳〵見て、悟られてはといふ気があるので、傍を見て居るやうな顔をして、そして電光のやうに早く鋭くながし眼を遣《つか》ふ。誰だか言つた、電車で女を見るのは正面では余り眩《まば》ゆくつていけない、さうかと言つて、余り離れても際立つて人に怪まれる恐れがある、七分位に斜に対して座を占めるのが一番便利だと。男は少女にあくがれるのが病であるほどであるから、無論、此位の秘訣は人に教はるまでもなく、自然に其の呼吸を自覚して居て、いつでも其の便利な機会を攫《つか》むことを過まらない。

年上の方の娘の眼の表情がいかにも美しい。星――天上の星もこれに比べたなら其の光を失ふであらうと思はれた。縮緬のすらりとした膝のあたりから、華奢な藤色の裾、白足袋をつまだてた三枚襲の雪駄《せつた》、ことに色の白い襟首から、あのむつちりと胸が高くなつて居るあたりが美しい乳房だと思ふと、総身が掻きむしられるやうな気がする。一人の肥つた方の娘は懐からノウトブツクを出して、頻りにそれを読み始めた。

すぐ千駄ケ谷駅に来た。

かれの知り居る限りに於ては、此処から、少くとも三人の少女が乗るのが例だ。けれど今日は、何うしたのか、時刻が後れたのか早いのか、見知つて居る三人の一人だも乗らぬ。その代りに、それは不器量《ふきりやう》な、二目とは見られぬやうな若い女が乗つた。この男は若い女なら、大抵な醜い顔にも、眼が好いとか、鼻が好いとか、色が白いとか、襟首が美しいとか、膝の肥り具合が好いとか、何かしらの美を発見して、それを見て楽しむのであるが、今乗つた女は、さがしても、発見されるやうな美は一ケ所も持つて居らなかつた。反歯、ちゞれ毛、色黒、見た丈でも不愉快なのが、いきなりかれの隣に来て座を取つた。

信濃町の停留場は、割合に乗る少女の少いところで、曾て一度すばらしく美しい、華族の令嬢かと思はれるやうな少女と膝を並べて牛込まで乗つた記憶があるばかり、其後、今一度何うかして逢ひたいもの、見たいものと願つて居るけれど、今日までつひぞかれの望は遂《と》げられなかつた。電車は紳士やら軍人やら商人やら学生やらを多く載《の》せて、そして飛龍のごとく駛《はし》り出した。

隧道《トンネル》を出て、電車の速力が稍々緩《ゆる》くなつた頃から、かれは頻りに首を停車場の待合所の方に注《そゝ》いで居たが、ふと見馴れたリボンの色を見得たと見えて、其顔は晴々しく輝いて胸は躍つた。四ツ谷からお茶の水の高等女学校に通ふ十八歳位の少女、身装《みなり》も綺麗に、ことにあでやかな容色《きりやう》、美しいと言つてこれほど美しい娘は東京にも沢山はあるまいと思はれる。丈はすらりとして居るし、眼は鈴を張つたやうにぱつちりとして居るし、口は緊《しま》つて肉は痩せず肥らず、晴々した顔には常に紅《くれなゐ》が漲つて居る。今日は生憎乗客が多いので、其儘扉の傍に立つたが、『込合ひますから前の方へ詰めて下さい、』と車掌の言葉に余儀なくされて、男のすぐ前のところに来て、下げ皮に白い腕を延べた。男は立つて代つて遣りたいとは思はぬではないが、さうするとその白い腕が見られぬばかりではなく、上から見下ろすのは、いかにも不便なので、其儘席を立たうともしなかつた。

込合つた電車の中の美しい娘、これほどかれに趣味深くうれしく感ぜられるものはないので、今迄にも既に幾度となく其の嬉しさを経験した。柔かい着物が触る。得られぬ香水のかほりがする。温かい肉の触感が言ふに言はれぬ思ひをそゝる。ことに、女の髪の匂ひと謂ふものは、一種の烈しい望を男に起させるもので、それが何とも名状せられぬ愉快をかれに与へるのであつた。

市谷、牛込、飯田町と早く過ぎた。代々木から乗つた娘は二人とも牛込で下りた。電車は新陳代謝して、益々混雑を極める。それにも拘らず、かれは魂を失つた人のやうに、前の美しい顔にのみあくがれ渡つて居る。

やがてお茶の水に着く。

五

此男の勤めて居る雑誌社は、神田の錦町で、青年社といふ、正則英語学校のすぐ次の通りで、街道に面した硝子戸の前には、新刊の書籍の看板が五つ六つも並べられてあつて、戸を開けて中に入ると、雑誌書籍の埒もなく取散された室の帳場には社主の難かしい顔が控へて居る。編輯室は奥の二階で、十畳の一室、西と南とが塞《ふさが》つて居るので、陰気なこと夥しい。編輯員の机が五脚ほど並べられてあるが、かれの机は其の最も壁に近い暗いところで、雨の降る日などは、洋燈が欲しい位である。それに、電話がすぐ側にあるので、間断《しつきり》なしに鳴つて来る電鈴が実に煩《うるさ》い。先生、お茶の水から外濠線に乗換へて錦町三丁目の角まで来て下りると、楽しかつた空想はすつかり覚めて了つたやうな佗しい気がして、編輯長と其の陰気な机とがすぐ眼に浮ぶ。今日も一日苦しまなければならぬかナアと思ふ。生活と謂ふものはつらいものだとすぐ後を続ける。と、此世も何もないやうな厭な気になつて、街道の塵埃が黄く眼の前に舞ふ。校正の穴埋めの厭なこと、雑誌の編輯の無意味なることが歴《あり》々と頭に浮んで来る。殆ど留度が無い。そればかりならまだ好いが、半ば覚めてまだ覚め切らない電車の美しい影が、其佗しい黄い塵埃の間に覚束なく見えて、それが何だかかう自分の唯一の楽みを破壊して了ふやうに思はれるので、いよ〳〵つらい。

編輯長がまた皮肉な男で、人を冷かすことを何とも思はぬ。骨折つて美文でも書くと、杉田君、またおのろけが出ましたねと突込む。何ぞと謂ふと、少女を持出して笑はれる。で、をり〳〵はむつとして、己は子供ぢやない、卅七だ、人を馬鹿にするにも程があると憤慨する。けれどそれはすぐ消えて了ふので、懲《こ》りることもなく、艶つぽい歌を詠み、新体詩を作る。

即ちかれの快楽と言ふのは電車の中の美しい姿と、美文新体詩を作ることで、社に居る間は、用事さへ無いと、原稿紙を延《の》べて、一生懸命に美しい文を書いて居る。少女に関する感想の多いのは無論のことだ。

其日は校正が多いので、先生一人それに忙殺されたが、午後二時頃、少し片附いたので一息吐いて居ると、

『杉田君。』

と編輯長が呼んだ。

『え？』

と其方を向くと、

『君の近作を読みましたよ。』と言つて、笑つて居る。

『さうですか。』

『不相変、美しいねえ、何うしてあゝ綺麗に書けるだらう。実際、君を好男子と思ふのは無理は無いよ。何とか謂ふ記者は、君の大きな体格を見て、其の予想外なのに驚いたと言ふからね。』

『さうですかナ。』

と、杉田は詮方なしに笑ふ。

『少女万歳ですな！』

と編輯員の一人が相槌を打つて冷かした。

杉田はむつとしたが、下《くだ》らん奴を相手にしてもと思つて、他方《わき》を向いて了つた。実に癪に触る、卅七の己を冷かす気が知れぬと思つた。

薄暗い陰気な室は何う考へて見ても佗しさに耐へかねて巻煙草を吸ふと、青い紫の烟がすうと長く靡く。見詰めて居ると、代々木の娘、女学生、四谷の美しい姿などが、ごつちやになつて、縺れ合つて、それが一人の姿のやうに思はれる。馬鹿々々しいと思はぬではないが、しかし愉快でないこともない様子だ。

午後三時過、退出時刻が近くなると、家のことを思ふ。妻のことを思ふ。つまらんな、年を老つて了つたとつく〴〵慨嘆する。若い青年時代を下《くだ》らなく過して、今になつて後悔したとて何の役に立つ、本当につまらんなアと繰返す。若い時に、何故烈しい恋を為《し》なかつた？　何故充分に肉のかほりをも嗅《か》がなかつた？　今時分思つたとて、何の反響がある？　もう卅七だ。かう思ふと、気が苛《いら》々して、髪の毛をむしり度くなる。

社の硝子戸を開けて戸外《おもて》に出る。終日の労働で頭脳《あたま》はすつかり労《つか》れて、何だか脳天が痛いやうな気がする。西風に舞ひ上る黄い塵埃、佗しい、佗しい。何故か今日は殊更に佗しくつらい。いくら美しい少女の髪の香に憧れたからつて、もう自分等が恋をする時代ではない。また恋を為たいたツて、美しい鳥を誘ふ羽翼《はね》をもう持つて居らない。と思ふと、もう生きて居る価値が無い、死んだ方が好い、死んだ方が好い、死んだ方が好い、とかれは大きな体格を運びながら考へた。

顔色《かほつき》が悪い。眼の濁つて居るのは其心の暗いことを示して居る。妻や子供や平和な家庭のことを念頭に置かぬではないが、そんなことはもう非常に縁故が遠いやうに思はれる。死んだ方が好い？　死んだら、妻や子は何うする？　此念はもう微かになつて、反響を与へぬほど其心は神経的に陥落《ロスト》して了つた。寂しさ、寂しさ、寂しさ、此寂しさを救つて呉れるものはないか、美しい姿の唯一つで好いから、白い腕に此身を巻いて呉れるものは無いか。さうしたら、屹度復活する。希望、奮闘、勉励、必ず其処に生命を発見する。この濁つた血が新らしくなれると思ふ。けれど此男は実際それに由つて、新しい勇気を恢復することが出来るか何うかは勿論疑問だ。

外濠の電車が来たのでかれは乗つた。敏捷な眼はすぐ美しい着物の色を求めたが、生憎それにはかれの願ひを満足させるやうなものは乗つて居らなかつた。けれど電車に乗つたといふことだけで心が落付いて、これからが——家に帰るまでが、自分の極楽境のやうに、気がゆつたりとなる。路側《みちばた》のさまざまの商店やら招牌《かんばん》やらが走馬燈のやうに眼の前を通るが、それがさま〴〵の美しい記憶を思ひ起させるので好い心地がするのであつた。

お茶の水から甲武線に乗換へると、をりからの博覧会で電車は殆ど満員、それを無理に車掌の居る所に割込んで、兎に角右の扉の外に立つて、確《しつか》りと真鍮の丸棒を攫んだ。ふと車中を見たかれははツとして驚いた。其硝子窓を隔てゝすぐ其処に、信濃町で同乗した、今一度是非逢ひたい、見たいと願つて居た美しい令嬢が、中折帽や角帽やインバネスに殆ど圧《お》しつけられるやうになつて、丁度鳥の群に取巻かれた鳩といつたやうな風になつて乗つてゐる。

美しい眼、美しい手、美しい髪、何うして俗悪な此の世の中に、こんな綺麗な娘が居るかとすぐ思つた。誰の細君になるのだらう、誰の腕に巻かれるのであらうと思ふと、堪らなく口惜しく情けなくなつて其結婚の日は何時だか知らぬが、其日は呪ふべき日だと思つた。白い襟首、黒い髪、鶯茶のリボン、白魚のやうな綺麗な指、宝石入の金の指輪——乗客が混合《こみ》つて居るのと硝子越になつて居るのとを都合の好いことにして、かれは心ゆくまで其の美しい姿に魂を打込んで了つた。

水道橋、飯田町、乗客は愈多い。牛込に来ると、殆ど車台の外に押出されさうになつた。かれは真鍮の棒につかまつて、しかも眼を令嬢の姿から離さず、恍惚《うつとり》として自からわれを忘れるといふ風であつたが、市谷に来た時、また五六の乗客があつたので、押つけて押かへしては居るけれど、稍ともすると、身が車外に突出されさうになる。電線のうなりが遠くから聞えて来て、何となくあたりが騒々しい。ピイと発車の笛が鳴つて、車台が一二間ほど出て、急にまた其速力が早められた時、何うした機会か少くとも横に居た乗客の二三が中心を失つて倒れ懸つて来た為めでもあらうが、令嬢の美に恍惚《うつとり》として居たかれの手が真鍮の棒から離れたと同時に、其の大きな体は見事に筋斗《とんぼ》がへりを打つて、何の事はない大きな毬のやうに、ころ〳〵と線路の上に転り落ちた。危ないと車掌が絶叫したのも遅し早し、上りの電車が運悪く地を撼《うご》かして遣つて来たので、忽ち其の黒い大きい一塊物は、あなやと言ふ間に、三四間ずる〱と引摺られて、紅い血が一線長くレイルを染めた。

非常警笛が空気を劈《つんざ》いてけたゝましく鳴つた。

○テキスト　初出は『太陽』一九〇七（明40）年五月。『花袋集』（明41・3、易風社）所収。テキストには『定本花袋全集』第一巻（臨川書店、平5・4）所収の本文を収録した。

○解説　この短編は、これまで直後に発表され大きな話題を呼んだ「蒲団」（『新小説』同年九月）の影に隠れて、「蒲団」の前史的作品として以外、あまり注目されることがなかった。二つの小説は、題材として性欲や女学生を扱う点、および作者花袋に似た作家杉田古城（「少女病」）、竹中（時雄）古城（「蒲団」）を主人公とするために小説が作家の告白と受けとられる傾向があった点で共通している。こうした二作のうち「蒲団」だけが話題となり、その結果「少女病」が前史的作品とされるにいたったのは、女弟子・岡田美知代との現実的な関係を背景にもち、弟子であると同時に女学生でもある横山芳子（岡田美知代がモデル）の肉体や内面を所有したいという中年作家の欲望を描いた「蒲団」のほうが、告白性において衝撃度が強く、題材の扱い方において同時代の関心に沿っていたためと考えられる。通勤途上の車中に見かける女学生をただ見るだけで性欲を喚起され自慰に耽る中年作家を描いた「少女病」は、「蒲団」の竹中時雄の尋常な〝健全さ〟と較べると、同時代には異常すぎ、観念的すぎたのかもしれない。

しかし、近代の文化が男性に課したセクシュアリティの歴史的な姿が明らかになりつつある一九九〇年代末の今日、観念的で異常にみえた「少女病」のほうが「蒲団」以上に興味深い対象として浮び上ってくる。現在、同時代評が「こんな病人が何処かの隅にあるのかもしれぬ」（『趣味』明40・6）、あるいは「主人公の病的な生活」（『文庫』同年同月）と評した杉田古城の性的欲望のあり方を、「病的」で異常なものと感じる人は、少ないのではないだろうか。車中における行きずりの女性に対する窃視的欲望という実際的な経験のレベルでの共通性を超えて、ここには現代になってあらわになった、視覚の異様な特権化と結びつきながら極度に観念化し内閉的に空転する、われわれ近代男性のセクシュアリティの根幹があると感じる男性は、多いだろう。

その意味で、この短編に近代型男性セクシュアリティの基底的な姿を、それを形成した社会的、歴史的条件とともに記述した、日本における最初の小説という名誉を与えてもいいかもしれない。以下にそうした観点からこの短編を読むための手掛かりを、①市街地と郊外を結ぶ通勤・通学という文化的現象の成立、②女学生の社会的台頭、③性欲をめぐる〝科学〟的な言説の流通の三つに分けて簡単に記しておこう。

①主人公は、千駄ヶ谷の新興住宅地に住み、神田錦町の雑誌社に通う。その経路は、甲武線（のちの中央線）代々木駅から御茶ノ水駅、外濠線に乗り換え、錦町三丁目というものだ。甲武線代々木駅の開業は明治三十九年、路面電車の都心の電車網が整備され、電鉄、街鉄、外濠線が合併し東京鉄道となるのも、三十九年である。甲武線代々木駅

の開業は、千駄ヶ谷を郊外の住宅地として発展させるが、明治四十年春を舞台とすると考えられるこの小説は、電化された鉄道網によって都市東京を市街地／郊外という形で再編成する渦中で書かれたことになる。

こうした再編されつつある都市構造がサラリーマンに課した通勤という現象の文化的意味を、歴史的な事象として問い直し、性的妄想との関係を検討する必要がある。

②女学生という存在そのものは、明治四十年当時、けっして新しい風俗ではない。重要なのは、明治三十二年の高等女学校令以降の女子教育の勃興による、その数の飛躍的な増大と社会的な台頭が、このとき起ったということだ。日本最初の女子大学、日本女子大学校の創設（三十四年）に象徴される女子教育の高まりは、四十年当時、『読売新聞』によれば、「新たに女学校の創設さるゝもの雨後の筍の如く、若し其の数を挙げたらば都下実に百に余るかも知れぬ」状態にあった。

こうして彼の前に大挙してあらわれた女学生は、そもそも社会にとってどういう存在だったのか。なぜ、彼は女学生だけに性的欲望を感じるのか。〝少女病〟を喚起するこれらの女学生の年齢が「二十二三」（二）だったり、「十八歳位」（四）で、現在の少女という概念とズレる点に注目してみるのも、一つの糸口となろう。

③主人公の自慰行為にまつわる噂に、「独りで余り身を傷けたのさ。さういふ習慣が長く続くと、生理的に、ある方面がロストして了つて、肉と霊とがしつくり合はんさうだ」とか、「それが習慣になると、病的になつて、本能の充分の働きを為ることが出来なくなる」（三）という表現があらわれる。「生理」「本能」という用語や、生殖能力が有限なエネルギーのように過剰に消費されると失われてしまう（「ロスト」する）という考え方の背景には、セクソロジー（性科学）の言説の影響がある。ヨーロッパ近代からこうした〝科学〟的な知識が移入され、翻訳や著作の形で紹介され流布しはじめるのが、まさに明治四十年前後である。それは、たとえば、この頃の総合雑誌『中央公論』の一連の記事をみれば明らかだ。性の自己管理化の必要性を説くそれらの記事のなかで、自慰は男色とならぶ忌むべきものとして登場する。

三十七八歳の、子供のある妻帯者に自慰行為の噂を関係させるという、かなり無理な設定をしてまで、この話題を持ち込んだ理由を考えることが、分析のヒントとなろう。

（藤森　清）

○参考文献　石原千秋・十川信介・藤井淑禎・宗像和重「『少女病』を読む」、（『季刊文学』平2夏号）。小林一郎『田山花袋研究——博文館時代（二）——』（桜楓社、昭54・2）。和田敦彦「性の装置と読者の装置——『中央公論』逸脱の脅迫——」（『文芸と批評』平6・10。『読むということ』ひつじ書房、平9・10に収録）。藤森清「『都下女学校風聞記』を読む」、（『東京人』平10・7）。

窮死

国木田独歩

九段坂《だんざか》の最寄《もより》にけちなめし屋《や》がある。春《はる》の末《すゑ》の夕暮《ゆふぐれ》に一人《ひとり》の男《をとこ》が大儀《たいぎ》さうに敷居《しきゐ》をまたげた。既《すで》に三人《にん》の客《きやく》がある。まだ洋燈《らんぷ》を点《つ》けないので薄暗《うすぐら》い土間《どま》に居並《ゐなら》ぶ人影《ひとかげ》も朧《おぼろ》である。

先客《せんきやく》の三人《にん》も今来《いまき》た一人《ひとり》も皆《み》な土方《どかた》か立《たち》んぼう位《ぐらゐ》の極《ご》く下等《かとう》な労働者《らうどうしや》である。余程都合《よほどつがふ》の可《い》い日《ひ》でないと白馬《どぶろく》も碌《ろく》々は飲《の》めない仲間《なかま》らしい。けれども先《せん》の三人《にん》は、多少《いくら》か好結果《よ》かつたと見《み》えて思《おも》ひ〳〵に飲《や》つて居《ゐ》た。

『文公《ぶんこう》、そうだ君《きみ》の名《な》は文《ぶん》さんとか言《い》つたね。身体《からだ》は如何《どう》だね。』と角張《かどば》つた顔《かほ》の性質《ひと》の良《よさ》そうな四十を越《こ》した男《をとこ》が隅《すみ》から声《こゑ》をかけた。

『難有《ありがた》う、どうせ長《なが》くはあるまい』と今来《いまき》た男《をとこ》は捨《すて》ばちに言《い》つて、投《な》げるやうに腰掛《こしかけ》に身《み》を下《おろ》して、両手《りやうて》で額《ひたひ》を押《おさ》へ、苦《くる》しい咳息《せき》をした。年頃《としごろ》は三十前後《ぜんご》である。

『そう気《き》を落《おと》すものじやアない、しつかりなさい』と此店《このみせ》の亭主《ていしゆ》が言《い》つた。それぎりで誰《だれ》も何《なん》とも言《い》はない。心《こころ》のうちでは「長《なが》くあるまい」と云ふのに同意《どうい》をして居《ゐ》るのである。

『六銭《せん》しか無《な》い、これで何《なん》でも可《い》いから……』と言《い》ひさして、咳息《せき》で食《く》はして貰《もら》ひたいといふ言葉《ことば》が出《で》ない。文公《ぶんこう》は頭《あたま》の髪《け》を両手《りやうて》で握《つ》かんで悶《もが》いて居《ゐ》る。

めそ〳〵泣《な》いてゐる赤児《あかんぼ》を背負《せお》つたおかみさんは洋燈《らんぷ》を点《つ》けながら、

『苦《く》るしさうだ、水《みづ》をあげやうか。』と振《ふ》り向《む》いた。文公《ぶんこう》は頭《あたま》を横《よこ》に振《ふ》つた。

『水《みづ》よりか此方《このはう》が可《い》い、これなら元気《げんき》がつく』と三人《にん》の一人《ひとり》の大男《おほをとこ》が言《い》つた。此男《このをとこ》は此店《このみせ》には馴染《なじみ》でないと見《み》えて先刻《さつき》から口《くち》をきかなかつたのである。突《つ》きだしたのが白馬《どぶろく》の杯《さかづき》。文公《ぶんこう》は又《また》も頭《あたま》を横《よこ》にふつた。

『一本《ぽん》つけやう。矢張《やつぱり》これでないと元気《げんき》がつかない。代価《だい》は何時《いつ》でも可《い》いから飲《や》つた方《はう》が可《よ》からう。』と亭主《あるじ》は文公《ぶんこう》が何《なん》とも返事《へんじ》せぬ中《うち》に白馬《どぶろく》を一本《ぽん》つけた。すると角《かど》ばつた顔《かほ》の男《をとこ》が

『何《なア》に文公《ぶんこう》が払《はら》へない時《とき》は自分《わし》が如何《どう》にでもする。えツ、文公《ぶんこう》、だから一《ひと》ツ飲《や》つて見《み》な。』

それでも文公《ぶんこう》は頭《あたま》を押《おさ》へたまゝ黙《だま》つて居《ゐ》ると、間《ま》もなく白馬《どぶろく》一本《ぽん》と野菜《やさい》の煮物《につけ》を少《すこし》ばかり載《の》せた小皿《こざら》一《ひと》つが文公《ぶんこう》の前《まへ》に置《お》かれた。此時《このとき》やつと頭《あたま》を上《あ》げて

『親方《おやかた》どうも済《す》まない。』と弱《よわ》い声《こゑ》で言《い》つて又《また》も咳息《せき》をしてホツと溜息《ためいき》を吐《つ》いた。長顔《ながおもて》の痩《やせ》こけた顔《かほ》で、頭《あたま》は五分刈《ぶがり》がそのまゝ伸《のび》る丈《だけ》のびて、もゝくちやになつて少《すこし》の光沢《つや》もなく、灰色《はひいろ》がゝつて居《ゐ》る。

文公《ぶんこう》のお陰《かげ》で陰気勝《いんきがち》になるのも仕方《しかた》がない、しかし誰《だれ》もそれを不平《ふへい》に思《おも》ふ者《もの》はないらしい。文公《ぶんこう》は続《つゞ》けざまに三四杯《はい》ひつかけて又《ま》たも頭《あたま》を押《おさ》へたが、人々《ひと〴〵》の親切《しんせつ》を思《おも》はぬでもなく、又《ま》た深《ふか》く思《おも》ふでもない。まるで別《べつ》の世界《せかい》から言葉《ことば》をかけられたやうな気持《きもち》もするし、うれしいけれど、それが、それまでの事《こと》である事《こと》を知《し》つて居《ゐ》るから『どうせ長《なが》くはない』との感《かんじ》を暫時《しばし》の間《あひだ》でも可《よ》いから忘《わす》れたくても忘《わす》れる事《こと》が出来《でき》ないのである。

身体《からだ》にも心《こゝろ》にも呆然《ぼかん》としたやうな絶望的無我《ぜつばうてきむが》が霧《きり》のやうに重《おも》く、あらゆる光《ひかり》を遮《さへぎ》つて立《た》ちこめて居《ゐ》る。

空腹《すきはら》に飲《の》んだので、間《ま》もなく酔《よひ》がまはり稍《や》や元気《げんき》づいて来《き》た。顔《かほ》をあげて我知《われし》らずにやりと笑《わら》つた時《とき》は、四角《かく》の顔《かほ》が直《す》ぐ

『そら見《み》ろ、気持《きもち》が直《なほ》つたらう。飲《や》れ飲《や》れ、一本《ぽん》で足《た》りなけやアもう一本《ぽん》飲《や》れ、私《わし》が引受《ひきうけ》るから何《なん》でも元気《げんき》を加《つけ》るにやアこれに限《かぎる》ツて事《こと》よ！』と御自身《ごじしん》の方《はう》が大元気《おほげんき》になつて来《き》たのである。

此時《このとき》、外《そと》から二人《ふたり》の男《をとこ》が駈《か》け込《こ》んで来《き》た。何《いづ》れも土方風《どかたふう》の者《もの》である。

『とう〳〵降《やつ》て来《きや》アがつた。』と叫《さ》けんで思《おも》ひ〳〵に席《せき》を取《とつ》た。文公《ぶんこう》の来《く》る前《まへ》から西《にし》の空《そら》が真黒《まつくろ》に曇《くも》り、遠雷《ゑんらい》さへ轟《とゞろ》きて只《たゞ》ならぬ気勢《けしき》であつたのである。

『何《な》に、直《す》ぐ晴《あが》ります。だけど今時分《いまじぶん》の驟雨《ゆふだち》なんて余程気《よつぽどき》まぐれだ。』と亭主《あるじ》が言《い》つた。

二人《ふたり》が飛込《とびこ》んでから急《きふ》に賑《にぎは》うて来《き》て、何時《いつ》しか文公《ぶんこう》に気《き》をつける者《もの》も無《な》くなつた。外《そと》はどしや降《ぶり》である。二個《ふたつ》の洋燈《らんぷ》の光線《ひかり》は赤《あか》く微《かすか》に、陰影《かげ》は闇《くら》く遍《あまね》く此煤《このすゝ》けた土間《どま》を籠《こ》めて、荒《あら》くれ男《をとこ》の赫顔《あからがほ》だけが右《みぎ》に左《ひだり》に動《うご》いて居《ゐ》る。文公《ぶんこう》は恵《めぐま》れた白馬《どぶろく》一本《ぽん》をちび〳〵飲《の》み了《をは》ると飯《めし》を初《はじめ》た、これも赤児《あかんぼ》を背負《おぶつ》た女主人《かみさん》の親切《しんせつ》で鱈腹《たらふく》喰《く》つた。そして出《で》掛《かけ》ると急《きふ》に亭主《あるじ》が此方《こつち》を向《む》いて
『未《ま》だ降《ふ》つてるだらう、止《やん》でから行《い》きな。』

『たいしたことは有《あ》るまい。皆様《みなさん》どうも難有《ありがた》う』と穴《あな》だらけの外套《ぐわいたう》を頭《あたま》から被《かぶ》つて外《そと》へ出《で》た。最早《もう》晴《あが》り際《ぎは》の小降《こぶり》である。兎《と》も角《かく》も路地《ろぢ》を辿《たど》つて通街《とほり》へ出《で》た。亭主《ていしゆ》は雨《あめ》が止《や》んでから行《い》きなと言《い》つたが、何所《どこ》へ行《ゆ》く？　文公《ぶんこう》は路地口《ろぢぐち》の軒《のき》下《した》に身《み》を寄《よ》せて往来《わうらい》の上下《かみしも》を見《み》た。幌人車《ほろぐるま》が威勢《ゐせい》よく駈《かけ》て居《ゐ》る。店々《みせ〳〵》の灯火《ともしび》が道路《みち》に映《うつ》つて居《ゐ》る。一二丁先《ちやうさき》の大通《おほどほり》を電車《でんしや》が通《とほ》る。さて文公《ぶんこう》は何処《どこ》へ行《ゆ》く？

、、めし屋《や》の連中《れんちゆう》も文公《ぶんこう》が何処《どこ》へ行《い》くか勿論知《もちろんし》らないが併《しか》し何処《どこ》へ行《い》かうと、それは問題《もんだい》でない。何故《なぜ》なれば居残《ゐのこ》つて居《ゐ》る者《もの》の中《うち》でも、今夜《こんや》は何処《どこ》へ宿《とま》るかを決定《きめ》て居《ゐ》ないものがある。この人々《ひと〴〵》は大概《たいがい》、所謂《いはゆ》る居所不明《きよしよふめい》、若《もし》くは不定《ふてい》な連《れん》中《ぢゆう》であるから文公《ぶんこう》の今夜《こんや》の行先《ゆくさき》など気《き》にしないのも無理《むり》はない。然《しか》し彼《かれ》の容態《ようだい》では遠《とほ》からずまゐつて了《しま》うだらうとは文《ぶん》公《こう》の去《さ》つた後《あと》での噂《うはさ》であつた。

『可憐《かはい》そうに。養育院《やういくゐん》へでも入《はひ》れば可《い》い。』と亭主《あるじ》が言《い》つた。

『所《ところ》が其養育院《そのやういくゐん》とかいふ奴《やつ》は面倒臭《めんだうくさ》くつてなか〳〵入《はひ》られないといふ事《こと》だぜ。』

と客《きやく》の土方《どかた》の一人《ひとり》がいふ。

『それじやア行倒《ゆきだふれ》だ！』と一人《ひとり》がいふ。

『誰《だれ》か引取人《ひきとりて》が無《な》いものかナ。全体野郎《ぜんたいやらう》は何国《どこ》の者《もの》だ。』と一人《ひとり》がいふ。

『自分《じぶん》でも知《し》るまい。』

実際文公《じつさいぶんこう》は自分《じぶん》が何処《どこ》で生《うま》れたのか全《まつた》く知《しら》ない、両親《おや》も兄弟《きやうだい》も有《あ》るのか無《な》いのかすら知《しら》ない、文公《ぶんこう》といふ称呼《な》も誰《たれ》いふとなく自然《ひとりで》に出来《でき》たのである十二歳頃《さいごろ》の時《とき》、浮浪少年《ふらうせうねん》とのかどで、暫時監獄《しばらくかんごく》に飼《かは》れて居《ゐ》たが、色々《いろ〳〵》の身《み》の為《ため》になるお話《はなし》を聞《きか》された後《のち》、門《もん》から追《お》ひ出《ださ》れた。それから三十幾歳《いくつ》になるまで種々《しゆ〴〵》な労働《らうどう》に身《み》を任《まか》して、やはり以前《いぜん》の浮浪《ふらう》生活《せいくわつ》を続《つゞ》けて来《き》たのである。此冬《このふゆ》に肺《はい》を患《やん》でから薬《くすり》一滴飲《てきの》むことすら出来《でき》ず、土方《どかた》にせよ、立坊《たちんばう》にせよ、それを休《やす》めば直《す》ぐ食《く》ふことが出来《でき》ないのであつた。

『最早《もう》だめだ』と十日位前《とをかぐらゐまへ》から文公《ぶんこう》は思《おも》つてゐた。それでも稼《かせ》げるだけは稼《かせ》がなければならぬ。それで今日《けふ》も朝《あさ》五銭《せん》、午後《ひるご》に六銭《せん》だけ漸《やうや》く稼《かせ》いで、其《その》六銭《せん》を今《いま》めし屋《や》で費《つか》つて了《しま》つた。五銭《せん》は昼《ひる》めしに成《なつ》て居《ゐ》るから一文《もん》も残《のこ》らない。

さて文公《ぶんこう》は何処《どこ》へ行《ゆ》く？。茫然軒下《ぼんやりのきした》に立《たつ》て眼前《めのまへ》の此世《このよ》の様《さま》を熟《じつ》と見《み》て居《ゐ》る中《うち》に、

『ア、寧《いつ》そ死《しん》で了《しま》ひたいなア』と思《おも》つた。此時《このとき》、悪寒《をかん》が全身《みうち》に行《ゆ》きわたつて、ぶるぶるツと慄《ふる》へた、そして続《つゞ》けざまに苦《く》るしい咳息《せき》をして噎入《むせびい》つた。

ふと思《おも》ひ付《つ》いたのは今《いま》から二月前《ふたつきまへ》に日本橋《にほんばし》の或所《あるところ》で土方《どかた》をした時知《ときし》り合《あひ》になつた弁公《べんこう》といふ若者《わかいの》が此近処《このきんじよ》に住《すん》で居《ゐ》ることであつた。道悪《みちわる》を七八丁《ちやう》飯田町《いひだまち》の河岸《かし》の方《はう》へ歩《ある》いて闇《くら》い狭《せま》い路地《ろぢ》を入《はひ》ると突当《つきあたり》に薄鉄葺《ぶりきぶき》の棟《むね》の低《ひく》い家《うち》がある。最早雨戸《もうあまど》が引《ひき》よせてある。

辿《たど》り着《つ》いて、それでも思《おも》ひ切《き》つて

『弁公《べんこう》、家《うち》か。』

『誰《だれ》だい。』と内《うち》から直《す》ぐ返事《へんじ》がした。

『文公《ぶんこう》だ。』

戸《と》が開《あい》て『何《なん》の用《よう》だ。』

『一晩泊《ひとばんと》めて呉《く》れ。』と言《い》はれて弁公直《べんこうす》ぐ身《み》を横《よこ》に避《よ》けて
『まアこれを見《み》て呉《く》れ何処《どこ》へ寝《ね》られる？』

見《み》れば成程《なるほど》三畳敷《でふじき》の一室《ひとま》に名《な》ばかりの板間《いたのま》と、上口《あがりぐち》に漸《やうや》く下駄《げた》を脱《ぬ》ぐだけの土間《どま》とがあるばかり、其《その》三畳敷《でふじき》に寐床《ねどこ》が二《ふた》つ敷《しい》てあつて、豆洋燈《まめらんぷ》が板間《いたのま》の箱《はこ》の上《うへ》に乗《のせ》てある。其薄《そのうす》い光《ひかり》で一《ひと》ツの寐床《ねどこ》に寐《ね》て居《ゐ》る弁公《べんこう》の親父《おやぢ》の頭《あたま》が朧《おぼろ》に見《み》える。

文公《ぶんこう》の黙《だま》つて居《ゐ》るのを見《み》て、

『常例《いつも》の婆々《ばゝア》の宿《やど》へ何故《なん》で行《ゆ》かねえ？』

『文《もん》なしだ。』

『三晩《みばん》や四晩《よばん》借《か》りたつて何《なん》だ。』

『ウンと借《かり》が出来《でき》て最早《もう》行《いけ》ねえんだ。』と言《い》ひ様《さま》、咳《せき》息をして苦《くる》しい息《いき》を内《うち》に引《ひ》くや思《おもは》ずホツト疲《つか》れ果《はて》た嘆息《ためいき》を洩《もら》した。

『身体《からだ》も良《よ》く無《な》いやうだナ、』と弁公初《べんこうはじめ》て気《き》がつく。

『すつかり駄目《だめ》になつちやつた。』

『そいつは気《き》の毒《どく》だなア』と内《うち》と外《そと》で暫時《しばし》無言《むごん》で衝立《つゝたつ》て居《ゐ》る。すると未《ま》だ寝着《ねつか》れないで居《ゐ》た親父《おやぢ》が頭《あたま》を擡《もた》げて
『弁公《べんこう》、泊《と》めて遣《や》れ、二人《ふたり》寝《ね》るのも三人《にん》寝《ね》るのも同《おな》じことだ。』

『同《おな》じことは一《ひと》つこつた。それじやア足《あし》を洗《あら》ふんだ。この磨滅下駄《ちびげた》を持《もつ》て其処《そこ》の水道《すゐだう》で洗《あら》つて来《き》な、』と弁公景気《べんこうけいき》よく

言《い》つて、土間《どま》を探《さぐ》り、下駄《げた》を拾《ひろ》つて渡《わた》した。

其処《そこ》で文公《ぶんこう》は漸《やつ》と宿《やど》を得《え》て、二人《ふたり》の足《あし》の裾《すそ》に丸《まる》くなつた。親父《おやぢ》も弁公《べんこう》も昼間《ひるま》の激《はげ》しい労働《らうどう》で熟睡《じゆくすゐ》したが文公《ぶんこう》は熱《ねつ》と咳息《せき》とで終夜《しゆうや》苦《くる》しめられ暁天近《あけがたちか》くなつて漸《やつ》と寝入《ねい》つた。

短夜《みじかよ》の明《あ》け易《やす》く四時半《じはん》には弁公引窓《べんこうひきまど》を明《あ》けて飯《めし》を焚《た》きはじめた。親父《おやぢ》も間《ま》もなく起《お》きて身仕度《みじたく》をする。

飯米《めし》が出来《でき》るや先《ま》づ弁公《べんこう》は其日《そのひ》の弁当《べんたう》、親父《おやぢ》と自分《じぶん》との一度分《どぶん》を作《こしら》へる。終《をは》つて二人《ふたり》は朝飯《あさめし》を食《く》ひながら親父《おやぢ》は低《ひく》い声《こゑ》で

『此若者《このわかいの》は余程身体《よつぽどからだ》を痛《いた》めて居《ゐ》るやうだ。今日《けふ》は一日《にち》そつとして置《お》いて仕事《しごと》を休《やす》ます方《はう》が可《よ》からう。』

弁公《べんこう》は頰張《ほゝばつ》て首《くび》を縦《たて》に二三度振《どふ》る。

『そして出《で》がけに、飯《めし》も煮《た》いてあるから勝手《かつて》に食《た》べて一日休《にちやす》めと言《い》へ。』

弁公《べんこう》はうなづいた、親父《おやぢ》は一段声《だんこゑ》を潜《ひそ》めて

『他人事《ひとごと》と思《おも》ふな、乃公《おれ》なんぞ最早死《もうし》なうと思《おも》つた時《とき》、仲間《なかま》の者《もの》に助《たす》けられたなア一度《ど》や二度《ど》じやアない。助《たす》けて呉《く》れるのは何時《いつ》も仲間中《なかまうち》だ、汝《てめへ》も此若者《このわかいの》は仲間《なかま》だ助《たす》けて置《お》け。』

弁公《べんこう》は口《くち》をもご〳〵しながら親父《おやぢ》の耳《みゝ》に口《くち》を寄《よ》せて

『でも文公《ぶんこう》は長《なが》くないよ。』

親父《おやぢ》は急《きふ》に箸《はし》を立《たて》て、睨《にら》みつけて

『だから猶《な》ほ助《たす》けるのだ。』

弁公《べんこう》は又《また》も従順《すなほ》にうなづいた。出《で》がけに文公《ぶんこう》を揺《ゆ》り起《おこ》して

『オイ一寸《ちよつ》と起《おき》ねえ、これから我等《おいら》は仕事《しごと》に出《で》るが、兄公《あにき》は一日休《にちやす》むが可《い》い。飯《めし》も炊《たい》てあるからナア、イ、カ留守《るす》を頼《たの》んだよ。』

文公《ぶんこう》は不意《ふい》に起《おこ》されたので、驚《おどろ》いて起《お》き上《あ》がりかけたのを弁公《べんこう》が止《と》めたので、又《ま》た寝《ね》て、その言《い》ふことを聞《き》いて唯《た》だうなづいた。

余《あま》り当《あて》にならない留守番《るすばん》だから雨戸《あまど》を引《ひき》よせて親子《おやこ》は出《で》て行《い》つた。文公《ぶんこう》は留守居《るすゐ》と言《い》はれたので直《す》ぐ起《お》きて居《ゐ》たいと思《おも》つたが転《ころが》つて居《ゐ》るのが結極楽《つまりらく》なので十時頃《じごろ》まで眼《め》だけ覚《さ》めて起《お》き上《あが》らうとも為《し》なかつたが、腹《はら》が空《へ》つたので苦《くる》しいながら起《お》き直《なほ》つた。飯《めし》を食《く》つて又《ま》たごろりとして夢現《ゆめうつゝ》で正午近《しやうごぢか》くなると又《ま》た腹《はら》が空《へ》る。それで又《ま》た食《く》つてごろついた。

弁公親子《べんこうおやこ》は或親分《あるおやぶん》に属《つい》て市《し》の埋立工事《うめたてこうじ》の土方《どかた》を稼《かせ》いで居《ゐ》たのである。弁公《べんこう》は堀《ほり》を埋《うめ》る組《くみ》、親父《おやぢ》は下水用《げすゐよう》の土管《どくわん》を埋《うめ》る為《た》めの深《ふか》い溝《みぞ》を掘《ほ》る組《くみ》。それで此日《このひ》は親父《おやぢ》は溝《みぞ》を掘《ほつ》て居《ゐ》ると午後《ごゞ》三時頃《じごろ》、親父《おやぢ》の跳上《はねあ》げた土《つち》が折《をり》しも通《とほ》りかゝつた車夫《くるまひき》の脚《すね》にぶつかつた。此車夫《このくるまひき》は車《くるま》も衣装《みなり》も立派《りつぱ》で乗《の》せて居《ゐ》た客《きやく》も紳士《しんし》であつたが、突如人車《いきなりくるま》を止《と》めて、『何《なに》をしやアがるんだ、』と言《い》ひさま溝《みぞ》の中の親父《おやぢ》に土《つち》の塊《かたまり》を投《なげ》つけた。『気《き》をつけろ、間抜《まぬけ》め』といふのが捨台詞《すてぜりふ》で其儘《そのまゝ》行《い》かうとすると、親父《おやぢ》は承知《しようち》しない。

『此野郎《このやろう》!』といひさま道路《わうらい》に這《は》ひ上《あが》つて、今《いま》しも梶棒《かぢぼう》を上《あ》げかけて居《ゐ》る車夫《くるまひき》に土《つち》を投《なげ》つけた。そして『土方《どかた》だつて人間《にんげん》だぞ、馬鹿《ばか》にしやアがんな、』と叫《さ》けんだ。

車夫《くるまひき》は取《とつ》て返《かへ》し、二人《ふたり》は握合《つかみあひ》を初《はじ》めたが、一方《ぽう》は血気《けつき》の若者《わかもの》ゆえ、苦《く》もなく親父《おやぢ》を溝《みぞ》に突《つ》き落《おと》した。落《お》ちかけた時《とき》、調子《てうし》の取《と》りやうが悪《わる》かつたので棒《ぼう》が倒《たふ》れるやうに深《ふか》い溝《みぞ》に転《ころ》げ込《こ》んだ。その為《た》め後脳《こうなう》を甚《ひど》く撃《う》ち肋骨《ろくこつ》を折《を》つて親《おや》父《ぢ》は悶絶《もんぜつ》した。

見《み》る間《ま》に附近《ふきん》に散在《さんざい》して居《ゐ》た土方《どかた》が集《あつ》まつて来《き》て、車夫《くるまひき》は殴打《なぐ》られるだけ殴打《なぐ》られ其上交番《そのうへかうばん》に引《ひ》きずつて行《ゆ》かれた。

虫《むし》の呼吸《いき》の親父《おやぢ》は戸板《といた》に乗《の》せられて親方《おやかた》と仲間《なかま》の土方二人《どかたふたり》と、気抜《きぬけ》のしたやうな弁公《べんこう》に送《おく》られて家《うち》に帰《かへ》つた。それが五時五分《じふん》である。文公《ぶんこう》は此騒《このさわぎ》に吃驚《びつくり》して隅《すみ》の方《はう》へ小《ちひ》さくなつて了《しま》つた。間《ま》もなく近所《きんじよ》の医師《いしや》が来《く》る事《こと》は来《き》た。診《しん》察《さつ》の型《かた》だけして『最早《もう》脈《みやく》がない。』と言《い》つたきり、そこそこに去《い》つて了《しま》つた。

『弁公毅然《べんこうしつかり》しな、俺《おれ》が必然《きつと》仇《かたき》を取《と》つてやるから。』と親方《おやかた》は言《い》ひながら財布《さいふ》から五十銭銀貨《せんぎんくわ》を三四枚《まい》取《と》り出《だ》して『これで今夜《こんや》は酒《さけ》でも飲《のん》で通夜《つや》をするのだ、明日《あす》は早《はや》くから俺《おれ》も来《き》て始末《しまつ》をしてやる。』

親方《おやかた》の去《い》つた後《あと》で今《いま》まで外《そと》に立《たつ》て居《ゐ》た仲間《なかま》の二人《ふたり》は兎《と》も角内《かくうち》へ入《はひ》つた。けれども坐《すわ》る処《ところ》がない。此時弁公《このときべんこう》は突然文公《いきなりぶんこう》に

『親父《おやぢ》は車夫《くるまひき》の野郎《やらう》と喧嘩《けんくわ》をして殺《ころ》されたのだ。これを与《や》るから木賃《きちん》へ泊《とま》つて呉《く》れ。今夜《こんや》は仲間《なかま》と通夜《つや》をするのだから、』と貰《もら》つた銀貨《ぎんくわ》一枚《まい》を出《だ》した。文公《ぶんこう》はそれを受取《うけと》つて、

『それじやア親父《おやぢ》さんの顔《かほ》を一度《ど》見《み》せて呉《く》れ。』

『見《み》ろ。』と言《い》つて弁公《べんこう》は被《かぶ》せてあつたものを除《とつ》たが、此時《このとき》は最早薄闇《もううすぐら》いので、明白《はつきり》しない。それでも文公《ぶんこう》は熟《じつ》と見た。

飯田町《いひだまち》の狭《せま》い路地《ろぢ》から貧《まづ》しい葬儀《とむらひ》が出《で》た日《ひ》の翌日《よくじつ》の朝《あさ》の事《こと》である。新宿赤羽間《しんじゆくあかばねかん》の鉄道線路《てつだうせんろ》に一人《ひとり》の轢死者《れきしゝや》が発見《みつか》つた。

轢死者《れきしゝや》は線路《せんろ》の傍《そば》に置《お》かれたまゝ薦《こも》が被《か》けて有《あ》るが頭《あたま》の一部《ぶ》と足《あし》の先《さき》だけは出《で》て居《ゐ》た。手《て》が一本《ぽん》ないやうである。頭《あたま》は血《ち》にまみて居《ゐ》た。六人《にん》の人《ひと》がこの周囲《まはり》をウロ〳〵して居《ゐ》る。高《たか》い堤《どて》の上《うへ》に児守《こもり》の小娘《こむすめ》が二人《ふたり》と職人体《しよくにんてい》の男《をとこ》が一人《ひとり》、無言《むごん》で見物《けんぶつ》して居《ゐ》るばかり、四辺《あたり》には人影《ひとかげ》がない。前夜《ぜんや》の雨《あめ》がカラリと晴《あが》つて若草若葉《わかくさわかば》の野《の》は光《ひか》り輝《かゞや》いて居《ゐ》る。

六人《にん》の一人《ひとり》は巡査《じゆんさ》、一人《ひとり》は医師《いしや》、三人《にん》は人夫《にんぷ》、そして中折帽《なかをればう》を冠《かぶ》つて二子《ふたこ》の羽織《はおり》を着《き》た男《をとこ》は村役場《むらやくば》の者《もの》らしく線路《せんろ》に沿《そ》ふて二三間《げん》の所《ところ》を往《ゆき》つ返《もど》りつして居《ゐ》る。始終談笑《しゞゆうだんせう》して居《ゐ》るのが巡査《じゆんさ》と人夫《にんぷ》で、医師《いしや》はこめかみの辺《へん》を両手《りやうて》で押《おさ》へ

て蹲居《しやが》んで居《ゐ》る。蓋《けだ》し棺桶《くわんをけ》の来《く》るのを皆《みな》が待《ま》つて居《ゐ》るのである。

『二時《じ》の貨物車《くわもつしや》で轢《ひ》かれたのでしよう。』と人夫《にんぷ》の一人《ひとり》が言《い》つた。

『その時《とき》は未《ま》だ降《ふ》つて居《ゐ》たかね？』と巡査《じゆんさ》が煙草《たばこ》に火《ひ》を点《つ》けながら問《と》ふた。

『降《ふ》つて居《ゐ》ましたとも。雨《あめ》の上《あが》つたのは三時過《じす》ぎでした。』

『どうも病人《びやうにん》らしい。ねえ大島様《おほしまさん》。』と巡査《じゆんさ》は医師《いしや》の方《はう》を向《む》いた、大島医者《おほしまいし》は巡査《じゆんさ》が煙草《たばこ》を吸《す》つて居《ゐ》るのを見《み》て、自身《じぶん》も煙草《たばこ》を出《だ》して巡査《じゆんさ》から火《ひ》を借《か》りながら、

『無論《むろん》病人《びやうにん》です。』と言《い》つて轢死者《れきしや》の方《はう》を一寸《ちよつ》と見《み》た。すると人夫《にんぷ》が

『昨日《きのふ》其処《そこ》の原《はら》を徘徊《うろつ》いて居《ゐ》たのが此野郎《このやらう》に違《ちが》ひありません。たしかに此《こ》の外套《ぐわいたう》を着《き》た野郎《やらう》ですひよろ〳〵歩《ある》いては木《き》の蔭《かげ》に休《やす》んで居《ゐ》ました。』

『そうすると何《なん》だナ、矢張《やはり》死《し》ぬ気《き》で来《き》たことは来《き》たが昼間《ひるま》は死《し》ねないで夜行《よるや》つたのだナ。』と巡査《じゆんさ》は言《い》ひながら疲労《くたび》れて上《のぼ》り下《くだ》り両線路《りやうせんろ》の間《あひだ》に蹲《しやが》んだ。

『奴《やつこ》さん彼《あ》の雨《あめ》にどし〳〵降《ふ》られたので如何《どう》にもかうにも忍堪《やり》きれなくなつて其処《そこ》の堤《どて》から転《ころが》り落《お》ちて線路《せんろ》の上《うへ》へ打倒《ぶつたふ》れたのでせう。』と人夫《にんぷ》は見《み》たやうに話《はな》す。

『何《なに》しろ憐《あは》れむ可《べ》き奴《やつ》サ。』と巡査《じゆんさ》が言《い》つて何心《なにごころ》なく堤《どて》を見《み》ると見物人《けんぶつにん》が増《ふ》へて学生《がくせい》らしいのも交《まじ》つて居《ゐ》た。

此時赤羽行《このときあかばねゆき》の汽車《きしや》が朝暾《あさひ》を真《ま》ともに車窓《しやさう》に受《う》けて威勢《ゐせい》よく駛《はし》つて来《き》た。そして火夫《くわふ》も運転手《うんてんしゆ》も乗客《じようかく》も皆《み》な身《み》を乗出《のりだ》して薦《こも》の被《か》けてある一物《もつ》を見《み》た。

此《この》一物《もつ》は姓名《せいめい》も原籍《げんせき》も不明《ふめい》といふので例《れい》の通《とほ》り仮埋葬《かりまいさう》の処置《しよち》を受《う》けた。これが文公《ぶんこう》の最後《さいご》であつた。

実《じつ》に人夫《にんぷ》が言《い》つた通《とほ》り文公《ぶんこう》は如何《どう》にも斯《か》うにもやゝ、ゝりきれなくつて倒《たふ》れたのである。

○テキスト　初出は「文芸倶楽部」一九〇七（明40）年六月、博文館「創業廿週年紀念増刊　ふた昔」。著者の没後の小説集『独歩集第二』（明41・7）に収められた。テキストには『国木田独歩全集』第四巻（学習研究社、昭53・3）所収の本文を収録した。

○解説　明治四十年、独歩社が破産し、結核の静養のために東京郊外の西大久保村（現新宿区）に転居した時期に書かれた最晩年の短篇。この頃独歩が轢死者を目撃したことから着想された。文公と呼ばれる下層労働者の青年が自殺を余儀なくされる経緯が、都市空間の急速な変化と切り結ぶかたちで描かれる。

　小説の冒頭部は、九段坂の最寄りのめし屋の場面から始まる。肺病を患う文公が、先客や店の夫婦の好意でめしをすませて路地を出ようとするとき、雨中の往来は、「幌人車が威勢よく駈て」「店々の灯火が道路に映つて」「一二丁先の大通を電車が通る」という、活気のある光景を呈している。この九段坂界隈は、東京が近代都市へと再編される過程で、ドラスティックな変貌をとげた地域のひとつであった。江戸時代中頃は長屋が建ち並ぶ九層の石階であったことに由来する九段坂は、明治二十一年公布の東京市区改正条例にもとづき、新しい街並へと生まれ変わることになる。神田小川町にかけて真直ぐに通ずる、中央車馬道十間、左右歩道各二間半、総幅員十五間の第一等第二類に属する道路は、明治三十二年に竣工した。そして明治四十年には市街電車が坂下の牛ヶ淵から九段坂わきを通るようになり、牛ヶ淵の原形は見る影もなく破壊された（『麹町区史』昭10・3、東京市麹町区役所）。「窮死」では、文公が「眼前の此世の様を熟と見て居る」とあるように、九段坂は、そうした急速に近代化しつつある当時の都市の様相を集約した場《トポス》として意味づけられているのである。

　さらに、文公を一晩泊める弁公親子が働く市の埋立工事、文公が轢死する新宿赤羽間の鉄道もまた、近代都市の展開との関わりが注目される。日露戦争後の産業化の進展や都市への人口の集中にともなって、道路網と鉄道網の整備が急務となり、明治三十九年には、鉄道国有法が成立して私鉄各社を買収、東京市は市区改正の速成計画を実施した。交通機関の発達と道路網の整備は、都市の内部空間における均質化を促進し、鉄道網の統合は、都市を外部空間に開きながら拡張していく。同時に、それらは文公や弁公親子などの貧民を排除する力としても機能する。都市小説という角度から見るなら、このテクストには、近代都市を編制する秩序が幾重にも織り込まれていることがわかる。

　新しい都市の秩序の形成は、そこに生きる人々の生活空間にも変容をもたらさずにはおかない。横山源之助の『日本之下層社会』（明32・4）には、貧民窟の住民たちが「同類相愛の情掬すべきもの」を共有することが指摘されていたが、それはもはや過去のものとなりつつあった。「貧民は地区から『散在』し、『風習』と映った独特の関係は『漸次消滅』し始めた。前世紀末の流入下層が依拠せざるを得なかった下層社会、その固有の共同性は、すでに解体し始めていたのである。（中略）こうして下層社会は、近代の都市社会の変化に直接晒されることになる」（中川清「解説」、『明治東京下層生活誌』所収、岩波文庫、平6・9）のであった。「窮死」の冒頭部のめし屋の場面で、周囲の人々の親切に対して、「まるで別の世界から言葉をかけられたやうな気持もするし、うれしいけれど、それが、それまでの事である事を知つて居る」文公は、「絶望的無我」にとらわれているが、そこにはまさに貧民相互の結びつきと隔たり、共同的な心性と孤立した心性の亀裂を見出すことができる。その貧民へのまなざしは、たとえば広津柳浪「雨」（明35・10）、白柳秀湖「駅夫日記」（明40・12）などの小説と響き合っているだろう。また、都市の変貌にともなう生活空間や人間関係の変容は、独歩の「酒中日記」（明35・11）や「竹の木戸」（明41・1）などにおける家族や近隣の問題系ともつながっている。

独歩は没後に刊行された談話筆記『病牀録』（明41・7）で、「『窮死』一篇は左迄世評に上らざりしも、余は最後の一句たる『どうにも斯うにもやりきれなくて倒れた。』云々の言を翫味して貰ひたしと思へり」と語っている。この「最後の一句」には、同書中の、「眼前に死の問題を控へながら、生き得らるゝ一分の望みあらば、人は到底自らを殺し得る者に非ず。如何にしても生存の途に窮し、生存する一分の望なき時に於て、余儀なく人は自殺するなり」という死生観が投影されていると考えられる。それを文公の物語として形象化するにあたって、小説の強度を支えているのは、地の文の語りに他ならない。語り手は主人公を「文公」という仲間うちの通称で呼んでいるように、場面に内在的に下層労働者の視点と同じ位相にありながら、感情を抑制して簡潔に出来事を語っていく。それによって聴き手―読者は、物語世界へと想像力的に参入し、言葉にならない文公の思いを捉えるよう喚起されるのである。透徹した思索にもとづき現実を凝視するその姿勢は、「疲労」（明40・6）、「二老人」（明41・1）などにも貫かれている。

ささやかな人生を送る言葉を持たない人々、すなわち「小民」を描くことが、独歩の終生のテーマであった。その系譜は、初期の「源叔父」（明30・8）や「忘れえぬ人々」（明31・4）から最晩年の作品に及んでいる。「窮死」は、それに独歩文学のもうひとつのテーマである都市の問題を交錯させたところに結実した作品と言えるだろう。

（関　肇）

○参考文献　山田博光『国木田独歩論考』（創世記、昭53・9）。北野昭彦『国木田独歩「忘れえぬ人々」論他』（桜楓社、昭56・1）。平岡敏夫『日露戦後文学の研究』上（有精堂、昭60・5）。岩崎文人『一つの水脈―独歩・白鳥・鱒二―』（渓水社、平2・9）。後藤康二「国木田独歩論―『小民』から『我』の問題へ―」（『解釈と鑑賞』平3・2）。

秘密

谷崎潤一郎

其の頃私は或る気紛れな考から、今迄自分の身のまはりを裹《つゝ》んで居た賑やかな雰囲気を遠ざかつて、いろ〳〵の関係で交際を続けて居た男や女の圏内から、ひそかに逃れ出ようと思ひ、方々と適当な隠れ家を捜し求めた揚句、浅草の松葉町辺に真言宗《しんごんしゆう》の寺のあるのを見附けて、やう〳〵其処の庫裡《くり》の一と間を借り受けることになつた。新堀の溝へついて、菊屋橋から門跡《もんぜき》の裏手を真つ直ぐに行つたところ、十二階の下の方の、うるさく入り組んだObscureな町の中に其の寺はあつた。ごみ溜めの箱を覆《くつがへ》した如く、彼の辺一帯にひろがつて居る貧民窟の片側に、黄《だい》橙《〵》色《いろ》の土塀の壁が長く続いて、如何にも落ち着いた、重々しい寂しい感じを与へる構へであつた。

私は最初から、渋谷だの大久保だのと云ふ郊外へ隠遁するよりも、却つて市内の何処かに人の心附かない、不思議なさびれた所があるであらうと思つてゐた。丁度瀬の早い渓川《たにがは》のところ〴〵に、澱《よど》んだ淵が出来るやうに、下町の雑沓する巷と巷の間《あはひ》に挟まりながら、極めて特殊の場合か、特殊の人でもなければめつたに通行しないやうな閑静な一郭《いつくわく》が、なければなるまいと思つてゐた。

同時に又こんな事も考へて見た。――

己は随分旅行好きで、京都、仙台、北海道から九州までも歩いて来た。けれども未だ此の東京の町の中に、人形町で生れて二十年来永住してゐる東京の町の中に、一度も足を蹈み入れた事のないと云ふ通りが、屹度《きつと》あるに違ひない。

いや、思つたより沢山あるに違ひない。

さうして大都会の下町に、蜂の巣の如く交錯してゐる大小無数の街路のうち、私が通つた事のある所と、ない所では、孰方《どつち》が多いかちよいと判らなくなつて来た。

何でも十一二歳の頃であつたらう。父と一緒に深川の八幡様へ行つた時、

「これから渡しを渡つて、冬木《ふゆぎ》の米市《こめいち》で名代のそばを御馳走してやるかな。」

かう云つて、父は私を境内《けいだい》の社殿の後《うしろ》の方へ連れて行つた事がある。其処には小網町や小舟町辺の堀割と全く趣の違つた、幅の狭い、岸の低い、水の一杯にふくれ上つてゐる川が、細かく建て込んでゐる両岸の家々の、軒と軒とを押し分けるやうに、どんよりと物憂く流れて居た。小さな渡し船は、川幅よりも長さうな荷足りや伝馬《てんま》が、幾艘も縦に列んでゐる間を縫ひながら、二た竿三竿ばかりちよろ〳〵と水底《みなそこ》を衝いて往復して居た。

私は其の時まで、たび〳〵八幡様へお参りをしたが、未《いま》だ嘗《かつ》て境内の裏手がどんなになつてゐるか考へて見たことはなかつた。いつも正面の鳥居の方から社殿を拝むだけで、恐らくパノラマの絵のやうに、表ばかりで裏のない、行き止まりの景色のやうに自然と考へてゐたのであらう。現在眼の前にこんな川や渡し場が見えて、其の先に広い地面が果てしもなく続いてゐる謎のやうな光景を見ると、何となく京都や大阪よりももつと東京をかけ離れた、夢の中で屢〻出逢ふことのある世界の如く思はれた。

それから私は、浅草の観音堂の真うしろにはどんな町があつたか想像して見たが、仲店の通りから宏大な朱塗りのお堂の甍《いらか》を望んだ時の有様ばかりが明瞭に描かれ、其の外の点はとんと頭に浮かばなかつた。だん〳〵大人になつて、世間が広くなるに随ひ、知人の家を訪ねたり、花見遊山《ゆさん》に出かけたり、東京市中は隈なく歩いたやうであるが、いまだに子供の時分経験したやうな不思議な別世界へ、ハタリと行き逢ふことがたび〳〵あつた。

さう云ふ別世界こそ、身を匿すには究竟《くつきやう》であらうと思つて、此処彼処といろ〳〵に捜し求めて見れば見る程、今迄通

つた事のない区域が到る処に発見された。浅草橋と和泉橋は幾度も渡つて置きながら、其の間にある左衛門橋を渡つたことがない。二長町の市村座へ行くのには、いつも電車通りからそばやの角を右へ曲つたが、あの芝居の前を真つ直ぐに柳盛座の方へ出る二三町ばかりの地面は、一度も踏んだ覚えはなかつた。昔の永代橋の右岸の袂から、左の方の河岸《かし》はどんな工合になつて居たか、どうも好く判らなかつた。其の外八丁堀、越前堀、三味線堀、山谷堀の界隈には、まだ〳〵知らない所が沢山あるらしかつた。

松葉町のお寺の近傍は、其のうちでも一番奇妙な町であつた。六区と吉原を鼻先に控へてちよいと横丁を一つ曲つた所に、淋しい、廃れたやうな区域を作つてゐるのが非常に私の気に入つて了つた。今迄自分の無二の親友であつた「派手な贅沢なさうして平凡な東京」と云ふ奴を置いてき堀にして、静かに其の騒擾を傍観しながら、こつそり身を隠して居られるのが、愉快でならなかつた。

隠遁をした目的は、別段勉強をする為めではない。其の頃私の神経は、刃の擦り切れたやすりのやうに、鋭敏な角々がすつかり鈍つて、余程色彩の濃い、あくどい物に出逢はなければ、何の感興も湧かなかつた。微細な感受性の働きを要求する一流の芸術だとか、一流の料理だとかを翫味《ぐわんみ》するのが、不可能になつてゐた。下町の粋と云はれる茶屋の板前に感心して見たり、仁左衛門や鴈治郎の技巧を賞美したり、凡べて在り来たりの都会の歓楽を受け入れるには、あまり心が荒《すさ》んでゐた。惰力の為めに面白くもない懶惰《らんだ》な生活を、毎日々々繰り返して居るのが、堪へられなくなつて、全然旧套を擺脱《ひだつ》した、物好きな、アーテイフイシヤルな、Mode of life を見出して見たかつたのである。普通の刺戟に馴れて了つた神経を顫ひ戦《をのゝ》かすやうな、何か不思議な、奇怪な事はないであらうか。現実をかけ離れた野蛮な荒唐な夢幻的な空気の中に、棲息することは出来ないであらうか。かう思つて私の魂は遠くバビロンやアツシリヤの古代の伝説の世界にさ迷つたり、コナンドイルや涙香《るゐかう》の探偵小説を想像したり、光線の熾烈な熱帯地方の焦土と緑野を恋ひ慕つたり、腕白な少年時代のエクセントリツクな悪戯《あくぎ》に憧れたりした。

賑かな世間から不意に韜晦《たうくわい》して、行動を唯徒らに秘密にして見るだけでも、すでに一種のミステリアスな、ロマンチツクな色彩を自分の生活に賦与することが出来ると思つた。私は秘密と云ふ物の面白さを、子供の時分からしみ〴〵と味はつて居た。かくれんぼ、宝さがし、お茶坊主のやうな遊戯――殊に、其れが闇の晩、うす暗い物置小屋や、観音開きの前などで行はれる時の面白味は、主として其の間に「秘密」と云ふ不思議な気分が潜んで居るせゐであつたに違ひない。

私はもう一度幼年時代の隠れん坊のやうな気持を経験して見たさに、わざと人の気の附かない下町の曖昧なところに身を隠したのであつた。其のお寺の宗旨が「秘密」とか、「禁厭《まじなひ》」とか、「呪咀《じゆそ》」とか云ふものに縁の深い真言宗であることも、私の好奇心を誘うて、妄想を育《はぐゝ》ませるには恰好であつた。部屋は新らしく建て増した庫裡の一部で、南を向いた八畳敷きの、日に焼けて少し茶色がゝつてゐる畳が、却つて見た眼には安らかな暖かい感じを与へた。昼過ぎになると和やかな秋の日が、幻燈の如くあか〴〵と縁側の障子に燃えて、室内は大きな雪洞《ぼんぼり》のやうに明るかつた。

それから、私は、今迄親しんで居た哲学や芸術に関する書類を一切戸棚へ片附けて了つて、魔術だの、催眠術だの、探偵小説だの、化学だの、解剖学だのゝ奇怪な説話と挿絵に富んでゐる書物を、さながら土用干《どようぼし》の如く部屋中へ置き散らして、寝ころびながら、手あたり次第に繰りひろげては耽読《たんどく》した。其の中には、コナンドイルの The Sign of Four や、ドキンシイの Murder, Considered as one of the fine arts や、アラビアンナイトのやうなお伽噺から、仏蘭西の不思議な Sexuology の本なども交つてゐた。

此処の住職が秘してゐた地獄極楽の図を始め、須彌山図《しゆみせんづ》だの涅槃像《ねはんざう》だの、いろ〴〵の、古い仏画を強ひて懇望して、丁度学校の教員室に掛つてゐる地図のやうに、所嫌はず部屋の四壁へぶら下げて見た。床の間の香炉からは、始終紫色の香の煙が真つ直ぐに静かに立ち昇つて、明るい暖かい室内を焚きしめて居た。私は時々菊屋橋際の舗《みせ》へ行つて白《びやく》檀《だん》や沈香《ぢんかう》を買つて来てはそれを燻《く》べた。

天気の好い日、きら〳〵とした真昼の光線が一杯に障子へあたる時の室内は、眼の醒めるやうな壮観を呈した。絢爛な色彩の古画の諸仏、羅漢《らかん》、比丘《びく》、比丘尼《びくに》、優婆塞《うばそく》、優婆夷《うばい》、象、獅子、麒麟などが四壁の紙幅の内から、ゆたかな光の中に泳ぎ出す。畳の上に投げ出された無数の書物からは、惨殺、麻酔、魔薬、妖女、宗教——種々雑多の傀儡《くわいらい》が、香の煙に溶け込んで、朦朧と立ち罩《こ》める中に、二畳ばかりの緋毛氈を敷き、どんよりとした蛮人のやうな瞳を据ゑて、寝ころんだ儘、私は毎日々々幻覚を胸に描いた。

夜の九時頃、寺の者が大概寝静まつて了ふとウヰスキーの角壜を呷《あふ》つて酔ひを買つた後、勝手に縁側の雨戸を引き外し、墓地の生け垣を乗り越えて散歩に出かけた。成る可く人目にかゝらぬやうに毎晩服装を取り換へて公園の雑沓の中を潜つて歩いたり、古道具屋や古本屋の店先を漁《あさ》り廻つたりした。頬冠りに唐桟《たうざん》の半纏を引つ掛け、綺麗に研《みが》いた素足へ爪紅《つまべに》をさして雪駄《せつた》を穿《は》くこともあつた。金縁の色眼鏡に二重廻しの襟を立てゝ出ることもあつた。着《つ》け髭《ひげ》、ほくろ、痣《あざ》と、いろ〳〵に面体《めんてい》を換へるのを面白がつたが、或る晩、三味線堀の古着屋で、藍地に大小あられの小紋を散らした女物の袷が眼に附いてから、急にそれが着て見たくてたまらなくなつた。

一体私は衣服反物に対して、単に色合ひが好いとか柄が粋《いき》だとかいふ以外に、もつと深く鋭い愛着心を持つて居た。女物に限らず、凡べて美しい絹物を見たり、触れたりする時は、何となく顫ひ附きたくなつて、丁度恋人の肌の色を眺めるやうな快感の高潮に達することが屢〻であつた。殊に私の大好きなお召や縮緬を、世間憚らず、恣に着飾ることの出来る女の境遇を、嫉《ねた》ましく思ふことさへあつた。

あの古着屋の店にだらりと生々しく下つて居る小紋縮緬の袷《あはせ》——あのしつとりした、重い冷たい布《きれ》が粘《ねば》つくやうに肉体を包む時の心好さを思ふと、私は思はず戦慄した。あの着物を着て、女の姿で往来を歩いて見たい。……かう思つて、私は一も二もなく其れを買ふ気になり、ついでに友禅の長襦袢や、黒縮緬の羽織迄も取りそろへた。

大柄の女が着たものと見えて、小男の私には寸法も打つてつけであつた。夜が更けてがらんとした寺中がひつそりした時分、私はひそかに鏡台に向つて化粧を始めた。黄色い生地《きぢ》の鼻柱へ先づベツトリと練りお白粉をなすり着けた瞬間の容貌は、少しグロテスクに見えたが、濃い白い粘液を平手で顔中へ万遍なく押し拡げると、思つたよりものりが好く、甘い匂ひのひや〳〵とした露が、毛孔へ沁み入る皮膚のよろこびは、格別であつた。紅やとのこを塗るに随つて、石膏の如く唯徒らに真つ白であつた私の顔が、潑剌とした生色ある女の相に変つて行く面白さ。文士や画家の芸術よりも、俳優や芸者や一般の女が、日常自分の体の肉を材料として試みてゐる化粧の技巧の方が、遙かに興味の多いことを知つた。

長襦袢、半襟、腰巻、それからチユツチユツと鳴る紅絹《もみ》裏の袂、――私の肉体は、凡べて普通の女の皮膚が味はふと同等の触感を与へられ、襟足から手頸まで白く塗つて、銀杏返しの鬘《かつら》の上にお高祖頭巾《こそづきん》を冠り、思ひ切つて往来の夜道へ紛れ込んで見た。

雨曇りのしたうす暗い晩であつた。千束町、清住町、龍泉寺町――あの辺一帯の溝の多い、淋しい街を暫くさまよつて見たが、交番の巡査も、通行人も、一向気が附かないやうであつた。甘皮《あまかは》を一枚張つたやうにぱさ〳〵乾いてゐる顔の上を、夜風が冷やかに撫でゝ行く。口辺を蔽うて居る頭巾の布《きれ》が、息の為めに熱く湿《うるほ》つて、歩くたびに長い縮緬の腰巻の裾は、じやれるやうに脚へ縺《もつ》れる。みぞおちから肋骨《あばら》の辺を堅く緊め付けてゐる丸帯と、骨盤の上を括《くゝ》つてゐる扱帯《しごき》の加減で、私の体の血管には、自然と女のやうな血が流れ始め、男らしい気分や姿勢はだん〳〵となくなつて行くやうであつた。

友禅の袖の蔭から、お白粉を塗つた手をつき出して見ると、強い頑丈な線が闇の中に消えて、白くふつくらと柔かに浮き出てゐる。私は自分で自分の手の美しさに惚れ〴〵とした。此のやうな美しい手を、実際に持つてゐる女と云ふ者が、羨ましく感じられた。芝居の弁天小僧のやうに、かう云ふ姿をして、さま〴〵の罪を犯したならば、どんなに面白いであらう。……探偵小説や、犯罪小説の読者を始終喜ばせる「秘密」「疑惑」の気分に髣髴《はうふつ》とした心持で、私は次第に人通りの多い、公園の六区の方へ歩みを運んだ。さうして、殺人とか、強盗とか、何か非常な残忍な悪事を働いた人間のやうに、自分を思ひ込むことが出来た。

十二階の前から、池の汀《みぎは》について、オペラ館の四つ角へ出ると、イルミネーションとアーク燈の光が厚化粧をした私の顔にきら〳〵と照つて、着物の色合ひや縞目がはツきりと読める。常盤座《ときはざ》の前へ来た時、突き当りの写真屋の玄関の大鏡へ、ぞろ〳〵雑沓する群集の中に交つて、立派に女と化け終せた私の姿が映つて居た。

こツてり塗り付けたお白粉の下に、「男」と云ふ秘密が悉く隠されて、眼つきも口つきも女のやうに動き、女のやうに笑はうとする。甘いへんなうの匂ひと、囁くやうな衣摺《きぬず》れの音を立てゝ、私の前後を擦れ違ふ幾人の女の群も、皆私を同類と認めて訝《あや》しまない。さうして其の女達の中には、私の優雅な顔の作りと、古風な衣裳の好みとを、羨ましさうに見てゐる者もある。

いつも見馴れて居る公園の夜の騒擾《さうぜう》も、「秘密」を持つて居る私の眼には、凡べてが新しかつた。何処へ行つても、何を見ても、始めて接する物のやうに、珍しく奇妙であつた。人間の瞳を欺き、電燈の光を欺いて、濃艶な脂粉とちりめんの衣裳の下に自分を潜ませながら、「秘密」の帷《とばり》を一枚隔てゝ眺める為めに、恐らく平凡な現実が、夢のやうな不思議な色彩を施されるのであらう。

それから私は毎晩のやうに此の仮装をつゞけて、時とすると、宮戸座の立ち見や活動写真の見物の間へ、平気で割つて入るやうになつた。寺へ帰るのは十二時近くであつたが、座敷に上ると早速空気ランプをつけて、疲れた体の衣裳も解かず、毛氈の上へぐつたり嫌らしく寝崩れた儘、残り惜しさうに絢爛な着物の色を眺めたり、袖口をちやら〳〵と振つて見たりした。剝げかゝつたお白粉が肌理《きめ》の粗《あら》いたるんだ頰の皮へ滲み着いて居るのを、鏡に映して凝視して居ると、廃頽した快感が古い葡萄酒の酔ひのやうに魂をそゝつた。地獄極楽の図を背景にして、けば〳〵しい長襦袢のまゝ、遊女の如くなよ〳〵と蒲団の上へ腹這つて、例の奇妙な書物のページを夜更くる迄翫すこともあつた。次第に扮装も巧くなり、大胆にもなつて、物好きな聯想を醸させる為めに、匕首《あひくち》だの麻酔薬だのを、帯の間へ挿んでは外出した。犯罪を行はずに、犯罪に附随して居る美しいロマンチツクの匂ひだけを、十分に嗅いで見たかつたのである。

さうして、一週間ばかり過ぎた或る晩の事、私は図らずも不思議な因縁から、もツと奇怪なもツと物好きな、さうしてもツと神秘な事件の端緒に出会した。

其の晩私は、いつもよりも多量にウヰスキーを呷つて、三友館の二階の貴賓席に上り込んで居た。何でももう十時近くであつたらう、恐ろしく混んでゐる場内は、霧のやうな濁つた空気に充たされて、黒く、もく〳〵とかたまつて蠢《しゆん》動《どう》してゐる群衆の生温かい人いきれが、顔のお白粉を腐らせるやうに漂つて居た。暗中にシヤキシヤキ軋《きし》みながら目まぐるしく展開して行く映画の光線の、グリグリと瞳を刺す度毎に、私の酔つた頭は破れるやうに痛んだ。時々映画が消えてぱツと電燈がつくと、渓底《たにそこ》から沸き上る雲のやうに、階下の群衆の頭の上を浮動して居る煙草の烟の間を透かして、私は真深いお高祖頭巾の蔭から、場内に溢れて居る人々の顔を見廻した。さうして私の旧式な頭巾の姿を珍しさうに窺つて居る男や、粋な着附けの色合ひを物欲しさうに盗み視てゐる女の多いのを、心ひそかに得意として居た。見物の女のうちで、いでたちの異様な点から、様子の婀娜《あだ》つぽい点から、乃至《ないし》器量の点からも、私ほど人の眼に着いた者はないらしかつた。

始めは誰も居なかつた筈の貴賓席の私の側の椅子が、いつの間に塞がつたのか能くは知らないが、二三度目に再び電燈がともされた時、私の左隣りに二人の男女が腰をかけて居るのに気が附いた。

女は二十二三と見えるが、其の実六七にもなるであらう。髪を三つ輪に結つて、総身をお召の空色のマントに包み、くツきりと水のしたゝるやうな鮮やかな美貌ばかりを、此れ見よがしに露はにして居る。芸者とも令嬢とも判断のつき兼ねる所はあるが、連れの紳士の態度から推して、堅儀の細君ではないらしい。

「……Arrested at last.……」

と、女は小声で、フイルムの上に現れた説明書を読み上げて、土耳古《トルコ》巻のM.C.C.の薫りの高い烟を私の顔に吹き附けながら、指に嵌めて居る宝石よりも鋭く輝く大きい瞳を、闇の中できらりと私の方へ注いだ。

あでやかな姿に似合はぬ太棹《ふとざを》の師匠のやうな皺嗄れた声、――其の声は紛れもない、私が二三年前に上海《シヤンハイ》へ旅行する航海の途中、ふとした事から汽船の中で暫く関係を結んで居たT女であつた。

女はその頃から、商売人とも素人とも区別のつかない素振りや服装を持つて居たやうに覚えて居る。船中に同伴して居た男と、今夜の男とはまるで風采も容貌も変つてゐるが、多分は此の二人の男の間を連結する無数の男が女の過去の生涯を鎖のやうに貫いて居るのであらう。兎も角其の婦人が、始終一人の男から他の男へと、胡蝶のやうに飛んで歩く種類の女であることは確かであつた。二年前に船で馴染みになつた時、二人はいろ〳〵の事情から本当の氏名も名乗り合はず、境遇も住所も知らせずにゐるうちに上海へ着いた。さうして私は自分に恋ひ憧れてゐる女を好い加減に欺き、こツそり跡をくらまして了つた。以来太平洋上の夢の中なる女とばかり思つて居た其の人の姿を、こんな処で見ようとは全く意外である。あの時分やゝ小太りに肥えて居た女は、神々しい迄に痩せて、すツきりとして、睫毛の長い潤味《うるみ》を持つた円い眼《まなこ》が、拭ふが如くに冴え返り、男を男とも思はぬやうな凛々しい権威さへ具へてゐる。触るゝものに紅《くれなゐ》の血が濁染《にじ》むかと疑はれた生々しい唇と、耳朶《みゝたぶ》の隠れさうな長い生《は》え際《ぎは》ばかりは昔に変らないが、鼻は以前よりも少し嶮《けは》しい位に高く見えた。

女は果して私に気が附いて居るのであらうか。どうも判然と確かめることが出来なかつた。明《あか》りがつくと連れの男にひそ〳〵戯れて居る様子は、傍に居る私を普通の女と蔑《さげす》んで、別段心にかけて居ないやうでもあつた。実際其の女の隣りに居ると、私は今迄得意であつた自分の扮装を卑しまない訳には行かなかつた。表情の自由な、如何にも生き〳〵とした妖女の魅力に気圧《けお》されて、技巧を尽した化粧も着附けも、醜く浅ましい化物のやうな気がした。女らしいと云ふ点からも、美しい器量からも、私は到底彼女の競争者ではなく、月の前の星のやうに果敢《はか》なく萎《しを》れて了ふのであつた。

朦々と立ち罩めた場内の汚れた空気の中に、曇りのない鮮明な輪郭をくツきりと浮かばせて、マントの蔭からしなやかな手をちら〳〵と、魚のやうに泳がせてゐるあでやかさ。男と対談する間にも時々夢のやうな瞳を上げて、天井を仰いだり、眉根を寄せて群衆を見下ろしたり、真つ白な歯並みを見せて微笑んだり、其の度毎に全く別趣の表情が、溢れんばかりに湛へられる。如何なる意味をも鮮かに表はし得る黒い大きい瞳は、場内の二つの宝石のやうに、遠い階下の隅からも認められる。顔面の凡べての道具が単に物を見たり、嗅いだり、聞いたり、語つたりする機関としては、あまりに余情に富み過ぎて、人間の顔と云ふよりも、男の心を誘惑する甘味ある餌食《ゑじき》であつた。

もう場内の視線は、一つも私の方に注がれて居なかつた。愚かにも、私は自分の人気を奪ひ去つた其の女の美貌に対して、嫉妬と憤怒を感じ始めた。嘗ては自分が弄んで恣《ほしいまゝ》に棄てゝしまつた女の容貌の魅力に、忽ち光を消されて蹈み附けられて行く口惜しさ。事に依ると女は私を認めて居ながら、わざと皮肉な復讐をして居るのではないであらうか。

私は美貌を羨む嫉妬の情が、胸の中で次第々々に恋慕の情に変つて行くのを覚えた。女としての競争に敗れた私は、今一度男として彼女を征服して勝ち誇つてやりたい。かう思ふと、抑へ難い欲望に駆られてしなやかな女の体を、いきなりむづと鷲摑みにして、揺す振つて見たくもなつた。


　君は予の誰なるかを知り給ふや。今夜久し振りに君を見て、予は再び君を恋し始めたり。今一度、予と握手し給ふお心はなきか。明晩も此の席に来て、予を待ち給ふお心はなきか。予は予の住所を何人にも告げ知らす事を好まねば、唯願はくは明日の今頃、此の席に来て予を待ち給へ。


闇に紛れて私は帯の間から半紙と鉛筆を取出し、こんな走り書きをしたものをひそかに女の袂へ投げ込んだ、さうして、又じツと先方の様子を窺つてゐた。

十一時頃、活動写真の終るまでは女は静かに見物してゐた。観客が総立ちになつてどや〳〵と場外へ崩れ出す混雑の

際、女はもう一度、私の耳元で、

「……Arrested at last……」

と囁きながら、前よりも自信のある大胆な凝視《ぎようし》を、私の顔に暫く注いで、やがて男と一緒に人ごみの中へ隠れてしまつた。

「……Arrested at last……」

女はいつの間にか自分を見附け出して居たのだ。かう思つて私は竦然《しようぜん》とした。

それにしても明日の晩、素直に来てくれるであらうか。大分昔よりは年功を経てゐるらしい相手の力量を測らずに、あのやうな真似をして、却つて弱点を握られはしまいか。いろ〳〵の不安と疑惧《ぎぐ》に挟《さしはさ》まれながら私は寺へ帰つた。

いつものやうに上着を脱いで、長襦袢一枚にならうとする時、ぱらりと頭巾の裏から四角にたゝんだ小さい洋紙の切れが落ちた。

「Mr. S. K.」

と書き続けたインキの痕をすかして見ると、玉甲斐絹《たまかひき》のやうに光つてゐる。正しく彼女の手であつた。見物中、一二度小用に立つたやうであつたが、早くも其の間に、返事をしたゝめて、人知れず私の襟元へさし込んだものと見える。

思ひがけなき所にて思ひがけなき君の姿を見申候。たとひ装ひを変へ給ふとも、三年此のかた夢寐《むび》にも忘れぬ御面影を、いかで見逃し候べき。妾《わらは》は始めより頭巾の女の君なる事を承知仕候。それにつけても相変らず物好きなる君にておはせしことの可笑しさよ。妾に会はんと仰せらるゝも多分は此の物好きのおん興じにやと心許なく存じ候へども、あまりの嬉しさに兎角の分別も出でず、唯仰せに従ひ明夜は必ず御待ち申す可く候。たゞし、妾に少々都合もあり、考へも有之候へば、九時より九時半までの間に雷門までお出で下されまじくや。其処にて当方より差し向けたるお迎ひの車夫が、必ず君を見つけ出して拙宅へ御案内致す可く候。君の御住所を秘し給ふと同様に、妾も今の在り家を御知らせ致さぬ所存にて、車上の君に眼隠しをしてお連れ申すやう取りはからはせ候間、右御許し下され度、若し此の一事を御承引下され候はずば、妾は永遠に君を見ることかなはず、之に過ぎたる悲しみは無之《これなく》候。

私は此の手紙を読んで行くうちに、自分がいつの間にか探偵小説中の人物となり終せて居るのを感じた。不思議な好奇心と恐怖とが、頭の中で渦を巻いた。女が自分の性癖を呑み込んで居て、わざとこんな真似をするのかとも思はれた。

明くる日の晩は素晴らしい大雨であつた。私はすつかり服装を改めて、対《つゐ》の大島の上にゴム引きの外套を纏ひ、ざぶん、ざぶんと、甲斐絹張りの洋傘に、瀧の如くたゝきつける雨の中を戸外《おもて》へ出た。新堀の溝が往来一円に溢れてゐるので、私は足袋を懐へ入れたが、びしよ〳〵に濡れた素足が家並みのランプに照らされて、ぴか〳〵光つて居た。夥しい雨量が、天からざあ〳〵と直瀉《ちよくしや》する喧囂《けんがう》の中に、何も彼も打ち消されて、ふだん賑やかな広小路の通りも大概雨戸を締め切り、二三人の臀端折《しりはしを》りの男が、敗走した兵士のやうに駈け出して行く。電車が時々レールの上に溜まつた水をほとばしらせて通る外は、ところ〴〵の電柱や広告のあかりが、朦朧たる雨の空中をぼんやり照らしてゐるばかりであつた。

外套から、手首から、肘の辺まで水だらけになつて、漸く雷門へ来た私は、雨中にしよんぼり立ち止りながらアーク燈の光を透かして、四辺《あたり》を見廻したが、一つも人影は見えない。何処かの暗い隅に隠れて、何物かが私の様子を窺つてゐるのかも知れない。かう思つて暫く彳《たゝず》んで居ると、やがて吾妻橋の方の暗闇から、赤い提灯《ちやうちん》の火が一つ動き出して、がら〳〵と街鉄《がいてつ》の鋪《し》き石の上を駛走《しそう》して来た旧式な相乗りの俥がぴたりと私の前で止まつた。

「旦那、お乗んなすつて下さい。」

深い饅頭笠《まんぢゆうがさ》に雨合羽《あまがつぱ》を着た車夫の声が、車軸《しやぢく》を流す雨の響きの中に消えたかと思ふと、男はいきなり私の後へ廻つて、羽二重の布を素早く私の両眼の上へ二た廻り程巻きつけて、蟀谷《こめかみ》の皮がよぢれる程強く緊め上げた。

「さあ、お召しなさい。」

かう云つて男のざら〳〵した手が、私を摑んで、慌《あわたゞ》しく俥の上へ乗せた。疑ひもなく私の隣りには女が一人乗つて居る。お白粉の薫りと暖かい体温が、幌の中へ蒸すやうに罩《こも》つてゐた。

轅《かぢ》を上げた俥は、方向を晦《くら》ます為めに一つ所をくる〳〵と二三度廻つて走り出したが、右へ曲り、左へ折れ、どうかすると Labyrinth の中をうろついて居るやうであつた。時々電車通りへ出たり、小さな橋を渡つたりした。

長い間、さうして俥に揺られて居た。隣りに並んでゐる女は勿論T女であらうが、黙つて身じろぎもせずに腰かけてゐる。多分私の眼隠しが厳格に守られるか否かを監督する為めに同乗して居るものらしい。しかし、私は他人の監督がなくても、決して此の眼かくしを取り外《はづ》す気はなかつた。海の上で知り合ひになつた夢のやうな女、大雨の晩の幌の中、夜の都会の秘密、盲目、沈黙――凡べての物が一つになつて、渾然《こんぜん》たるミステリーの靄《もや》の裡《うち》に私を投げ込んで了つて居る。

やがて女は固く結んだ私の唇を分けて、口の中へ巻煙草を挿し込んだ。さうしてマツチを擦つて火をつけてくれた。

一時間程経つて、漸く俥は停つた。再びざら〳〵した男の手が私を導きながら狭さうな路次を二三間行くと、裏木戸のやうなものをギーと開けて家の中へ連れて行つた。

眼を塞がれながら一人座敷に取り残されて、暫く坐つてゐると、間もなく襖の開く音がした。女は無言の儘、人魚のやうに体《たい》を崩して擦り寄りつゝ、私の膝の上へ仰向きに上半身を靠《もた》せかけて、さうして両腕を私の項《うなじ》に廻して羽二重の結び目をはらりと解いた。

部屋は八畳位もあらう。普請《ふしん》と云ひ、装飾と云ひ、なか〳〵立派で、木柄《きがら》なども選んではあるが、丁度此の女の身分が分らぬと同様に、待合とも、妾宅とも、上流の堅気な住まひとも見極めがつかない。一方の縁側の外にはこんもりとした植ゑ込みがあつて、其の向うは板塀に囲はれてゐる。唯此れだけの眼界では、此の家が東京のどの辺にあたるのか、大凡その見当すら判らなかつた。

「よく来て下さいましたね。」

かう云ひながら、女は座敷の中央の四角な紫檀《したん》の机へ身を靠せかけて、白い両腕を二匹の生き物のやうに、だらりと卓上に匍《は》はせた。襟のかゝつた渋い縞お召に腹合はせ帯をしめて、銀杏返しに結《ゆ》つて居る風情の、昨夜と恐ろしく趣が変つてゐるのに、私は先づ驚かされた。

「あなたは、今夜あたしがこんな風をして居るのは可笑《をか》しいと思つていらツしやるんでせう。それでも人に身分を知らせないやうにするには、かうやつて毎日身なりを換へるより外に仕方がありませんからね。」

卓上に伏せてある洋盃《コップ》を起して、葡萄酒《ぶだうしゆ》を注《つ》ぎながら、こんな事を云ふ女の素振りは、思つたよりもしとやかに打萎れて居た。

「でも好く覚えて居て下さいましたね。上海でお別れしてから、いろ〳〵の男と苦労もして見ましたが、妙にあなたの事を忘れることが出来ませんでした。もう今度こそは私を棄てないで下さいまし。身分も境遇も判らない、夢のやうな女だと思つて、いつまでもお附き合ひなすつて下さい。」

女の語る一言一句が、遠い国の歌のしらべのやうに、哀韻《あいゐん》を含んで私の胸に響いた。昨夜のやうな派手な勝気な悧発《りはつ》な女が、どうしてかう云ふ憂鬱な、殊勝な姿を見せることが出来るのであらう。さながら万事を打ち捨てゝ、私の前に魂を投げ出してゐるやうであつた。

「夢の中の女」「秘密の女」朦朧とした、現実とも幻覚とも区別の附かない Love adventure の面白さに、私は其れから毎晩のやうに女の許に通ひ、夜半《よなか》の二時頃迄遊んでは、また眼かくしをして、雷門まで送り返された。一と月も二た月も、お互に所を知らず、名を知らずに会見してゐた。女の境遇や住宅を捜り出さうと云ふ気は少しもなかつたが、だん〳〵時日が立つに従ひ、私は妙な好奇心から、自分を乗せた俥が果して東京の何方《どっち》の方面に二人を運んで行くのか、自分の今眼を塞がれて通つて居る処は、浅草から何の辺《ど》に方《あた》つて居るのか、唯其れだけを是非共知つて見たくなつた。三十分も一時間も、時とすると一時間半もがら〳〵と市街を走つてから、轅を下ろす女の家は、案外雷門の近くにあるのかも知れない。私は毎夜俥に揺す振られながら、此処か彼処かと心の中に臆測を廻らす事を禁じ得なかつた。

或る晩、私はとう〳〵たまらなくなつて、

「一寸でも好いから、この眼かくしを取つてくれ。」

と俥の上で女にせがんだ。

「いけません、いけません。」

と、女は慌てゝ、私の両手をしツかり抑へて、其の上へ顔を押しあてた。

「何卒《どうぞ》そんな我が儘を云はないで下さい。此処の往来はあたしの秘密です。此の秘密を知られゝばあたしはあなたに捨てられるかも知れません。」

「どうして私に捨てられるのだ。」

「さうなれば、あたしはもう『夢の中の女』ではありません。あなたは私を恋して居るよりも、夢の中の女を恋して居るのですもの。」

いろ〳〵に言葉を尽して頼んだが、私は何と云つても聴き入れなかつた。

「仕方がない、そんなら見せて上げませう。……其の代り一寸ですよ。」

女は嘆息するやうに云つて、力なく眼かくしの布を取りながら、

「此処が何処だか判りますか。」

と、心許《こゝろもと》ない顔つきをした。

美しく晴れ渡つた空の地色は、妙に黒ずんで星が一面にきら〳〵と輝き、白い霞のやうな天の川が果てから果てへ流れてゐる。狭い道路の両側には商店が軒を並べて、燈火の光が賑やかに町を照らしてゐた。

不思議な事には、可なり繁華な通りであるらしいのに、私は其れが何処の街であるか、さつぱり見当が附かなかつた。

俥はどん〳〵其の通りを走つて、やがて一二町先の突き当りの正面に、精美堂と大きく書いた印形屋《いんぎやうや》の看板が見え出した。

私が看板の横に書いてある細い文字の町名番地を、俥の上で遠くから覗き込むやうにすると、女は忽ち気が附いたか、

「あれツ」

と云つて、再び私の眼を塞いで了つた。

賑やかな商店の多い小路で突きあたりに印形屋の看板の見える街、――どう考へて見ても、私は今迄通つたことのない往来の一つに違ひないと思つた。子供時代に経験したやうな謎の世界の感じに、再び私は誘《いざな》はれた。

「あなた、彼《あ》の看板の字が読めましたか。」

「いや読めなかつた。一体此処は何処なのだか私にはまるで判らない。私はお前の生活に就いては三年前の太平洋の波の上の事ばかりしか知らないのだ。私はお前に誘惑されて、何だか遠い海の向うの、幻の国へ伴れて来られたやうに思はれる。」

私が斯う答へると、女はしみ〴〵とした悲しい声で、こんな事を云つた。

「後生だからいつまでもさう云ふ気持で居て下さい。幻の国に住む、夢の中の女だと思つて居て下さい。もう二度と再び、今夜のやうな我が儘を云はないで下さい。」

女の眼からは、涙が流れて居るらしかつた。

其の後暫く、私は、あの晩女に見せられた不思議な街の光景を忘れることが出来なかつた。燈火のかんかんともつてゐる賑やかな狭い小路の突き当りに見えた印形屋の看板が、頭にはツきりと印象されて居た。何とかして、あの町の在りかを捜し出さうと苦心した揚句、私は漸く一策を案じ出した。

長い月日の間、毎夜のやうに相乗りをして引き擦り廻されて居るうちに、雷門で俥がくる〳〵と一つ所を廻る度数や、右に折れ左に曲る回数まで、一定して来て、私はいつともなく其の塩梅を覚え込んでしまつた。或る朝、私は雷門の角へ立つて眼をつぶりながら二三度ぐる〳〵と体を廻した後、此の位だと思ふ時分に、俥と同じ位の速度で一方へ駈け出して見た。唯好い加減に時間を見はからつて彼方此方の横町を折れ曲るより外の方法はなかつたが、丁度此の辺と思ふ所に、予想の如く、橋もあれば、電車通りもあつて、確かに此の道に相違ないと思はれた。

道は最初雷門から公園の外郭を廻つて千束町に出て、龍泉寺町の細い通りを上野の方へ進んで行つたが、車坂下で更に左へ折れ、お徒町《かちまち》の往来を七八町も行くとやがて又左へ曲り始める。私は其処でハタと此の間の小路にぶつかつた。成る程正面に印形屋の看板が見える。

其れを望みながら、秘密の潜んでゐる巌窟の奥を究めでもするやうに、つか〳〵と進んで行つたが、つきあたりの通りへ出ると、思ひがけなくも、其処は毎晩夜店の出る下谷竹町の往来の続きであつた。いつぞや小紋の縮緬を買つた古着屋の店もつい二三間先に見えて居る。不思議な小路は、三味線堀と仲お徒町の通りを横に繋いで居る街路であつたが、どうも私は今迄其処を通つた覚えがなかつた。散々私を悩ました精美堂の看板の前に立つて、私は暫く佇んで居た。燦爛とした星の空を戴いて夢のやうな神秘な空気に蔽はれながら、赤い燈火を湛へて居る夜の趣とは全く異り、秋の日にかん〳〵照り附けられて乾涸《ひから》びて居る貧相な家並を見ると、何だか一時にがつかりして興が覚めて了つた。抑へ難い好奇心に駆られ、犬が路上の匂ひを嗅ぎつゝ自分の棲み家へ帰るやうに、私は又其処から見当をつけて走り出した。

道は再び浅草区へ這入つて、小島町から右へ〳〵と進み、菅橋《すがばし》の近所で電車通りを越え、代地河岸を柳橋の方へ曲つて、遂に両国の広小路へ出た。女が如何に方角を悟らせまいとして、大迂廻をやつて居たかゞ察せられる。薬研堀《やげんぼり》、久松町、浜町と来て蠣浜橋を渡つた処で、急に其の先が判らなくなつた。

何んでも女の家《うち》は、此の辺の路次にあるらしかつた。一時間ばかりかゝつて、私は其の近所の狭い横町を出つ入りつした。

丁度道了権現《だうれうごんげん》の向ひ側の、ぎつしり並んだ家と家との庇間《ひあはひ》を分けて、殆ど眼につかないやうな、細い、さゝやかな小路のあるのを見つけ出した時、私は直覚的に女の家が其の奥に潜んで居ることを知つた。中へ這入つて行くと右側の二三軒目の、見事な洗ひ出しの板塀に囲まれた二階の欄干から、松の葉越しに女は死人のやうな顔をして、じつと此方を見おろして居た。

思はず嘲けるやうな瞳を挙げて、二階を仰ぎ視ると、寧ろ空惚《そらとぼ》けて別人を装ふものゝ如く、女はにこりともせずに私の姿を眺めて居たが、別人を装うても訝しまれぬくらゐ、其の容貌は夜の感じと異つて居た。たツた一度、男の乞ひを許して、眼かくしの布を弛めたばかりに、秘密を発《あば》かれた悔恨、失意の情が見る〳〵色に表はれて、やがて静かに障子の蔭へ隠れて了つた。

女は芳野と云ふ其の界隈での物持の後家であつた。あの印形屋の看板と同じやうに、凡べての謎は解かれて了つた。

私は其れきり其の女を捨てた。

二三日過ぎてから、急に私は寺を引き払つて田端の方へ移転した。私の心はだん〳〵「秘密」などゝ云ふ手ぬるい淡い快感に満足しなくなつて、もツと色彩の濃い、血だらけな歓楽を求めるやうに傾いて行つた。

○テキスト　初出は「中央公論」一九一一（明44）年十一月。第一創作集『刺青』（籾山書店、明44・12）に収録。テキストは『愛読愛蔵版　谷崎潤一郎全集』第一巻（中央公論新社、昭56・5に拠る。）

○解説　「新思潮」「スバル」を主な創作発表の場としてきた若き谷崎が、滝田樗陰の依頼によってメジャー誌デビューを果たした作品である。同じ月に永井荷風「谷崎潤一郎氏の作品」（「三田文学」明44・11）が発表され、この新進作家を絶賛する。谷崎自身の意識においても、文壇的な認知においても、プロ作家としての生活の第一歩が踏み出されたといえるだろう。

ただし、同時代的にも、また後の評価にしても、先行する「刺青」（明43・11）「麒麟」（明43・12）「少年」（明44・6）などに較べて、「秘密」に向けられる眼差しにはどこか熱さに欠けるところがある。

「全然旧套を擺脱《ひだつ》した、物好きな、アーテイフイシヤルな、Mode of life を見出」すため、浅草十二階下の「Obscure な町の中」の隠れ家で「奇怪な説話と挿絵に富んでゐる書物」と「古い仏画」に囲まれ、夜な夜な女装しては街を徘徊する「私」が、「秘密」の気分を身体の内側に膨らませる前半にせよ、三友館で再会した謎の女に導かれて「Labyrinth の中をうろついて居るやう」な「現実とも幻覚とも区別の付かない Love adventure」に惑溺しながらも、女の懇願を振り切って「秘密」を暴いてしまう後半にせよ、作り事めいた舞台装置が醸し出す一種異様な感覚の面白さには一定の評価がなされてきた。だが、人を驚かす仕掛けや表現力は認められても人生の本質的な問題を欠くとする、初期谷崎につきまとう批判は別にしても、佐藤春夫の「すつきりとは出来てゐるが、甚だつまらない」（「潤一郎。人及び芸術」「改造」昭2・3）という評のように、彼の芸術に理解を示す側からも「ものたりなさ」が表明されている。「秘密」の「ものたりなさ」は、「私の心はだん〳〵『秘密』などゝ云ふ手ぬるい淡い快感に満足しなくなつて、もツと色彩の濃い、血だらけな歓楽を求めるやうに傾いて行つた。」という、それまで語ってきた快楽を曖昧な位置に導いてしまう末尾の一節と深く関わると思われる。そして「作者の心理的経験」の「最も直截」な現われを指摘する谷崎精二（「谷崎潤一郎氏に呈する書」「早稲田文学」大2・4）などを補助線として、そこに作風の変化と直結する作者の嗜好の転換を見出す読解が、この小説の過渡的な性格をいっそう前景化することになる。

しかしながら、ここに「私」の嗜好の本質的な転換が描かれているかという問いは、このテクストにあらためて発せられるべきであろう。それはまた、この小説に描かれた様々な都市的細部とは別に、「秘密」という快楽に内在する「都市」的な性格の再検討につながるはずである。

「秘密」の世界が視覚の限定を条件として浮上する身体感覚を強調していることは大きなヒントになるだろう。「目隠し」が「Love adventure」の舞台となる「Labyrinth」を生み出す一方で、かんかんと照りつける秋の日の中で「T女」の「死人のやうな顔」がその「夢」を崩壊させるのは象徴的である。多くの論者が「秘密」の世界の基底に「かくれんぼ」を見出しているが、いうまでもなくそのゲームの規則が要求するのは、完全な暗闇に身を隠すことでも、瞬時に隈なく空間全体を見渡すことでもなく、「見ているのに見えない」「見られているのに見えていない」限定された人為的な不可視性・不可知性との戯れである。「秘密」に特徴的なのは、不可視性をもたらす人為的な装置が「都市」の人工性と重ね合わせられ、「都市」を舞台としてたった一人で「秘密」が演じられることである。夜の闇の人工的な光にコントロールされた視覚によって、女装した「私」は「見られているのに見えていない」存在となる。もちろんその感覚は、そのような存在として自分を見出す「見ているのに見えていない」ゲームの相方を一人二役で演じることによって成り立つ。その瞬間に、人工的な視覚をあらかじめ装備する舞台としてではなく、そこを徘徊する「私」に触知される不均質な空間としてあらためて立ち現われるのが、「秘密」に固有の「都市」の姿なのである。

さて、「私」が鏡に映る自分の女姿と想像的な関係を結び、一人で「かくれんぼ」を演じている以上、後半で「私」の相方をつとめる「T女」は「私」にとっての他者ではあり得ない。それまでの「私」の役割の半面（鬼から逃げる役）を引き継ぐ「T女」は、鏡に映った「私」の顔なのである。その意味では、秋の日差しの中で「私」が見出す「死人のやうな顔」は、このゲームに退屈しきった「私」自身の顔に他ならない。にもかかわらず、「私」は「其れきり其の女を捨て」ることによって、その現実を葬り去ってしまう。

このゲームには飽きてもゲーム自体を捨てない「私」はいったい何処へ行くのだろうか。もちろん「私」の姿は谷崎の数多くの「盲目」の登場人物に見出せる。また、宇野浩二「屋根裏の法学士」（大7・7）の乙骨三作を介して、江戸川乱歩「D坂の殺人事件」（大14・1）の明智小五郎や「屋根裏の散歩者」（大14・8）の郷田三郎にも見出せるに違いない。そればかりではない。夏目漱石「彼岸過迄」（明45・1〜4）の敬太郎にもその面影が認められるだろう。

盲目と明察のあわいに生じる「秘密」の快感は「手ぬるく「淡い」」。けれども、その微妙な淡さを支えるものにこそ、快感の「秘密」が隠れているのである。

（金子明雄）

○参考文献　亀井秀雄「身体論的にみた谷崎潤一郎」（『国文学』、学燈社、昭60・8）。遠藤祐『谷崎潤一郎』（明治書院、昭62・9）。小森陽一「都市の中の身体／身体の中の都市」（『文学における都市』佐藤泰正編、笠間書院、昭63・1）。十重田裕一「建築、映像、都市のアール・ヌーヴォー」（『国文学』、学燈社、平7・9）。小仲信孝「〈触れる〉身体の祝祭」（『跡見学園女子大学短期大学部紀要』34集、平10・3）。

小僧の神様

志賀直哉

一

仙吉《せんきち》は神田の或秤屋《はかりや》の店に奉公して居る。

それは秋らしい柔かな澄んだ陽ざしが、紺の大分《だいぶん》はげ落ちた暖簾《のれん》の下から静かに店先に差し込んで居る時だつた。店には一人の客もない。帳場格子の中に坐つて退屈さうに巻煙草をふかして居た番頭が、火鉢の傍《そば》で新聞を読んで居る若い番頭にこんな風に話しかけた。

「おい、幸《かう》さん。そろ〳〵お前の好きな鮪の脂身が食べられる頃だネ」

「ええ」

「今夜あたりどうだね。お店を仕舞つてから出かけるかネ」

「結構ですな」

「外濠《そとぼり》に乗つて行けば十五分だ」

「さうです」

「あの家《うち》のを食つちやア、此辺のは食へないからネ」

「全くですよ」

若い番頭からは少し退つた然るべき位置に、前掛の下に両手を入れて、行儀よく坐つて居た小僧の仙吉は、「ああ鮨屋の話だな」と思つて聴いて居た。京橋にSと云ふ同業の店がある。其店へ時々使に遣られるので、其鮨屋の位置だけはよく知つて居た。仙吉は早く自分も番頭になつて、そんな通《つう》らしい口をききながら、勝手にさう云ふ家《うち》の暖簾をくぐる身分になりたいものだと思つた。

「何でも、与兵衛《よへゑ》の息子が松屋の近所に店を出したと云ふ事だが、幸さん、お前は知らないかい」

「へえ存じませんな。松屋といふと何処のです」

「私もよくは聞かなかつたが、いづれ今川橋の松屋だらうよ」

「さうですか。で、其処は旨いんですか」

「さう云ふ評判だ」

「矢張り与兵衛ですか」

「いや、何とか云つた。何屋とか云つたよ。聴いたが忘れた」

仙吉は「色々さう云ふ名代《なだい》の店があるものだな」と思つて聴いて居た。そして、

「然し旨いと云ふと全体どう云ふ具合に旨いのだらう」さう思ひながら、口の中に溜つて来る唾《つばき》を、音のしないやうに用心しい〳〵飲み込んだ。

二

それから二三日した日暮だつた。京橋のSまで仙吉は使に出された。出掛けに彼は番頭から電車の往復代だけを貰つて出た。

外濠の電車を鍛冶橋《かぢばし》で降りると、彼は故《わざ》と鮨屋の前を通つて行つた。彼は鮨屋の暖簾を見ながら、其暖簾を勢よく分けて入つて行く番頭達の様子を想つた。其時彼はかなり腹がへつて居た。脂で黄がかつた鮪の鮨が想像の眼に映ると、彼は「一つでもいいから食ひたいものだ」と考へた。彼は前から往復の電車賃を貰ふと片道を買つて帰りは歩いて来る事をよくした。今も残つた四銭が懐の裏隠しでカチャ〳〵と鳴つて居る。

「四銭あれば一つは食へるが、一つ下さいとも云はれないし」彼はさう諦め乍ら前を通り過ぎた。

Sの店での用は直ぐ済んだ。彼は真鍮の小さい分銅《ふんどう》の幾つか入つた妙に重味のある小さいボール函を一つ受取つて其店を出た。

彼は何かしら惹かれる気持で、もと来た道の方へ引きかへして来た。そして何気なく鮨屋の方へ折れようとすると、不図其四つ角の反対側の横町に屋台で、同じ名の暖簾を掛けた鮨屋のある事を発見した。彼はノソ〳〵と其方へ歩いて行つた。

三

若い貴族院議員のAは同じ議員仲間のBから、鮨の趣味は握るそばから、手摑みで食ふ屋台の鮨でなければ解らないと云ふやうな通《つう》を頻りに説かれた。Aは何時か其立食ひをやつてみようと考へた。そして屋台の旨いと云ふ鮨屋を教はつて置いた。

或日、日暮間もない時であつた。Aは銀座の方から京橋を渡つて、かねて聞いて居た屋台の鮨屋へ行つて見た。其処には既に三人ばかり客が立つて居た。彼は一寸躊躇した。然し思ひ切つて兎に角暖簾を潜つたが、其立つて居る人と人との間に割り込む気がしなかつたので、彼は少時《しばらく》暖簾を潜つた儘、人の後《うしろ》に立つて居た。

其時不意に横合ひから十三四の小僧が入つて来た。小僧はAを押し退けるやうにして、彼の前の僅な空《す》きへ立つと、五つ六つ鮨の乗つてゐる前下がりの厚い欅板の上を忙《せは》しく見廻した。

「海苔巻はありませんか」

「ああ今日は出来ないよ」肥つた鮨屋の主《あるじ》は鮨を握りながら、尚ジロ〳〵と小僧を見て居た。

小僧は少し思ひ切つた調子で、こんな事は初めてぢやないと云ふやうに、勢よく手を延ばし、三つ程並んでゐる鮪の鮨の一つを摘んだ。所が、何故か小僧は勢よく延ばした割に其手をひく時、妙に躊躇した。

「一つ六銭だよ」と主が云つた。

小僧は落すやうに黙つて其鮨を又台の上に置いた。

「一度持つたのを置いちやあ、仕様がねえな」さう云つて主は握つた鮨を置くと引きかへに、それを自分の手元へかへした。

小僧は何も云はなかつた。小僧はいやな顔をしながら、其場が一寸動けなくなつた。然し直ぐ或勇気を振るひ起して暖簾の外へ出て行つた。

「当今は鮨も上りましたからね。小僧さんには中々食べきれませんよ」主は少し具合悪さうにこんな事を云つた。そして一つを握り終ると、其空《あ》いた手で今小僧の手をつけた鮨を器用に自分の口へ投げ込むやうにして直ぐ食つて了つた。

四

「此間君に教はつた鮨屋へ行つて見たよ」

「どうだい」

「中々旨かつた。それはさうと、見て居ると、皆《みんな》かう云ふ手つきをして、魚の方を下にして一ぺんに口へ抛《はふ》り込むが、あれが通なのかい」

「まあ、鮪は大概ああして食ふやうだ」

「何故魚の方を下にするのだらう」

「つまり魚が悪かつた場合、舌へヒリリと来るのが直ぐ知れるからなんだ」

「それを聞くとBの通も少し怪しいもんだな」

Aは笑ひ出した。

Aは其時小僧の話をした。そして、

「何だか可哀想だつた。どうかしてやりたいやうな気がしたよ」と云つた。

「御馳走してやればいいのに。幾らでも、食へるだけ食はしてやると云つたら、嘸《さぞ》喜んだらう」

「小僧は喜んだらうが、此方《こつち》が冷汗ものだ」

「冷汗？　つまり勇気がないんだ」

「勇気かどうか知らないが、兎も角さう云ふ勇気は一寸出せない。直ぐ一緒に出て他所《よそ》で御馳走するなら、まだやれるかも知れないが」

「まあ、それはそんなものだ」とBも賛成した。

五

Aは幼稚園に通《かよ》つて居る自分の小さい子供が段々大きくなつて行くのを数《すう》の上で知りたい気持から、風呂場へ小さな体量秤を備へつける事を思ひついた。そして或日彼は偶然神田の仙吉の居る店へやつて来た。

仙吉はAを知らなかつた。然しAの方は仙吉を認めた。

店の横の奥へ通ずる三和土《たたき》になつた所に七つ八つ大きいのから小さいのまで荷物秤が順に並んでゐる。Aは其一番小さいのを選んだ。停車場《ていしやぢやう》や運送屋にある大きな物と全く同じで小さい、其可愛い秤を妻や子供が嘸《さぞ》喜ぶ事だらうと彼は考へた。

番頭が古風な帳面を手にして、

「お届け先きは何方様《どちら》で御座いますか」と云つた。

「さう……」とAは仙吉を見ながら一寸考へて、「其小僧さんは今、手隙《てすき》かネ？」と云つた。

「へえ別に……」

「そんなら少し急ぐから、私と一緒に来て直ぐお供をさせませう」

「かしこまりました。では、車へつけて直ぐお供をさせませう」

Aは先日御馳走出来なかつた代り、今日何処かで小僧に御馳走してやらうと考へた。

「それからお所とお名前をこれへ一つお願ひ致します」金を払ふと番頭は別の帳面を出して来てかう云つた。

Aは一寸弱つた。秤を買ふ時、その秤の番号と一緒に買手の住所姓名を書いて渡さねばならぬ規則のある事を彼は知らなかつた。名を知らしてから御馳走するのは同様如何にも冷汗の気がした。仕方なかつた。彼は考へ〲出鱈目の番地と出鱈目の名を書いて渡した。

六

客は加減をしてぶら〲と歩いてゐる。其二三間後《うしろ》から秤を乗せた小さい手車を挽いた仙吉がついて行く。

或俥宿の前まで来ると、客は仙吉を待たせて中へ入つて行つた。間もなく秤は支度の出来た宿俥に積み移された。

「では、頼むよ。それから金は先で貰つて呉れ。其事も名刺に書いてあるから」と云つて客は出て来た。そして今度は仙吉に向つて、「お前も御苦労。お前には何か御馳走してあげたいから其辺まで一緒においで」と笑ひながら云つた。

　仙吉は大変うまい話のやうな、少し薄気味悪い話のやうな気がした。然し何しろ嬉しかつた。彼はペコペコと二三度続け様にお辞儀をした。

　蕎麦屋の前も、鮨屋の前も、鳥屋の前も通り過ぎて了つた。「何処へ行く気だらう」仙吉は少し不安を感じ出した。神田駅の高架線の下を潜つて松屋の横へ出ると、電車通を越して、横町の或小さい鮨屋の前へ来て其客は立ち止つた。

「一寸待つて呉れ」かう云つて客だけ中へ入り、仙吉は手車の梶棒を下して立つて居た。間もなく客は出て来た。その後《あと》から、若い品のいいかみさんが出て来て、

「小僧さん、お入りなさい」と云つた。

「私は先へ帰るから、充分食べてお呉れ」かう云つて客は逃げるやうに急ぎ足で電車通の方へ行つて了つた。

　仙吉は其処で三人前の鮨を平げた。餓ゑ切つた痩せ犬が不時の食にありついたかのやうに彼はがつ〳〵と忽ちの間に平げて了つた。他《ほか》に客がなく、かみさんが故《わざ》と障子を締め切つて行つてくれたので、仙吉は見得も何もなく、食ひたいやうにして鱈腹に食ふ事が出来た。

　茶をさしに来たかみさんに、

「もつとあがれませんか」と云はれると、仙吉は赤くなつて、

「いえ、もう」と下を向いて了つた。そして、忙《せは》しく帰り支度を始めた。

「それぢやあネ、又食べに来て下さいよ。お代《だい》はまだ沢山頂いてあるんですからネ」

　仙吉は黙つて居た。

「お前さん、あの旦那とは前からお馴染なの？」

「いえ」

「へえ……」かう云つて、かみさんは、其処へ出て来た主《あるじ》と顔を見合せた。

「粋《いき》な人なんだ。それにしても、小僧さん、又来て呉れないと、此方《こつち》が困るんだからネ」

仙吉は下駄を穿きながら只無闇とお辞儀をした。

七

Aは小僧に別れると追ひかけられるやうな気持で電車通に出ると、其処へ丁度通りかかつた辻自動車を呼び止めて、直ぐBの家《いへ》へ向つた。

Aは変に淋しい気がした。自分は先の日小僧の気の毒な様子を見て、心から同情した。そして、出来る事なら、かうもしてやりたいと考へて居た事を今日は偶然の機会から遂行出来たのである。小僧も満足し、自分も満足していい筈だ。人を喜ばす事は悪い事ではない。自分は当然、或喜びを感じていいわけだ。所が、どうだらう、此変に淋しい、いやな気持は。何故だらう。何から来るのだらう。丁度それは人知れず悪い事をした後《あと》の気持に似通つて居る。

若しかしたら、自分のした事が善事だと云ふ変な意識があつて、それを本統の心から批判され、裏切られ、嘲られて居るのが、かうした淋しい感じで感ぜられるのかしら？　もう少し仕た事を小さく、気楽に考へてゐれば何でもないのかも知れない。自分は知らず〳〵こだはつて居るのだ。然し兎に角恥づべき事を行《おこな》つたといふのではない。少くとも不快な感じで残らなくてもよささうなものだ、と彼は考へた。

其日行く約束があつたのでBは待つて居た。そして二人は夜になつてから、Bの家《うち》の自動車で、Y夫人の音楽会を聴きに出掛けた。

晩くなつてAは帰つて来た。彼の変な淋しい気持はBと会ひ、Y夫人の力強い独唱を聴いて居る内に殆ど直つて了つた。

「矜どうも恐れ入りました」細君は案の定、其小形なのを喜んで居た。子供はもう寝て居たが、大変喜んだ事を細君は話した。

「それはさうと、先日鮨屋で見た小僧ネ、又会つたよ」

「まあ。何処で？」

「いゝ、はかり屋の小僧だつた」

「奇遇ネ」

Aは小僧に鮨を御馳走してやつた事、それから、後《あと》、変に淋しい気持になつた事などを話した。

「何故でせう。そんな淋しいお気になるの、不思議ネ」善良な細君は心配さうに眉をひそめた。細君は一寸考へる風だつた。すると、不意に、「ええ、其お気持わかるわ」と云ひ出した。

「さう云ふ事ありますわ。何でだか、そんな事あつたやうに思ふわ」

「さうかな」

「ええ、本統にさう云ふ事あるわ。Bさんは何て仰有つて？」

「Bには小僧に会つた事は話さなかつた」

「さう。でも、小僧は屹度大喜びでしたわ。そんな思ひ掛ない御馳走になれば誰でも喜びますわ。私でも頂きたいわ。其お鮨電話で取寄せられませんの？」

八

仙吉は空車《からぐるま》を挽いて帰つて来た。彼の腹は十二分に張つて居た。これまでも腹一杯に食つた事はよくある。然し、こんな旨いもので一杯にした事は一寸憶ひ出せなかつた。

彼は不図、先日京橋の屋台鮨屋で恥をかいた事を憶ひ出した。漸くそれを憶ひ出した。すると、初めて、今日の御馳走がそれに或関係を持つて居る事に気がついた。若しかしたら、あの場に居たんだ、と思つた。屹度さうだ。併し自分の居る所をどうして知つたらう？　これは少し変だ、と彼は考へた。さう云へば、今日連れて行かれた家《うち》は矢張り先日番頭達の噂をしてゐた、あの家だ。全体どうして番頭達の噂まであの客は知つたらう？

仙吉は不思議でたまらなくなつた。番頭達が其鮨屋の噂をするやうに、AやBもそんな噂をする事は仙吉の頭では想像出来なかつた。彼は一途《いちづ》に自分が番頭達の噂話を聴いた、其同じ時の噂話をあの客も知つてゐて、今日自分を連れて行つて呉れたに違ひないと思ひ込んで了つた。さうでなければ、あの前にも二三軒鮨屋の前を通りながら、通り過ぎて了つた事が解らないと考へた。

兎に角あの客は只者ではないと云ふ風に段々考へられて来た。自分が屋台鮨屋で恥をかいた事も、番頭達があの鮨屋の噂をしてゐた事も、その上第一自分の心の中まで見透して、あんなに充分、御馳走をして呉れた。到底それは人間業ではないと考へた。神様かも知れない。それでなければ仙人だ。若しかしたらお稲荷様かも知れない、と考へた。

彼がお稲荷様を考へたのは彼の伯母で、お稲荷様信仰で一時気違ひのやうになつた人があつたからである。お稲荷様が乗り移ると身体をブル〳〵震はして、変な予言をしたり、遠い所に起つた出来事を云ひ当てたりする。彼はそれを或時見てゐたからであつた。然しお稲荷様にしてはハイカラなのが少し変にも思はれた。それにしろ、超自然なものだと云ふ気は段々強くなつて行つた。

九

Aの一種の淋しい変な感じは日と共に跡方なく消えて了つた。然し、彼は神田の其店の前を通る事は妙に気がさして出来なくなつた。のみならず、其鮨屋にも自分から出掛ける気はしなくなつた。

「丁度よう御座んすわ。自家《うち》へ取り寄せれば、皆《みんな》もお相伴《しやうばん》出来て」と細君は笑つた。

するとAは笑ひもせずに、

「俺のやうな気の小さい人間は全く軽々しくそんな事をするものぢあ、ないよ」と云つた。

十

仙吉には「あの客」が益々忘れられないものになつて行つた。それが人間か超自然のものか、今は殆ど問題にならなかつた、只無闇とありがたかつた。彼は鮨屋の主人夫婦に再三云はれたに拘らず再び其処へ御馳走になりに行く気はしなかつた。さう附け上る事は恐ろしかつた。

彼は悲しい時、苦しい時に必ず「あの客」を想つた。それは想ふだけで或慰めになつた。彼は何時かは又「あの客」が思はぬ恵みを持つて自分の前に現れて来る事を信じてゐた。

作者は此処で筆を擱《お》く事にする。実は小僧が「あの客」の本体を確めたい要求から、番頭に番地と名前を教へて貰つて其処を尋ねて行く事を書かうと思つた。小僧は其処へ行つて見た。所が、其番地には人の住ひがなくて、小さい稲荷の祠《ほこら》があつた。小僧は吃驚した。――とかう云ふ風に書かうと思つた。然しさう書く事は小僧に対し少し惨酷な気がして来た。それ故作者は前の所で擱筆する事にした。

○テキスト　初出は一九二〇（大9）年一月の「白樺」第十一巻第一号。翌年二月に春陽堂より刊行された『荒絹』に収録された際に、著者によって「大正八年十二月」と執筆年月が明示された。テキストには『志賀直哉全集』第三巻（岩波書店、昭48・9）所収の本文を収録した。

○解説　大正六年「佐々木の場合」と「城の崎にて」に始まる志賀直哉の第二期の短篇群の中の一つで、大正八年の父との和解後のものとしては、「十一月三日午後の事」「焚火」「真鶴」と並ぶ重要な作品。この時期には「憐れな男」（大8・4）や「謙作の追憶」（大9・1）といった「暗夜行路」前編の諸部分が発表され始めており、志賀の作家活動の最もアクティヴな時期の一つである。

作品は神田の秤屋の小僧仙吉と貴族院議員Aとが、交互に視点人物になりながら展開される構造を持ち、双方が自らの住んでいる世界から他の領域へと冒険的に出てゆく時に起こる出会いと、二つの心の触合いの可能性と不可能性とを描いている。主人公は社会的にも文化的にも階層の異なった二人であるが、旧文化と新文化が世代の新旧とクロスする形で設定され、さらに場所の差異がそれらと重ね合わされつつ、作品の基本構造を形成している。

志賀直哉は、作品の全体もしくは核心的な部分が場所的な往復構造を持っている作品を多く書いているが、「小僧の神様」もその一つである。時期の近い作品をあげても「城の崎にて」「和解」「十一月三日午後の事」「真鶴」「焚火」「濠端の住まひ」などがある。

特に「和解」では、父の家のある〈麻布〉と主人公が新しく家を営み始める〈我孫子〉とを対置した二極的空間構造を措定し、その間を主人公が数度往復することの内に主題の探求がなされてゆく。そういった異域間の狭間の所こそが志賀文学の文学的実験のトポスなのである。

志賀はその往復構造を描くときに、しばしば新しい交通手段や通信の方法を好んで書いているように思われる。「和解」では手紙と電話が使い分けられ、鉄道が重要な場面に出てくるが、「小僧の神様」においても、大正八年三月に開業したばかりの神田駅や、急速に普及中だった電話で鮨を取り寄せられないかと言うAの妻、営業を始めて数年の辻自動車に乗って逃げるように去るA、Bの家の自動車など、時代の先端的な交通・通信の具が出てくるが、それらは他者との関係性の質を暗示する機能も持っている。

その中でもこの作品では外濠電車を中心とした空間の構造が重要であろう。外濠電車は一九〇四（明37）年東京電気鉄道が敷設した線路である。当初の起点は御茶の水で、南へ下って小川町・神田橋・呉服橋・八重洲橋・鍛冶橋・内幸町・溜池・赤坂・弁慶橋・四ツ谷・飯田橋、そして御茶の水と循環する。作品には明記されないが、仙吉が乗ったのは小川町ではないかと推測される。「十五分」ほど乗って「鍛冶橋」で降り、南東方向へ二百メートルほど歩いた辺りが「京橋」である。一方Aは南側の「銀座」から北へ向けて歩いてゆくので、ちょうど仙吉とは対称の位置関係となり、逆方向から来た近代都市の紳士と封建的な制度の厳とした町の店の小僧が、「神田」対「銀座」という異域を背景に、その中間としての「京橋」で出会うということになる。

「銀座」は常にステータスをもって最先端を行く町、それに対して「神田」は古い町である。暖簾の奥には帳場の格子があり、番頭と小僧の封建的序列は厳然としている。

小僧が自由になる銭を持つということは、交通手段の発達という新時代の情勢によって出来した事態であるが、「四銭」の片道運賃が仙吉の手元に残ることによって、〈他域〉への冒険の可能性が生まれ、彼は屋台の鮨屋の暖簾をくぐり得る存在となり、小僧であることの枠の外へ泳ぎ出して行く。

他方、議員Aは仙吉の秤屋で住所と姓名を書かされるのに弱る。都市の中で泳ぎ出した者同志、鷗外的に言えば「因襲の外の関係」たる一個と一個の浮遊する孤的分子同志が出会ったような関係を願っていたのに、それが「古風な帳面」に絡め取られてしまいそうになるのである。

このように作品は相互的な浸透によって変貌し変動し続ける都市の諸領域間のダイナミズムそのものを舞台としながら、人物たちの内部に展開されるダイナミズムをそれに照応するように重ねてゆく書き方となっている。

「松屋」呉服店は横浜で創業され明治二十二年に神田今川橋に出店したが、三越呉服店が明治三十七年に株式会社に移行し百貨店化していったのに倣い、大正十四年には銀座に移転して「松屋」デパートとなっている。作品で志賀は、神田の古さばかりではなく、新駅ができ、百貨店化してゆこうとする松屋があるような側面も描いており、その漸層的な時場認識が表れている。

また最初の鮨屋の所在地は「京橋」、後のは「今川橋」で、志賀自身が「鮨新聞への返事」（大15・1「東京鮨組合新報」）という文章で、作品に登場する鮨屋の実名などを明かしているのではあるが、さらに〈橋〉というものを象徴的に捉えることや、「和解」などの志賀の他作品との比較や、比較文学、比較文化的観点から探ることもできるだろう。

（森下辰衛）

○参考文献　町田栄「志賀直哉『小僧の神様』」（昭59・3「国文学」）。荒井均「志賀直哉における非合理の認識」（昭55・3「国語教育研究」。『志賀直哉論』教育出版センター昭60・12に収録）。野口武彦「『小僧の神様』と「小説の神様」」（昭60・5「海燕」。『近代文学の言語空間』福武書店昭60・12に収録）。鶴谷憲三「『小僧の神様』小論」（昭62・1「解釈と鑑賞」）。森下辰衛「『小僧の神様』論」（平3・12「近代文学論集」）。

舞踏会

芥川龍之介

一

明治十九年十一月三日の夜であつた。当時十七歳だつた――家の令嬢明子は、頭の禿げた父親と一しよに、今夜の舞踏会が催さるべき鹿鳴館《ろくめいくわん》の階段を上つて行つた。明い瓦斯《がす》の光に照らされた、幅の広い階段の両側には、殆《ほとんど》人工に近い大輪の菊の花が、三重の籬《まがき》を造つてゐた。菊は一番奥のがうす紅、中程のが濃い黄色、一番前のがまつ白な花びらを流蘇《ふさ》の如く乱してゐるのであつた。さうしてその菊の籬の尽きるあたり、階段の上の舞踏室からは、もう陽気な管絃楽の音が、抑へ難い幸福の吐息のやうに、休みなく溢れて来るのであつた。

明子は夙《つと》に仏蘭西語《フランスご》と舞踏との教育を受けてゐた。が、正式の舞踏会に臨むのは、今夜がまだ生まれて始めてであつた。だから彼女は馬車の中でも、折々話しかける父親に、上の空の返事ばかり与へてゐた。それ程彼女の胸の中には、愉快なる不安とでも形容すべき、一種の落着かない心もちが根を張つてゐたのであつた。彼女は馬車が鹿鳴館の前に止るまで、何度いら立たしい眼を挙げて、窓の外に流れて行く東京の町の乏しい燈火《ともしび》を、見つめた事だか知れなかつた。

が、鹿鳴館の中へはひると、間もなく彼女はその不安を忘れるやうな事件に遭遇した。と云ふは階段の丁度中程まで来かかつた時、二人は一足先に上つて行く支那の大官に追ひついた。すると大官は肥満した体を開いて、二人を先へ通らせながら、呆《あき》れたやうな視線を明子へ投げた。初々《うひ〳〵》しい薔薇色の舞踏服、品好く頸へかけた水色のリボン、それから濃い髪に匂つてゐるたつた一輪の薔薇《ばら》の花——実際その夜の明子の姿は、この長い弁髪を垂れた支那の大官の眼を驚かすべく、開化の日本の少女の美を遺憾なく具へてゐたのであつた。と思ふと又階段を急ぎ足に下りて来た、若い燕尾服《えんびふく》の日本人も、途中で二人にすれ違ひながら、反射的にちよいと振り返つて、やはり呆れたやうな一瞥《いちべつ》を明子の後姿に浴せかけた。それから何故か思ひついたやうに、白い襟飾《ネクタイ》へ手をやつて見て、又菊の中を忙しく玄関の方へ下りて行つた。

二人が階段を上り切ると、二階の舞踏室の入口には、半白の頰鬚を蓄へた主人役の伯爵が、胸間に幾つかの勲章を帯びて、路易《ルイ》十五世式の装ひを凝らした年上の伯爵夫人と一しよに、大様に客を迎へてゐた。明子はこの伯爵でさへ、彼女の姿を見た時には、その老獪《らうくわい》らしい顔の何処かに、一瞬間無邪気な驚嘆の色が去来したのを見のがさなかつた。人の好《い》い明子の父親は、嬉しさうな微笑を浮べながら、伯爵とその夫人とへ手短に娘を紹介した。彼女は羞恥と得意とを交る〴〵味つた。が、その暇にも権高《けんだか》な伯爵夫人の顔だちに、一点下品な気があるのを感づくだけの余裕があつた。

舞踏室の中にも至る所に、菊の花が美しく咲き乱れてゐた。さうして又至る所に、相手を待つてゐる婦人たちのレエスや花や象牙の扇が、爽かな香水の匂の中に、音のない波の如く動いてゐた。明子はすぐに父親と分れて、その綺羅びやかな婦人たちの或一団と一しよになつた。それは皆同じやうな水色や薔薇色の舞踏服を着た、同年輩らしい少女であつた。彼等は彼女を迎へると、小鳥のやうにさざめき立つて、口々に今夜の彼女の姿が美しい事を褒め立てたりした。

が、彼女がその仲間へはひるや否や、見知らない仏蘭西の海軍将校が、何処からか静に歩み寄つた。さうして両腕を垂れた儘、叮嚀に日本風の会釈をした。明子はかすかながら血の色が、頬に上つて来るのを意識した。しかしその会釈が何を意味するかは、問ふまでもなく明かだつた。だから彼女は手にしてゐた扇を預つて貰ふべく、隣に立つてゐる水色の舞踏服の令嬢をふり返つた。と同時に意外にも、その仏蘭西の海軍将校は、ちらりと頬に微笑の影を浮べながら、異様なアクサンを帯びた日本語で、はつきりと彼女にかう云つた。

「一しよに踊つては下さいませんか。」

間もなく明子は、その仏蘭西の海軍将校と、「美しく青きダニウブ」のヴアルスを踊つてゐた。相手の将校は、頬の日に焼けた、眼鼻立ちの鮮《あざやか》な、濃い口髭のある男であつた。彼女はその相手の軍服の左の肩に、長い手袋を嵌《は》めた手を預くべく、余りに背《せい》が低かつた。が、場馴れてゐる海軍将校は、巧に彼女をあしらつて、軽々と群集の中を舞ひ歩いた。さうして時々彼女の耳に、愛想の好い仏蘭西語の御世辞さへも囁いた。

彼女はその優しい言葉に、恥しさうな微笑を酬《むく》いながら、時々彼等が踊つてゐる舞踏室の周囲へ眼を投げた。皇室の御紋章を染め抜いた紫縮緬《むらさきちりめん》の幔幕《まんまく》や、爪を張つた蒼龍が身をうねらせてゐる支那の国旗の下には、花瓶々々の菊の花が、或は軽快な銀色を、或は陰鬱な金色を、人波の間にちらつかせてゐた。しかもその人波は、三鞭酒《シャンパニエ》のやうに湧き立つて来る、花々しい独逸《ドイツ》管絃楽の旋律の風に煽られて、暫くも目まぐるしい動揺を止めなかつた。明子はやはり踊つてゐる友達の一人と眼を合はすと、互に愉快さうな頷《うなづ》きを忙《せは》しい中に送り合つた。が、その瞬間には、もう違つた踊り手が、まるで大きな蛾が狂ふやうに、何処からか其処へ現れてゐた。

しかし明子はその間にも、相手の仏蘭西の海軍将校の眼が、彼女の一挙一動に注意してゐるのを知つてゐた。それは全くこの日本に慣れない外国人が、如何に彼女の快活な舞踏ぶりに、興味があつたかを語るものであつた。こんな美しい令嬢も、やはり紙と竹との家の中に、人形の如く住んでゐるのであらうか。さうして細い金属の箸《はし》で、青い花の描《か》いてある手のひら程の茶碗から、米粒を挟んで食べてゐるのであらうか。――彼の眼の中にはかう云ふ疑問が、何度も人懐しい微笑と共に往来するやうであつた。明子にはそれが可笑しくもあれば、同時に又誇らしくもあつた。だから彼女の華奢な薔薇色の踊り靴は、物珍しさうな相手の視線が折々足もとへ落ちる度に、一層身軽く滑な床の上を辷《すべ》つて行くのであつた。

が、やがて相手の将校は、この児猫のやうな令嬢の疲れたらしいのに気がついたと見えて、劬《いたは》るやうに顔を覗きこみながら、

「もつと続けて踊りませうか。」

「ノン・メルシイ。」

明子は息をはずませながら、今度ははつきりとかう答へた。

するとその仏蘭西の海軍将校は、まだヴアルスの歩みを続けながら、前後左右に動いてゐるレエスや花の波を縫つて、壁側の花瓶の菊の方へ、悠々と彼女を連れて行つた。さうして最後の一回転の後、其処にあつた椅子の上へ、鮮に彼女を掛けさせると、自分は一旦軍服の胸を張つて、それから又前のやうに恭《うや〳〵》しく日本風の会釈をした。

その後又ポルカやマズユルカを踊つてから、明子はこの仏蘭西の海軍将校と腕を組んで、白と黄とうす紅と三重の菊の籬の間を、階下の広い部屋へ下りて行つた。

此処には燕尾服や白い肩がしつきりなく去来する中に、銀や硝子《がらす》の食器類に蔽はれた幾つかの食卓が、或は肉と松露との山を盛り上げたり、或はサンドウイッチとアイスクリイムとの塔を聳《そば》立てたり、或は又柘榴《ざくろ》と無花果《いちじく》との三角塔を築いたりしてゐた。殊に菊の花が埋め残した、部屋の一方の壁上には、巧な人工の葡萄蔓《ぶだうづる》が青々とからみついてゐる、美しい金色の格子《かうし》があつた。さうしてその葡萄の葉の間には、蜂の巣のやうな葡萄の房が、累々《るゐ〳〵》と紫に下つて

ゐた。明子はその金色の格子の前に、頭の禿げた彼女の父親が、同年輩の紳士と並んで、葉巻きを啣《くは》へてゐるのに遇つた。父親は明子の姿を見ると、満足さうにちよいと頷いたが、それぎり連れの方を向いて、又葉巻きを燻《くゆ》らせ始めた。

仏蘭西の海軍将校は、明子と食卓の一つへ行つて、一しよにアイスクリイムの匙《さじ》を取つた。彼女はその間も相手の眼が、折々彼女の手や髪や水色のリボンを掛けた頸へ注がれてゐるのに気がついた。それは勿論彼女にとつて、不快な事でも何でもなかつた。が、或刹那には女らしい疑ひも閃かずにはゐられなかつた。そこで黒い天鵞絨《びろうど》の胸に赤い椿の花をつけた、独逸人《ドイツじん》らしい若い女が二人の傍を通つた時、彼女はこの疑ひを仄《ほの》めかせる為に、かう云ふ感歎の言葉を発明した。

「西洋の女の方はほんたうに御美しうございますこと。」

海軍将校はこの言葉を聞くと、思ひの外真面目に首を振つた。

「日本の女の方も美しいです。殊にあなたなぞは――」

「そんな事はございませんわ。」

「いえ、御世辞ではありません。その儘すぐに巴里《パリー》の舞踏会へも出られます。さうしたら皆が驚くでせう。ワツトオの画の中の御姫様のやうですから。」

明子はワツトオを知らなかつた。だから海軍将校の言葉が呼び起した、美しい過去の幻も――仄暗い森の噴水と凋《すが》れて行く薔薇との幻も、一瞬の後には名残りなく消え失せてしまはなければならなかつた。が、人一倍感じの鋭い彼女は、アイスクリイムの匙を動かしながら、僅にもう一つ残つてゐる話題に縋《すが》る事を忘れなかつた。

「私も巴里の舞踏会へ参つて見たうございますわ。」

「いえ、巴里の舞踏会も全くこれと同じ事です。」

海軍将校はかう云ひながら、二人の食卓を繞《めぐ》つてゐる人波と菊の花とを見廻したが、忽《たちま》ち皮肉な微笑の波が瞳の底に動いたと思ふと、アイスクリイムの匙を止めて、

「巴里ばかりではありません。舞踏会は何処でも同じ事です。」と半ば独り語のやうにつけ加へた。

一時間の後、明子と仏蘭西の海軍将校とは、やはり腕を組んだ儘、大勢の日本人や外国人と一しよに舞踏室の外にある星月夜の露台に佇んでゐた。

欄干一つ隔てた露台の向うには、広い庭園を埋めた針葉樹が、ひつそりと枝を交し合つて、その梢に点々と鬼灯《ほうづき》提燈《ぢやう　ちん》の火を透かしてゐた。しかも冷かな空気の底には、下の庭園から上つて来る苔の匂や落葉の匂が、かすかに寂しい秋の呼吸を漂はせてゐるやうであつた。が、すぐ後の舞踏室では、やはりレエスや花の波が、十六菊を染め抜いた紫縮緬の幕の下に、休みない動揺を続けてゐた。さうして又調子の高い管絃楽のつむじ風が、不相変その人間の海の上へ、用捨もなく鞭を加へてゐた。

勿論この露台の上からも、絶えず賑な話し声や笑ひ声が夜気を揺つてゐた。まして暗い針葉樹の空に美しい花火が揚る時には、殆《ほとんど》人どよめきにも近い音が、一同の口から洩れた事もあつた。その中に交つて立つてゐた明子も、其処にゐた懇意の令嬢たちとは、さつきから気軽な雑談を交換してゐた。が、やがて気がついて見ると、あの仏蘭西の海軍将校は、明子に腕を借した儘《まゝ》、庭園の上の星月夜へ黙然と眼を注いでゐた。彼女にはそれが何となく、郷愁でも感じてゐるやうに見えた。そこで明子は彼の顔をそつと下から覗きこんで、

「御国の事を思つていらつしやるのでせう。」と半ば甘えるやうに尋ねて見た。

すると海軍将校は不相変微笑を含んだ眼で、静に明子の方へ振り返つた。さうして「ノン」と答へる代りに、子供のやうに首を振つて見せた。

「でも何か考へていらつしやるやうでございますわ。」

「何だか当てて御覧なさい。」

その時露台に集つてゐた人々の間には、又一しきり風のやうなざわめく音が起り出した。明子と海軍将校とは云ひ合せたやうに話をやめて、庭園の針葉樹を圧してゐる夜空の方へ眼をやつた。其処には丁度赤と青との花火が、蜘蛛手に闇を弾《はじ》きながら、将に消えようとする所であつた。明子には何故かその花火が、殆悲しい気を起させる程それ程美しく思はれた。

「私は花火の事を考へてゐたのです。我々の生《ヴィ》のやうな花火の事を。」

暫くして仏蘭西の海軍将校は、優しく明子の顔を見下しながら、教へるやうな調子でかう云つた。

二

大正七年の秋であつた。当年の明子は鎌倉の別荘へ赴く途中、一面識のある青年の小説家と、偶然汽車の中で一しよになつた。青年はその時網棚の上に、鎌倉の知人へ贈るべき菊の花束を載せて置いた。すると当年の明子——今のH老夫人は、菊の花を見る度に思ひ出す話があると云つて、詳しく彼に鹿鳴館の舞踏会の思ひ出を話して聞かせた。青年はこの人自身の口からかう云ふ思出を聞く事に、多大の興味を感ぜずにはゐられなかつた。

その話が終つた時、青年はH老夫人に何気なくかう云ふ質問をした。

「奥様はその仏蘭西の海軍将校の名を御存知ではございませんか。」

するとH老夫人は思ひがけない返事をした。

「存じて居りますとも。Julien Viaud と仰有《おつしや》る方でございました。」

「では Loti だつたのでございますね。あの「お菊夫人」を書いたピエル・ロティだつたのでございますね。」

青年は愉快な興奮を感じた。が、H老夫人は不思議さうに青年の顔を見ながら何度もかう呟《つぶや》くばかりであつた。

「いえ、ロティと仰有る方ではございませんよ。ジュリアン・ヴィオと仰有る方でございますよ。」

○テキスト　初出は「新潮」一九二〇（大9）年一月。のちに、単行本『夜来の花』（新潮社、大10・3）と『沙羅の花』（改造社、大11・8）に収録された。初出では、海軍将校 Julien Viaud がロティであることをH老婦人自身が知っていて、自ら青年小説家に知らせる終わり方であったが、『夜来の花』収録時に現行のように改められた。

本書テキストには、『芥川龍之介全集』第五巻（岩波書店、平8・3）所収の本文を収録している。

○解説　芥川のいわゆる「開化物」の一つ。特に「開化の殺人」（大7・7）「開化の良人」（大8・2）とは、一定の登場人物（本多子爵と明子夫人）が青年に往時を語るという枠組みが共通しているため、「連環小説」（中村真一郎）とする見方もある。いずれにせよ「舞踏会」の背景となっているのが、「江戸とも東京ともつかない」（「開化の良人」）若々しくも不安定な時代であることは否めない。

小説の舞台となっている「鹿鳴館」は、そのような時代を象徴する建物と言ってもいい。鹿鳴館は、不平等条約改正をもくろむ明治政府が西欧化を諸外国にアピールするために、お雇い外国人J・コンドルに依頼して建築した、西洋風の迎賓館兼社交場である。明治十六年、現在の千代田区内幸町（帝国ホテル東隣）に開館した鹿鳴館では、外務大臣井上馨夫妻が中心となって、舞踏会や慈善バザーが繰り返し催された。政府高官と夫人、令嬢は不慣れな洋髪、洋装で出席し、練習会で覚えたダンスを披露したという。「夙に仏蘭西語と舞踏との教育を受けてゐた」という明子は、そのような鹿鳴館時代の申し子なのである。

ピエル・ロティは、明治十八年十一月に鹿鳴館の舞踏会に招待された経験から「江戸の舞踏会」（明治十九年の体験として創作）を書いているが、そこには、「つるし上がった眼をした、大そう丸くて平べったい、仔猫みたいなおどけたちっぽけな顔」をした「澄ましこんだよそゆきの様子」の令嬢達の様子が、皮肉めいた調子で描かれている。「彼女たちはかなり正確に踊る。パリ風の服を着たわが日本娘《ニッポンヌ》たちは。しかしそれは教えこまれたもので、少しも個性的な自発性がなく、ただ自動人形のように踊るだけという感じがする。」と。

「舞踏会」が「江戸の舞踏会」を典拠とするからと言って、明子も実際はそのようであった、と読む必要はないが、彼女が「西洋から見られた「日本」」を強く意識し、「背伸び」しているさま（安藤宏）は十分見て取れる。海軍将校が明子を例えて言う「ワットオの御姫様」に、「美しい人形」（梶木剛）との寓意を読むこともできるかもしれない。実際、明子は馬車の窓から「東京の町の乏しい燈火」を見ながら鹿鳴館に辿り着いている。鹿鳴館自体も、明子も、西洋向けに急拵えに仕立てられた存在なのである。

明子が、鹿鳴館を飾る菊の花（この日の主役の天皇の紋章でもある）と同様「人工に近い」美少女だとすれば、これまた「人工」の花である「花火」も彼女に似付かわしい。また、一瞬の輝きの後に闇に「消えようとする」花火は、明子の青春や、短かった鹿鳴館時代をも象徴するだろう。

「二」の大正七年に、明子は四十九歳になっているはずだが、海軍将校が「あの「お菊夫人」を書いたピエル・ロティ」であったことを知らない。ロティ作『お菊さん』（大4、野上臼川訳）には、長崎滞在中一夏限りの妾にした「お菊」という娘に対する語り手の好奇心や蔑視が仄めくが、そんなロティの一面を知らないからこそ、明子にとって舞踏会の一夜は「花火」のような美しい思い出としてのみ保存され得るのである。

そこから、若き日に「生《ヴィ》のやうな花火」の意味を理解し得なかったように、今も過去の自分の「人工」性を省みず、大正初年度に邦訳が何冊も出ているロティについての教養も欠く明子自身に批判の目を向ける論じ方も可能ではある。しかし、「二」があくまで、明子の思い出話を聞いた青年小説家のフィルターを通し、新たに語り直された物語であることは、十分考慮しなければならない。明子を、いかにも「開化」期らしい「人工」の美少女に作り上げているのは、青年小説家であるかもしれないのだ。

「江戸の舞踏会」によれば、鹿鳴館に赴く西洋人の多くが新橋—横浜間の鉄道を利用したようだが、鉄道一つ取っても、新橋—横浜、京都—神戸などの主要地点が結ばれていただけの当時と、官民の路線が「鎌倉」のみならず全国に張り巡らされて日常的化した大正の様相とでは、埋めがたい断絶がある。その大正の青年小説家にとって、わずか三十数年前に一瞬演じられた見知らぬ「背伸び」の時代が、いとおしさを以て顧みられた可能性がないとは言えない。

また、この青年小説家は、二十代後半の数年間鎌倉に住んでいた芥川自身を想起すべく仕立てられてもいるので、それを逆手にとって、他の開化期ものや「蜜柑」（大8・5）などへ視野を広げてもいい。

（篠崎美生子）

○参考文献　ピエール・ロチ作、村上菊一郎訳「江戸の舞踏会」（角川文庫『秋の日本』、昭28・10）。中村真一郎「連関小説としての開化物」（『芥川龍之介文学館解説』日本近代文学館、昭和52・7）。神田由美子「「舞踏会」——見果てぬ〈人工〉の夢——」（「国文学」昭56・5）。磯田光一『鹿鳴館の系譜』（文芸春秋、昭58・10）。安藤宏「「舞踏会」論——まなざしの交錯——」（「国文学」平4・2）。梶木剛「「舞踏会」の位置——芥川文学の軌跡をめぐって——」（洋々社「芥川龍之介」第二号　平4・4　この号は「舞踏会」特集で、他の論や参考文献目録も充実している）。海老井英次「「文明開化」と大正の空無性——芥川龍之介「舞踏会」の世界——」（「日本近代文学」平5・10）。

檸檬

梶井基次郎

えたいの知れない不吉な塊が私の心を始終圧へつけてゐた。焦燥と云はうか、嫌悪と云はうか――酒を飲んだあとに宿酔があるやうに、酒を毎日飲んでゐると宿酔に相当した時期がやつて来る。それが来たのだ。これはちよつといけなかつた。結果した肺尖カタルや神経衰弱がいけないのではない。また脊を焼くやうな借金などがいけないのではない。いけないのはその不吉な塊だ。以前私を喜ばせたどんな美しい音楽も、どんな美しい詩の一節も辛抱がならなくなつた。蓄音器を聴かせて貰ひにわざわざ出かけて行つても、最初の二三小節で不意に立ち上つてしまひたくなる。何かが私を居堪らずさせるのだ。それで始終私は街から街を浮浪し続けてゐた。

何故だか其頃私は見すぼらしくて美しいものに強くひきつけられたのを覚えてゐる。風景にしても壊れかかつた街だとか、その街にしても他所他所しい表通りよりもどこか親しみのある、汚い洗濯物が干してあつたりがらくたが転してあつたりむさくるしい部屋が覗いてゐたりする裏通りが好きであつた。雨や風が蝕んでやがて土に帰つてしまふ、と云つたやうな趣きのある街で、土塀が崩れてゐたり家並が傾きかかつてゐたり――勢ひのいいのは植物だけで、時とすると吃驚させるやうな向日葵があつたりカンナが咲いてゐたりする。

時どき私はそんな路を歩きながら、不図、其処が京都ではなくて京都から何百里も離れた仙台とか長崎とか――そのやうな市へ今自分が来てゐるのだ――といふ錯覚を起さうと努める。私は、出来ることなら京都から逃出して誰一人知らないやうな市へ行つてしまひたかつた。第一に安静。がらんとした旅館の一室。清浄な蒲団。匂ひのいい蚊帳と糊のよくきいた浴衣。其処で一月程何も思はず横になりたい。希はくは此処が何時の間にかその市になつてゐるのだつたら。――錯覚がやうやく成功しはじめると私はそれからそれへ想像の絵具を塗りつけてゆく。何のことはない、私の錯覚と壊れかかつた街との二重写しである。そして私はその中に現実の私自身を見失ふのを楽しんだ。

　私はまたあの花火といふ奴が好きになつた。花火そのものは第二段として、あの安つぽい絵具で赤や紫や黄や青や、様ざまの縞模様を持つた花火の束、中山寺の星下り、花合戦、枯れすゝき。それから鼠花火といふのは一つづつ輪になつてゐて箱に詰めてある。そんなものが変に私の心を唆つた。

　それからまた、びいどろと云ふ色硝子で鯛や花を打出してあるおはじきが好きになつたし、南京玉が好きになつた。またそれを嘗めて見るのが私にとつて何ともいへない享楽だつたのだ。あのびいどろの味程幽かな涼しい味があるものか。私は幼い時よくそれを口に入れては父母に叱られたものだが、その幼時のあまい記憶が大きくなつて落魄れた私に蘇つてくる故だらうか、全くあの味には幽かな爽かな何となく詩美と云つたやうな味覚が漂つて来る。

　察しはつくだらうが私にはまるで金がなかつた。とは云へそんなものを見て少しでも心の動きかけた時の私自身を慰める為には贅沢といふことが必要であつた。二銭や三銭のもの――と云つて贅沢なもの。美しいもの――と云つて無気力な私の触角に寧ろ媚びて来るもの。――さう云つたものが自然私を慰めるのだ。

　生活がまだ蝕まれてゐなかつた以前私の好きであつた所は、例へば丸善であつた。赤や黄のオードコロンやオードキニン。洒落た切子細工や典雅なロココ趣味の浮模様を持つた琥珀色や翡翠色の香水壜。煙管、小刀、石鹸、煙草。私はそんなものを見るのに小一時間も費すことがあつた。そして結局一等いい鉛筆を一本買ふ位の贅沢をするのだつた。然し此処ももう其頃の私にとつては重くるしい場所にすぎなかつた。書籍、学生、勘定台、これらはみな借金取の亡霊のやうに私には見えるのだつた。

ある朝——其頃私は甲の友達から乙の友達へといふ風に友達の下宿を転々として暮してゐたのだが——友達が学校へ出てしまつたあとの空虚な空気のなかにぽつねんと一人取残された。私はまた其処から彷徨ひ出なければならなかつた。何かが私を追ひたてる。そして街から街へ、先に云つたやうな裏通りを歩いたり、駄菓子屋の前で立留つたり、乾物屋の乾蝦や棒鱈や湯葉を眺めたり、たうとう私は二条の方へ寺町を下《さが》り、其処の果物屋で足を留めた。此処でちよつと其の果物屋を紹介したいのだが、其の果物屋は私の知つてゐた範囲で最も好きな店であつた。其処は決して立派な店ではなかつたのだが、果物屋固有の美しさが最も露骨に感ぜられた。果物は可成勾配の急な台の上に並べてあつて、その台といふのも古びた黒い漆塗りの板だつたやうに思へる。何か華やかな美しい音楽の快速調《アッレグロ》の流れが、見る人を石に化したといふゴルゴンの鬼面——的なものを差しつけられて、あんな色彩やあんなヴオリウムに凝り固まつたといふ風に果物は並んでゐる。青物もやはり奥へゆけばゆく程堆高く積まれてゐる。——実際あそこの人参葉の美しさなどは素晴しかつた。それから水に漬けてある豆だとか慈姑だとか。

また其処の家の美しいのは夜だつた。寺町通は一体に賑やかな通りで——と云つて感じは東京や大阪よりはずつと澄んでゐるが——飾窓の光がおびただしく街路へ流れ出てゐる。それがどうした訳かその店頭の周囲だけが妙に暗いのだ。もともと片方は暗い二条通に接してゐる街角になつてゐるので、暗いのは当然であつたが、その隣家が寺町通にある家にも拘らず暗かつたのが瞭然しない。然し其の家が暗くなかつたら、あんなにも私を誘惑するには至らなかつたと思ふ。もう一つは其の家の打ち出した廂なのだが、その廂が眼深に冠つた帽子の廂のやうに——これは形容といふよりも、「おや、あそこの店は帽子の廂をやけに下げてゐるぞ」と思はせる程なので、廂の上はこれも真暗なのだ。さう周囲が真暗なため、店頭に点けられた幾つもの電燈が驟雨のやうに浴せかける絢爛は、周囲の何者にも奪はれることなく、肆にも美しい眺めが照し出されてゐるのだ。裸の電燈が細長い螺旋棒をきりきり眼の中へ刺し込んで来る往来に立つて、また近所にある鎰《かぎ》屋の二階の硝子窓をすかして眺めた此の果物店の眺め程、その時どきの私を興がらせたものは寺町の中でも稀だつた。

その日私は何時になくその店で買物をした。といふのはその店には珍らしい檸檬が出てゐたのだ。檸檬など極くありふれてゐる。が其の店といふのも見すぼらしくはないまでもただあたりまへの八百屋に過ぎなかつたので、それまであまり見かけたことはなかつた。一体私はあの檸檬が好きだ。レモンヱロウの絵具をチューブから搾り出して固めたやうなあの単純な色も、それからあの丈の詰つた紡錘形の恰好も。――結局私はそれを一つだけ買ふことにした。それからの私は何処へどう歩いたのだらう。私は長い間街を歩いてゐた。始終私の心を圧へつけてゐた不吉な塊がそれを握つた瞬間からいくらか弛んで来たと見えて、私は街の上で非常に幸福であつた。あんなに執拗かつた憂鬱が、そんなものの一顆で紛らされる――或ひは不審なことが、逆説的な本当であつた。それにしても心といふ奴は何といふ不可思議な奴だらう。

その檸檬の冷たさはたとへやうもなくよかつた。その頃私は肺尖を悪くしてゐていつも身体に熱が出た。事実友達の誰彼に私の熱を見せびらかす為に手の握り合ひなどをして見るのだが、私の掌が誰のよりも熱かつた。その熱い故だつたのだらう、握つてゐる掌から身内に浸み透つてゆくやうなその冷たさは快いものだつた。

私は何度も何度もその果実を鼻に持つて行つては嗅いで見た。それの産地だといふカリフオルニヤが想像に上つて来る。漢文で習つた「売柑者之言」の中に書いてあつた「鼻を撲つ」といふ言葉が断れぎれに浮んで来る。そしてふかぶかと胸一杯に匂やかな空気を吸込めば、ついぞ胸一杯に呼吸したことのなかつた私の身体や顔には温い血のほとぼりが昇つて来て何だか身内に元気が目覚めて来たのだつた。……

実際あんな単純な冷覚や触覚や嗅覚や視覚が、ずつと昔からこればかり探してゐたのだと云ひ度くなつた程私にしつくりしたなんて私は不思議に思へる――それがあの頃のことなんだから。

私はもう往来を軽やかな昂奮に弾んで、一種誇りかな気持さへ感じながら、美的装束をして街を濶歩した詩人のことなど思ひ浮べては歩いてゐた。汚れた手拭の上へ載せて見たりマントの上へあてがつて見たりして色の反映を量つたり、またこんなことを思つたり、

――つまりは此の重さなんだな。――

その重さこそ常づね私が尋ねあぐんでゐたもので、疑ひもなくこの重さは総ての善いもの総ての美しいものを重量に換算して来た重さであるとか、思ひあがつた諧謔心からそんな馬鹿げたことを考へて見たり――何がさて私は幸福だつたのだ。

何処をどう歩いたのだらう、私が最後に立つたのは丸善の前だつた。平常あんなに避けてゐた丸善が其の時の私には易やすと入れるやうに思へた。

「今日は一つ入つて見てやらう」そして私はづかづか入つて行つた。

然しどうしたことだらう、私の心を充してゐた幸福な感情は段々逃げて行つた。香水の壜にも煙管にも私の心はのしかかつてはゆかなかつた。憂鬱が立て罩めて来る、私は歩き廻つた疲労が出て来たのだと思つた。私は画本の棚の前へ行つて見た。画集の重たいのを取り出すのさへ常に増して力が要るな！　と思つた。然し私は一冊づつ抜き出しては見る、そして開けては見るのだが、克明にはぐつてゆく気持は更に湧いて来ない。然も呪はれたことにはまた次の一冊を引き出して来る。それも同じことだ。それでゐて一度バラバラとやつて見なくては気が済まないのだ。それ以上は堪らなくなつて其処へ置いてしまふ。以前の位置へ戻すことさへ出来ない。私は幾度もそれを繰返した。たうとうおしまひには日頃から大好きだつたアングルの橙色の重い本まで尚一層の堪へ難さのために置いてしまつた。――何といふ呪はれたことだ。手の筋肉に疲労が残つてゐる。私は憂鬱になつてしまつて、自分が抜いたまま積み重ねた本の群を眺めてゐた。

以前にはあんなに私をひきつけた画本がどうしたことだらう。一枚一枚に眼を晒し終つて後、さてあまりに尋常な

周囲を見廻すときのあの変にそぐはない気持を、私は以前には好んで味つてゐたものであつた。……

「あ、さうださうだ」その時私は袂の中の檸檬を憶ひ出した。本の色彩をゴチヤゴチヤに積みあげて、一度この檸檬で試して見たら。「さうだ」

私にまた先程の軽やかな昂奮が帰つて来た。私は手当り次第に積みあげ、また慌しく潰し、また慌しく築きあげた。新しく引き抜いてつけ加へたり、取去つたりした。奇怪な幻想的な城が、その度に赤くなつたり青くなつたりした。

やつとそれは出来上つた。そして軽く跳りあがる心を制しながら、その城壁の頂きに恐る恐る檸檬を据ゑつけた。そしてそれは上出来だつた。

見わたすと、その檸檬の色彩はガチヤガチヤした色の諧調をひつそりと紡錘形の身体の中へ吸収してしまつて、カーンと冴えかへつてゐた。私は埃つぽい丸善の中の空気が、その檸檬の周囲だけ変に緊張してゐるやうな気がした。私はしばらくそれを眺めてゐた。

不意に第二のアイデイアが起つた。その奇妙なたくらみは寧ろ私をぎよつとさせた。

――それをそのままにしておいて私は、何喰はぬ顔をして外へ出る。――

私は変にくすぐつたい気持がした。「出て行かうかなあ。さうだ出て行かう」そして私はすたすた出で行つた。

変にくすぐつたい気持が街の上の私を微笑ませた。丸善の棚へ黄金色に輝く恐ろしい爆弾を仕掛けて来た奇怪な悪漢が私で、もう十分後にはあの丸善が美術の棚を中心として大爆発をするのだつたらどんなに面白いだらう。

私はこの想像を熱心に追求した。「さうしたらあの気詰りな丸善も粉葉みじんだらう」

そして私は活動写真の看板画が奇体な趣きで街を彩つてゐる京極を下つて行つた。

○テキスト　初出は同人雑誌『青空』創刊号一九二五(大14)年一月。のち、作品集『檸檬』一九三一(昭6)年五月、武蔵野書院刊に収録。テキストは、『梶井基次郎全集』第一巻(筑摩書房、昭41・4)所収本文による。また、本作を散文詩として収録したアンソロジー『日本詩華集』一九五八年(昭33)四月、未来社刊もある。なお、梶井のテキストに関する問題点について鈴木貞美「六蜂書房版『梶井基次郎全集』の周辺」(『国文学』昭63・12)は一読したい。

○解説　「えたいの知れない不吉な塊が私の心を始終圧へつけてゐた」という有名な書き出しに始まる本作は、梶井基次郎(明34〜昭7)の代表作としてあまねく知られている。冒頭近く「始終私は街から街を浮浪し続けてゐた」とあるように、「私」はいわば街の〈漂浪者〉(ヴァガボンド)である。舞台は梶井が高等学校生活を送った京都(海野弘「レモンの街―京都モダン・シティ紀行」、『旅』昭63・10参照)。だが、「檸檬」の「私」は、たとえば萩原朔太郎がうたった(「群集をもとめて歩く」、『青猫』大12・1)ような群集を求めてさまよう都市の典型的な〈遊民〉(フラヌール)ではない。当時の「私」は「見すぼらしくて美しいもの」に魅せられており、「他所他所しい表通り」より「裏通り」を好んで「浮浪」していたのである。「私」が好んで歩く裏通りは、文学史的には紛れもなく谷崎潤一郎(「秘密」明44・11、「鮫人」大9・1〜9)や永井荷風(「日和下駄」大3・8〜4・6)、室生犀星(「蒼白き巣窟」大9・3)らが見いだした路地裏と連なっている(川本三郎『大正幻影』平2・10、新潮社)。また、「檸檬」が発表された同じ年には、「露地裏」に住む男の「ばらばらに砕けて横たはつてゐる市街の幻想」を描いた横光利一「街の底」(大14・8)も発表されている(田口律男「横光利一「街の底」論――新感覚派文学の内実と意味」、『近代文学試論』第二二号、昭59・12参照)。

そして「私」は「そんな路を歩きながら、不図、其処が京都ではなくて京都から何百里も離れた仙台とか長崎とか――そのやうな市へ今自分が来てゐるのだ――といふ錯覚を起さうと努める」。「私」はその錯覚の中に「現実の私自身を見失ふのを楽し」む。自ら作り出す錯覚によって自分が置かれている〈いま―ここ〉からの脱出を計るのである。こうした「檸檬」に見られる〈方法としての錯覚〉は、梶井の「泥濘」(大14・7)或は「Kの昇天」(大15・10)などに現れる〈分身〉(ドッペルゲンゲル)の主題とも無関係ではない。「錯覚の基本的構造が分身の逆説的構造と別のものではない」ことをクレマン・ロセは論じている(『現実とその分身』法政大学出版局、平1・11)。現実を明確に知覚しつつ、しかもそれを変容させるという〈錯覚〉の性質を理解し、それを方法として用いるという点に、梶井のテクストを支える想像＝創造力の発動の仕方におけるひとつの特徴が認められる。

かつて、「生活がまだ蝕まれてゐなかつた以前」の「私」は「丸善」を好み、そこで「赤や黄のオードコロンやオードキニン。洒落た切子細工や典雅なロココ趣味の浮模様を持つた琥珀色や翡翠色の香水壜」などの商品を時間をかけて見ていた――エドガー・アラン・ポーが描いた、百貨店の中を商品をただ眺めながら徘徊する男（「群集の人」）のように――。「然し此処ももう其頃の私にとつては重くるしい場所に過ぎなかつた」。そうした贅沢品を見ることがかつてもたらした享楽から、「私」はすでに隔てられてしまっている。「私」は、街の果物屋で「総ての善いもの総ての美しいものを重量に換算して来た重さ」を持つ檸檬を手にいれ、幸福感を得る。画本を「奇怪な幻想的な城」の形に積みあげたその頂きに檸檬を据えた「私」は、「丸善の棚へ黄金色に輝く恐ろしい爆弾を仕掛けて来た奇怪な悪漢が私で、もう十分後にはあの丸善が美術の棚を中心として大爆発をするのだつたらどんなに面白いだらう」という「想像」の裡にその場を立ち去る。ただし、このイメージのなかで爆破される「丸善」という〈場〉を性急に近代、西洋などの観念に還元することには自戒的でありたい。「丸善」は単にそれらのアレゴリーではないはずである（神田由美子「梶井基次郎「檸檬」の丸善」、『国語展望』97、平7・10参照）。

「私」が檸檬を購ったその果物屋を、夜美しく見せていたのは「店頭に点けられた幾つもの電燈」の人工光線の効果であった。この電燈について関井光男は光の眩暈の高いガス入りのタングステン二重コイル繊条のものとの推定を行っている。この尖頭が付いた茄子型電燈と「丈の詰つた紡錘形」の檸檬とのイメージ連鎖の指摘とあわせて押さえておきたい（「梶井基次郎――電燈のエクリチュール」、『国文学』昭63・12）。こうした点を踏まえてこそ、電燈の「驟雨のように浴せかける絢爛」も味解されるだろう。そして「明るい電球が盛んに売れ出す」（『時事新報』大10・7・3）という記事にも見られるように、都市においてより明るい照明への需要が起こってきたのもこの頃のことであった。さらに電燈の光だけでなく、それを際立たせている背景としての闇にも注意を払うべきである。この光と闇の対位法こそ、「闇の絵巻」（昭5・9）をはじめ多くの梶井のテクストに見え隠れしつつ、繰り返し変奏されている重要な主題であることは言を俟たない。

（柴　市郎）

○参考文献　『新潮日本文学アルバム　梶井基次郎』（新潮社、昭60・7）。鈴木貞美編著『年表作家読本　梶井基次郎』（河出書房新社、平7・10）。鈴木貞美「梶井基次郎――その表現史的位置」（『国文学』昭63・12。『「昭和文学」のために』思想社、平1・10に収録）。鈴木貞美『梶井基次郎　表現する魂』（新潮社、平8・3）。中島国彦『近代文学にみる感受性』（筑摩書房、平6・10）。古閑章『作家論への架橋――〝読みの共振運動論〟序説』（日本図書センター、平9・12）。

街の底

横光利一

その街角には靴屋があつた。家の中は壁から床まで黒靴で詰つてゐた。その重い扉のやうな黒靴の壁の中では娘がいつも萎れてゐた。その横は時計屋で、時計が模様のやうに繋つてゐた。またその横の卵屋では、無数の卵の泡の中で兀げた老爺が頭に手拭を乗せて坐つてゐた。その横は瀬戸物屋だ。冷胆な医院のやうな白さの中でこれは又若々しい主婦が生き生きと皿の柱を蹴飛ばしさうだ。

その横は花屋である。花屋の娘は花よりも穢れてゐた。だが、その花の中から時々馬鹿げた小僧の顔がうつとりと現れる。その横の洋服屋では首のない人間がぶらりと下がり、主人は貧血の指先で耳を掘りながら向ひの理亭の匂ひを嗅いでゐた。その横には鎧のやうな本屋が口を開けてゐた。本屋の横には呉服屋が並んでゐる。そこの暗い海底のやうなメリンスの山の隅では痩せた妊婦が青ざめた鰈のやうに眼を光らせて沈んでゐた。

その横は女学校の門である。午後の三時になると彩色された処女の波が溢れ出した。その横は風呂屋である。こゝではガラスの中で人魚が湯だりながら新鮮な裸体を板の上へ投げ出してゐた。その横は果物屋だ。息子はペタルを踏み馴らした逞しい片足で果物を蹴つてゐた。果物屋の横には外科医があつた。そこの白い窓では腫れ上つた首が気惰るさうに成熟してゐるのが常だつた。

彼はこれらの店々の前を黙つて通り、毎日その裏の青い丘の上へ登つていつた。丘は街の三条の直線に押し包まれた円錐形の濃密な草原で、気流に従つて草は柔かに曲つてゐた。彼はこの草の中で光に打たれ、街々の望色から希望を吸ひ込まうとして動かなかつた。

彼は働くことが出来なかつた。働くに適した思考力は彼の頭脳を痛めるのだ。それ故彼は食ふことが出来なかつた。彼はただ無為の貴さを日毎の此の丘の上で習はねばならなかつた。ここでは街々の客観物は彼の二つの視野の中で競争した。

北方の高台には広々とした貴族の邸宅が並んでゐた。そこでは最も風と光りが自由に出入を赦された。時には顕官や淑女がその邸宅の石門に与へる自身の重力を考へながら自働車を駈け込ませた。時には華やかな踊子達が花束のやうに詰め込まれて贈られた。時には磨かれたシルクハツトが、時には鳥のやうなフロツクが。しかし、彼は何事も考へはしなかつた。

彼は南方の狭い谷底のやうな街を見下ろした。そこでは吐き出された炭酸瓦斯が気圧を造り、塵埃を吹き込む東風とチブスと工廠の煙ばかりが自由であつた。そこには植物がなかつた。集るものは瓦と黴菌と空壜と、市場の売れ残つた品物と労働者と売春婦と鼠とだ。

「俺は何事を考へねばならぬのか。」と彼は考へた。

彼は十銭の金が欲しいのだ。それさへあれば、彼は一日何事も考へなくて済むのである。考へなければ彼の病は癒るのだ。動けば彼の腹は空き始めた。腹が空けば一日十銭では不足である。そこで、彼は蒼ざめた顔をして保護色を求める虫のやうに、一日丘の青草の中へ坐つてゐた。日が暮れかかると彼は丘を降りて街の中へ這入つて行つた。時には彼は工廠の門から疲労の風のやうに雪崩れて来る青黒い職工達の群れに包まれて押し流された。彼らは長蛇を造つて連らなつて来るにも拘らず、葬列のやうに俯向いて静々と低い街の中を流れていつた。

時々彼は空腹な彼らの一団に包まれたままこつそりと肉飯屋へ入つた。そこの調理場では、皮をひき剝かれた豚と牛の頭が眠つた支那人の首のやうに転んでゐた。職工達は狭い机の前にずらりと連んで黙つてゐた。だが、盛り飯の廻りが遅れると彼らは箸で茶碗を叩き出した。湯気が満ちると、彼らの顔は赤くなつて伸縮した。

牛の頭で腹を満たすと彼は十銭を投げ出してひとり露路裏の自分の家へ帰つて来た。彼は他人の家の表の三畳を借りてゐた。部屋にはトゲの刺さる傾いた柱がある。壁は焼けた竈のやうで、雨の描いた地図の上に蠅の糞が点々と着いてゐた。そこで彼は、柱にもたれながら紙屑を足で押し除け、うすぼんやりと自殺の光景を考へるのだ。外では子供達が垣を揺すつて動物園の真似をしてゐた。狭い路を按摩が呼びながら歩いて来る。子供達は按摩の後からぞろついてまた按摩の真似をし始める。彼は横に転がつて静かになつた外を見ると、向ひの破れた裏塀の隙きから脹れた乳房が一房見えた。それはいつも定つて横はつてゐる青ざめた病人の乳房であつた。彼が部屋へ帰つて親しめる唯一のものはその不行儀な乳房である。その乳房は肉親のやうに見えた。彼はその女の顔を一度見たいと願ひ出した。が、いつ見ても乳房は破れた塀の隙間いつぱいに垂れ拡がつて動かなかつた。いつまでもそれを見てゐると、彼の世界はただ拡大された乳房ばかりとなつて薄明が迫つて来る。やがて乳房の山は電光の照明に応じて空間に絢爛な線を引き垂れ、重々しい重量を示しながら崩れた砲塔のやうに影像を蓄へてのめり出した。

彼は夜になると家を出た。掃溜のやうな窪んだ表の街も夜になると祭りのやうに輝いた。その低い屋根の下には露店が続き、軽い玩具や金物が溢れ返つて光つてゐた。群集は高い街々の円錐の縁から下つて来て集まつた。彼はきよろきよろしながら新鮮な空気を吸ひに泥溝の岸に拡つてゐる露店の青物市場へ行くのである。そこでは時ならぬ菜園がアセチリンの光りを吸ひながら、青々と街底の道路の上で開いてゐた。水を打たれた青菜の列が畑のやうに連なつて、青い微風の源のやうに絶えずそよそよと冷たい匂ひを群集の中へ流し込んだ。

彼は漸く浮き上つた心を静に愛しながら、筵の上に積つてゐる銅貨の山を親しげに覗くのだ。そのべたべたと押し重なつた鈍重な銅色の体積から奇怪な塔のやうな気品を彼は感じた。またその市街の底で静つてゐる銅貨の力学的な体積は、それを中心に拡がつてゐる街々の壮大な円錐の傾斜線を一心に支へてゐる釘のやうに見え始めた。

「さうだ、その釘を引き抜いて！」

彼はばらばらに砕けて横たはつてゐる市街の幻想を感じると満足してまた人々の肩の中へ這入つていつた。しかし、彼は人々の体臭の中で、何ぜともなく不意に悲しさに圧倒されて立ち停つた。それは鈍つた鉛の切断面のやうにきらりと一瞬生活の悲しさが光るのだ。だが、忽ち彼はにやりと笑つて歩き出した。彼は空壜の積つた倉庫の間を通つて帰つて来るとそのまま布団の中へもぐり込んで円くなつた。

彼は雑誌を三冊売れば十銭の金になることを知つてゐた。此の法則を知つてゐる限り、彼は生活の恐怖を感じなかつた。或る日彼はその三冊の雑誌を売つて得た金を握りながら表へ出ようとした。すると、戸口へ盲目の見馴れぬ汚い老婆がひとり素足で立つてゐた。彼女は手にタワシを下げてしきりに彼に頭を下げながら哀願した。

「私は七十にもなりまして、連れ合ひも七十で死んで了ひまして、息子も一人居りましたが死んで了ひました。乞食をしますと警察が赦してくれませんし、どうぞ一つ此のタワシをお買ひなすつて下さいませ。私は金を持つてをりましたが、連れ合ひの葬式が十八円もかかりましてもう一文もございません。どうぞ此のタワシをお買ひ下さいませ。宿料を一晩に三十八銭もとられますので、それだけ戴けないとどうすることも出来ません。どうぞ一つこれをお買ひなすつて下さいませ。」

彼はその十銭の金を老婆の乾いた手に握らせて外へ出て行つた。彼は青い丘の草の中へ坐りに行くのである。

「生活とは、」――

彼は何事を考へても頭が痛むのだ。彼は黙つて了つた。彼は晴れた通りへ立つた。街は彼を中心にして展開した。その街角には靴屋があつた。靴屋の娘は靴の中で黙つてゐた。その横は幾何学的な時計屋だ。無数の稜の時計の中で、動いてゐる時計は三時であつた。彼は女学校の前で立ち停つた。華やかな処女の波が校門から彼を眼がけて溢れ出した。彼は急流に洗はれた杭のやうに突き立つて眺めてゐた。処女の波は彼の胸の前で二つに割れると、揺らめく花園のやうに駘蕩として流れていつた。

○テキスト　初出は「文芸時代」一九二五（大14）年八月第二巻第八号。テキストには初収刊本（『春は馬車に乗って』一九二七年一月改造社）を底本とする『定本横光利一全集』第二巻（河出書房新社、昭56・8）の本文を収録。

○解説　小説と言うよりは散文詩に近い作品。「彼」が働くことが出来ずに「街」の裏の「青い丘」の上から「街々の望色から希望を吸い込まうとして」眺めている「街」の空間は、「街々の客観物は彼の二つの視野の中で競争した」とあるように「北方の高台」＝資本家階層と「南方の狭い谷底のやうな街」＝労働者階層とによって構成されている。階級闘争といった対立軸を持つことは「頭ならびに腹」（大13・10）「マルクスの審判」（大13・10）「静かなる羅列」（大14・7）などの作品との関連を考えることができる。そこにはプロレタリア文学への対抗意識が鮮明であるが、かと言ってこの作品における〈街〉空間がそうした単純な二項対立によって読み解けるわけではない。

　作品タイトルにある通り、第一義的なレベルでは「街」とは作品冒頭で描き出される様々な商店や学校、医院、「谷底」の工場、「彼」が住んでいる「露地裏」などのある「南方の狭い谷底の街」を指している。しかし「彼」が眺める「街々の望色」はそうした「谷底の街」をも含んだ二重の〈街〉空間なのである。横光は「ぶつしゆかん」（昭8・2）において「田町一帯は自分が一番貧困時代にうろうろ絶えずしつづけたところ」で、「この土地一帯を「街の底」という短編に書いたことがある」と語っている。「田町一帯」がそのまま作品の〈街〉空間とは言えないが、関東大震災後の東京という都市空間の現実（山の手と臨海工業地帯）の反映があることは否定できない。震災と文学という観点の研究は近年では『社会文学』第八号（一九九四年七月）の特集や原田正勝・塩崎文雄編『東京・関東大震災前後』（日本経済評論社、一九九七年）などがある。

　但し、空間というものが人間の感性の様態に対して、それを規定しつつも同時にそれによって枠取られるという双方向的な関係にあることは念頭に置いておくことが肝心であろう。その点で例えばイーフー・トゥアン『トポフィリア　人間と環境』（せりか書房、一九九二年）などは〈場所《トポス》〉という概念について、「物質的環境と人間との情緒的なつながりをすべて含む」ものとして定義し、生きられた空間として捉えることを主張しており、作中人物の生のあり方を通して作品における空間把握の様態を分析する観点に結びつく。また、一九二〇年代のドイツ表現主義やダダイズム、シュールレアリズム他のアヴァンギャルド芸術が描き出す都市像（フェリクスミュラーやルドルフ・シュリヒター、フェルナン・レジェ、カンディンスキー、キリコ、佐伯祐三、古賀春江他）がいかなるものであったかを知ることなども、文学を当時の広範な文化状況の一つとして捉える上で重要な観点である。あるいは作中に繰り返し出てくる円錐形のイメージなどはキュビズム絵画におけるモチーフとの関連性を想像させる。

　横光も震災後の東京に自動車やラジオ、飛行機といった「近代科学の先端が陸続と形になつて顕れた青年期の人間の感覚は、何らかの意味で変わらざるを得ない。この時期の茫然たる青年の思ひは「街の底」にその姿を泛べてゐるかと思はれる」と述べている（「解説に代へて」昭16・10）。作中で「彼」が裏塀の隙間から病人の「乳房」の視像に満たされる幻影を見ていることや、夜の露店の「銅貨の山」を「街々の壮大な円錘の傾斜線を一心に支えてゐる釘」に見立てて引き抜くことで「市街」がばらばらに砕けてしまう幻想を抱いて満足したかと思うと不意に「生活の悲しさ」に襲われたりしていることなどから、安定／崩壊の両極を揺れ動く「彼」の感性の彷徨が読みとれる。そしてラストで下校する女学生の「華やかな処女の波」に洗われるように立ち尽くす姿は、〈街〉空間が内包する多様な意味性《メッセージ》を空虚な自己の身体の上に重ね合わせることで自己の存在を透明なメディアへと読み換えようとしていると言える。こうした都市空間と感性表現との連関を横光文学に於いて考えるのであれば、「無礼な街」（大13・9）「愛巻」（大13・11）「表現派の役者」（大14・1）「七階の運動」（昭2・9）「機械」（昭5・9）や「上海」（昭3・11〜6・11）における〈街〉空間と人間との関連性や新感覚的な表現構造を考慮する必要があろうし、「春は馬車に乗つて」（大15・8）の中の「一本のフラスコ」のように透明化しようとする人間存在のあり方へと結びつけて考えることもできる。それは同時に「新感覚論」（大14・2）や昭和三年以降に本格化する形式主義論争を通して窺える横光の表現意識の問題と深く関わることでもある。

　さらに同時代の他の作家との類縁性では、佐藤春夫の「都会の憂鬱」（大11・1〜12）や梶井基次郎「檸檬」（大14・1）などが思い起こせる。殊に「都会の憂鬱」との比較は今後掘り下げてみたい問題である。


（石田仁志）

○参考文献　田口律男「横光利一「街の底」論」（『近代文学試論』第22号、昭59・12）。和田博文「横光利一論（4）透明な1本のフラスコ（下）」（『あんかるわ』第71号、昭60・2）。石田仁志「横光利一の形式論」（東京都立大学『人文学報』二四三号、平5・3）。宮口典之「横光利一の新感覚派時代一側面」（『名古屋大学国語国文学』第75号、平6・12）。杣谷英紀「横光利一・新感覚派的表現の理論と実践」（関西学院大学『日本文芸研究』第49巻第4号、平10・3）。神谷忠孝編『日本文学研究大成　横光利一』（国書刊行会、平3・8）。

交番前

中野重治

それは一つの小さな、けれどもまがう方なく「事件」であつた。事件というこの言葉で、人は日常とりとめもなく生起する諸現象のうちの一つが、特定の意味を持つてくることを理解する。それはその現象が、今までに生起した諸現象のそれとは全く別個の、一つの他の新しい本質、あるいはそれへの萌芽をそのなかに持つているということである。

そこはH区からS区へ通じるV字形の勾配を持つた一本の道路――この道路は、政府のいわゆる全国的道路網政策によつて坦々たる近代的大道路に改造された。ここの人通りはむしろ少ない。そこには電車が敷かれない。セメント、コンクリート、大煉瓦、煉瓦、石材などで築き上げられた、電車の通らない、人の往来の激しくないこうした道路が、村落と都市とをつらぬいて遠く縦横に走つている。人はしばしば、交通上の危険の頻発する、人通りの激しい多くの狭い道路がそのままにされて、かような寂しい道路が最も近代的に改築されていくことに不審を抱く。だが人は、改築に付随するそこばくの利便のために、この不審の念を忘れてしまう。ただやがて一つの重大な事件が勃発した日、人民が武器を取り爆薬が炸裂した日、これらの道路の上を彼らに向つて驀進《ばくしん》して来る装甲自動車の脅迫的な姿態のなかに、いつかの日の疑念を不意に思い出し、そしてたちまちひとりでにそれを解決するに違いない。これらの道路を歩くとき、われわれの感じるものは実に一つの装塡された路面である。――とU駅からG寺の方へ行く市街電車線路との交叉する地点であつた。

そこに交番が立つていた。

交番の前が停留場であつた。

四月のある日の午後六時すぎごろで、あらゆる種類の勤め人、労働者、日傭《ひやとい》人夫、小学教師、帰る学生と夜学に行く生徒、夕飯の支度のためにそそくさと用足しにまわるかみさんたち、道路をくだつて来る人たち、電車の乗降客、おまけにそのかどには郵便局があつたのでそこへ来る人たち、そういう人々がその交番の前に群《む》れていた。

人々はみな足ばやに通り過ぎていた。だがいわば人群れそのものは残つていた。それは刻々に大きさを増してくるようにさえも思われた。

大きな都会の街路は一つの顔面を持つていて、それが一日の時間的推移を敏感に表情する。この時のこの交番前の人群れを眺めた人は、そこに明らかに「日の暮れ」の表情されているのを認めたに違いない。

一台の電車が動き出したところであつた。

ひしめいていた人々が不意にそのひしめきをとめた。「来んかツ!」という大きな声を聞きつけたのである。人々は振り向いた。そして彼らのやりかけていた仕事を瞬間的に忘れた。

一人の六十くらいの労働者が、二十七、八の若い巡査にきき腕をつかまえて引つぱられていた。労働者はいくらかちつぽけなそのからだに、組の名まえのはいつた半纏《はんてん》を着て、半ズボンと黒靴下と刺子《さしこ》の足袋《たび》をはいていた。足もとに鶴はしが二挺、柄のところを結《ゆわ》えて投げ出されていた。それは一人の老いぼれかけた道路工夫であつた。自分を忘れた人々は即座にこの群像のまわりへ求心的に集まつた。道路工夫と若い巡査とはもはや全くその群集の環《わ》のなかにいた。

「来いツ!」

「やだ！」

「来いつたら来ればいいじやないか。」

「やだよ！」

「立つちやいかん、立つちや……」

若い巡査はまわりの群集に向つて空《あ》いているほうの手を振りあげた。そしてそれを一度振りまわしただけでまた道路工夫の方へ向きなおつた。そういうしぐさをしながら、巡査はうつむき加減にしていた。彼の眼には意想外の人数が映つた。それらの眼は残らず二人に、そしてむしろ巡査の方に注がれていた。群集の眼は、事が手つ取り早く片づかないことを望んでいた。それが一つの事件になることを、そして無意識にではあつたが巡査のほうが少なくとも勝たないことを望んでいた。それが若い巡査をうつむき加減にさした。道路工夫のからだの小さいことがそれを巡査に許したのは時にとつてしあわせな一つの偶然に過ぎなかつた。

巡査の直観はあたつていた。巡査が手を振りあげたとき群集は、一番まえの列にいるものが、それもただ身をそらせたに過ぎなかつた。最初彼らをここへ呼び寄せたものは「来んかツ！」という声であつた。彼らが見つけたものは、一人の老いぼれかけた道路工夫と若い巡査とであつた。それはきわめてありふれた組合せの一つに過ぎなかつた。だがこの一つの組合せのなかに彼らは新しいものを見つけた。

「来いつたら来ればいいじやないか。」

「やだよ！」

この一くさりの問答がそれであつた。いままで人々は、官憲の前に手もなく屈伏していた。その何ともわからない醜い服装と言葉との前に、人々は見る見る萎《しぼ》んだのであつた。そこには、測定することのできない非常に大きなのしかかつてくる力と、その前でいつもおびえおののいているほとんど無限の力弱さとがあつた。一旦その二つのものが交渉するとなると、強力なものは更に無限に強力となり、そのかさばつた腕のなかに、微弱なものは声も立てずに絞め殺されたのであつた。だが事情は一変している。両者は対峙していた。それは明らかに対等のものであつた。そして微弱だつたものが強力となり、強大だつたものがそこまでずりさがつてきたことは、強大なものと微弱なものとの、いわば位置の顚倒であつた。ずりさがつてきた強大は擡頭してきた微弱の前に色を失つた。一人の老道路工夫の皺のある手で、若い巡査から「官憲」の威厳が剝ぎ落されようとしていた。若い巡査の振りあげた手の威嚇の前に、人々は身じろぎをするわけにいかなかつたのである。

「おれや帰る。帰るよおれや……道草あ食わしやがつて……」

若い巡査がいくらかひるんだすきに、道路工夫はこういつて身を引いた。道路工夫の腕は巡査の手からやすやすと抜けた。彼は投げ出してある鶴はしの方へ進み、それを取りあげ、おりからそこへとまつた電車の方へ足を踏み出した。それは一瞬のことであつた。群集の眼が希望に輝いた。巡査の威嚇の前に身じろぎしなかつた群集の環《わ》は、いま道路工夫が一歩踏み出したとき、彼と電車とをさえぎつている部分をおのずから開いた。

若い巡査はあわてた。歩き出した道路工夫の襟髪へやにわに飛びついた。老いぼれた道路工夫は、腰を浮かして後しざりによたよたとよろめいた。

「ばか！　どけえ行くんだ。」

巡査は道路工夫を元の位置まで引きもどした。彼の顔に一沫の残忍な影が浮んだ。

「どけえ行こうと大きな……」道路工夫は顎を突き出してどなりかえした。「お世話でッ！……うちへ帰るにきまつてらあ。」

「酔つてるから電車に乗つちやいかんというのがわからんか。」

「わからねえ、おれにやわからねえ。」彼は巡査にむかつてよりも、むしろ自分自身にむかつて訊問するように続けた、「おれや今日いちんちの仕事をすましてきたんだぜ。おれや相棒といつしよに帰ろうつてんだぜ。電車に乗つかつてさ。それを邪魔あしやがる、相棒あ乗つかつたんだ。それを……一張羅にぶるさがりやがつて。電車賃がねえとでも思つてんのか。え？　冗談じやねえ。見な。」彼は腹がけの丼《どんぶり》へ手を差しこんだ。道路工夫特有の渋紙いろの指さきが一枚の電車切符をつかみ出した。それを丼へ再びしまいこんで彼は続けた、「おまけに酔つてるだなんずと……酔つちやいねえ。飲んじやいる。が、酔つぱらつちやいねえ。当りめえじやねえか。だれしも帰りにや一ぺえやるんだ。これやおいらの習慣なんだ。なんせ電車に乗んのに差しつかえあねえ。車掌あ乗つけようつてんだ。それをてめえがぶらさがりやがつて……おれやもう十年も通つてんだ。だがうちへ帰るのがいけねえつてやつにや一ぺんも逢つたことがねえ。いつたい仕事がすんでうちへ帰んのがどこがいけねえんだ。」

巡査は我慢がしきれなくなつた。はじめは道路工夫のいうことがわかつた。わかればわかるほど、しかし彼は腹を立てた。彼は巡査ではないか。彼は制服ではないか。彼のからだはいつさいの法律の門、扉、把手《とつて》ではないか。この侮辱は忍ぶことができない！　そして名誉を傷つけられたこの若い巡査は、不意に彼が警察官であることを思い出した。と彼はその一事《いちじ》を思い出しただけで腹の底に力のたまつてくるのを感じた。たちまち彼は非常に大きな力で、だまつたまま、道路工夫の袖をぐいと引いた。彼を交番のなかへ——引き入れたものはゆつたりと椅子に腰かけ、引き入れられたものはその前に道路に背を向けて立たされ、外界からまつたく独立に権力が生活するところの、あの特別の箱のなかへ引きずりこもうとした。

「来いツ！」

「やだつたら……」道路工夫は声をたかめた。そして、はずみをつけて腕をしやくり上げた、「やでえ！」

若い巡査は夢中であつた。もぎ放された手を伸ばして彼はもう一度道路工夫をつかまえた。

「………」

道路工夫はあえて声を出さなかつた。彼はただ両手をうしろ下へ斜めに突き出した。そうして肩を二、三度ぶるぶるツとゆすつた。と、彼の肩から組名前入りの古ぼけた半纒がずるずると脱げてきた。彼は再びすばやく鶴はしを取りあげ、まつすぐに歩き出した。

だがそのとき、人群れの環《わ》のなかへ、ものをもいわずにずかずかとはいつて来たものがあつた。ひとめ見た人々は不吉な予感を感じた。闖入者《ちんにゆうしや》は案の定さけんだ。

「ふざけんなツ！」

巡査は二人がかりになつた。はいつて来た四十がらみの巡査は腕力と熟練とを示した。道路工夫はその細いぼんの窪をまずなぐられた。道路工夫はのめりながら持つていた鶴はしを落した。二人の巡査はその肩を突きまくつた。道路工夫は支えることができなかつた。彼はとんとんとたたらを踏んだ。

「退《ど》いた退いたツ！」

二人の巡査がどなつた。

彼らは道路工夫を利用した。うしろから突きまくられてその小さな老人が泳いで来たとき、人々はそこに道をあけないわけにいかなかつた。突きまくられる老人が突きまくる巡査の盾であつた。

彼らは群集の環《わ》を突破した。電車線路を一瞬に越えた。彼らは、なぐり、小突き、蹴りながら、交番とは反対のS区の方へ、その道路をぐんぐんと押して行つた。あきらかにそれはY警察署への道であつた。

「警察だ！」

人々のあいだにかすかな動揺が生じた。警察！　地獄を知らないものも警察は知つている！

警察署司法部のなし得る残虐の極度——残虐はこれ以上進まない。これを越えて進むときはそこに死のみがある。——が老人の上に加えられるであろう。鍵と鍵おとのなかに留置所のなかの扉が開かれるであろう。一日の労働を終え——そこで彼はただ搾取されたのである。——鶴はしをかつぎ、心地よい微醺《びくん》を帯びて妻と子供のところへ帰ろうとしたこの年老いた小さな道路工夫の上に警察権が君臨するであろう。

二人の小さな女の児が、彼女たちの母親の裾に顔をうずめてすすり泣き始めた。

「よち、よち……」

母親はかろうじていつた。彼女の眼がうるんできた。四つの子供の眼にうつつたこの忌《いま》わしい恐怖を、母親は説明することができなかつた。せつなさが彼女を身ぶるいさした。

人々は環を解いた。人々は打ちしずみうなだれがちに散つて行つた。

○テキスト　初出は「プロレタリア芸術」一九二七（昭2）年十一月号。中野重治の初期の筆名のひとつ、日下部鉄の名で発表された。戦旗社版『鉄の話』（昭5・6）に収録される。テキストには『中野重治全集』第一巻（筑摩書房、平8・4）所収の本文を用いた。

○解説　昭和二年三月、東京帝国大学文学部独逸文学科を卒業した中野重治は、翻訳『レーニンのゴリキーへの手紙』（昭2・5）を上梓し、「プロレタリア芸術」の編集にたずさわるようになる。本作は、その「プロレタリア芸術」に発表されたもの。同人誌「裸像」「驢馬」をおもな発表誌としていた学生時代を終え、プロレタリア文学運動の活動家として「無産者新聞」「プロレタリア芸術」などに作品を発表するようになったころの短篇である。

冒頭、語り手は「交番前」で起きたあるできごとをひとつの「事件」と位置づける。「事件」という言葉によって、日常のごく普通のできごとが、「特定の意味」をおびて「一つの他の新しい本質、あるいはそれへの萌芽」を持ちうると規定するのである。あらかじめ提示されたこの規定は、読者への強力な働きかけとして機能しているが、ここでの語り手あるいは作者の意図は明らかであろう。すなわち、「交番前」での「事件」から「新しい本質」を抽出することが読者に求められているのであり、その「新しい本質」とは、年老いたひとりの労働者を痛めつける官憲の威嚇・暴力・権力、それに対する人々の異議申し立て、来るべき〈革命〉によってそのような理不尽な暴力や権力が一掃されることへの期待にほかならない。

このような権力構造の提示と〈革命〉への展望は、プロレタリア小説全般にも共通している。中野のプロレタリア小説の場合は、右のようなあらかじめ示された規定にも見られるように、明確な方法意識によって作品を構成し、積極的に読者に働きかけて作品の方向づけを示しているものが多い。モダニズム文学と並んで新しく出てきたプロレタリア文学が、前衛芸術としての評価を得ているのは、本格的な資本主義の時代の到来を小説の中に肉づけしつつ社会の構造を前景化してみせたことと同時に、このような作品化のさいの方法意識にもその一因があるだろう。中野の他の作品としては『少年』（昭2・8）『小僧さんの手紙』（昭2・9）『記念祭前後』（昭3・1）『鉄の話』（昭4・3）『わかもの』（昭4・9）などをあげることができ、そこでは手紙形式や枠物語の方法が用いられて、「新しい本質」を読者に伝達しようとする語り手もしくは作者の意志をうかがうことができる。のちの小説には見られない、中野の初期小説の特徴である。

さて、この作品では、一日の仕事を終えて帰りに一杯飲んだ老いた道路工夫が、酔っているから電車に乗ってはいけないと若い巡査に咎められ「来んかッ！」と怒鳴られる。言うことをきかない彼は、さらに出てきたもうひとりの巡査とふたりがかりで警察へと連れて行かれる。まわりにいた群衆は、心情的に終始一貫道路工夫の側に立っており、警察へ連行される道路工夫を見守ってそこで行われるであろう「残虐の極度」を想像して「打ちしずみうなだれがちに散つて行つた」。

現在の特に年若い読者からすれば、夕方の帰宅途中の駅や電車で酔っぱらいに出くわせば眉を顰めるであろうし、この作品を読めば酔った道路工夫よりもむしろ職務に忠実な巡査の方に同調するかもしれない。しかし、ここで注目すべきは「一日の労働を終え――そこで彼はただ搾取されたのである。――鶴はしをかつぎ、心地よい微醺を帯びて妻と子供のところへ帰ろうとしたこの年老いた小さな道路工夫の上に警察権が君臨する」という記述であり、権力が発動する場での残忍な暴力がまずはあげられよう。想像される「残虐の極度」は、群衆のひとりである小さな女の子をすすり泣くまでに怯えさせ、あやす母親はそのことを説明できずに切なさで身震いするばかりなのである。なすすべのない人々、説明できない、言葉を持たない人々の声を代弁することが、プロレタリア小説の任務のひとつであったが、それは、中野重治が「微少なるものへの関心」(『詩に関する断片』)を言ったことと見合っていた。

さらに、この「事件」の生じた場所が「セメント、コンクリート、大煉瓦、煉瓦、石材なぞで築き上げられた」「近代的大道路」であったことも見逃せない。関東大震災以降、約七億円を投じた国家プロジェクト「帝都復興計画」によって、五十二本の幹線道路と一二二本の補助道路が整備され現在の東京の街並みの原型が作られていく(『東京百年史』第五巻)が、それは同時に、都市化に従った文学の変容をもたらし、都市のモダンライフに生きる人々が描かれることになる。だが、都市化という現象が資本主義発展の一指標であるかぎり、享受されるモダンライフのみならずそこに生じる歪みや矛盾が問題となろう。ひるがえってみれば、作中の道路工夫は、道路建設作業に従事する人物であり、近代的都市化の推進を担う末端に位置し、みずからの築く都市の正負を引き受けている存在でもあったのだ。

以上のように、作品構成からうかがえる方法意識、暴力性をともなう権力構造の炙り出し、資本主義発展の指標である都市化に付随するドラマ、などの観点から眺めた場合とは別に、たとえば芸術大衆化論争との関連から、あるいは詩から散文に移行した中野の文学観(運動との関係において)との関連から、本作を読み解くことも重要なポイントになるだろう。

(竹内栄美子)

○参考文献　林淑美「プロレタリア小説の方法」(『中野重治連続する転向』、八木書店、平5・1)。島村輝「権力と身体」(『講座昭和文学史』第一巻、有精堂、昭63・2)。前田愛「空間のテクスト　テクストの空間」(『都市空間のなかの文学』、筑摩書房、昭57・12)。ミリアム・シルバーバーグ『中野重治とモダンマルクス主義』第六章 歌その四 歌の終わり(平凡社、平10・11)。

水族館

堀　辰雄

1

私は諸君に、このなんとも説明のしやうのない浅草公園の魅力を、出来るだけ完全に理解させるためには、私の知つてゐるかぎりの浅草についての千個の事実を以てするより、私の空想の中に生れた一個の異常な物語を以てした方が、一そう便利であると信ずる。ところで、さういふ物語をするためには私に二つの方法が可能だ。それはその物語を展開させるために必要な一切の背景を——たとへば劇場とか、酒場とか、宿屋などを全く私の空想の偶然に一任してしまふか、或ひはまた、さういふ背景だけは実在のものを借りてくるかである。そして私にとつては、むしろ後者の方が便利のやうに思へる。何故なら、私は経験から、空想といふものは或る程度まで制御されればされるほど強烈になつて行くといふことを、知つてゐるからである。

さて、私がこの物語を、最近の流行に従つて、近頃六区の人気の中心となりつつある、カジノ・フオリーの踊り子たちのところに持つて行くのを、許していただきたい。事実は、私は彼女たちについて何も知らないのだ。そして私がこの物語を物語らしくするために、敢へてそれの無作法になるのも顧みないであらう、彼女たちに関する私の空想は、当の彼女たちをして怒らせるどころか、無邪気な彼女たちをしてただ笑はさせるに過ぎないだらう。私はそれを信じるのである。

諸君の大部分はすでに御承知だらうが、そのカジノ・フオリーといふのは、六区の活動写真街からやや離れたところに、いつも悲しいやうな愉快なやうな楽隊の音を立ててゐる木馬館と並んで立つてゐる、水族館の階上にあるのである。水族館といつても、それはほんの名ばかりで、或ひは私が夜間しかそこに這入らないせゐか、ほとんど水槽《タンク》のなかに魚の泳いでゐるのをば、私は見たことがないのである。しかしよく見てゐると、十分に光線の行きとどいてゐない岩のかげに、眠つてゐるのであらうか、その岩と同じやうな色をした身体をぴつたりくつつけてゐる、いくつかの魚等を見つけることが出来た。そしてそのそれぞれには一々むづかしい名前がつけられてゐるが、私はそれを一つも覚えてゐない。二階のカジノ・フオリーに出這入りするために、この水族館のなかを通り抜ける人々は多かつたが、わざわざここに立ち止つて魚等を見て行かうとする人は、ほとんど無かつたと言つていい。

埃つぽい木の階段を、下駄の音を気にしながら上つて行くと、いきなり、人々の頭ごしに（彼等はうしろの方の椅子がたくさん空いてゐるのに、それに腰かけずに、立つたまま、舞台を見てゐるのである）、音楽が聞え、踊り子たちの踊つてゐるのが見えるのだ。初めてそこに這入つた人は、よくそのうしろの方の空席に腰を下さうとしたが、すぐその椅子がぐらぐらしてゐて危険だつたり、或ひはその覆ひに大きな孔があいてゐて、そこから藁屑がはみ出してゐて、それがすぐ着物にくつつくのに気がついて、再びそこから腰を持上げてしまふのだつた。そして全体の見物席はといへば、二百人位しかはひれないその二階と、それから百人位しかはひれない上の三階と、それだけだつた。私はいつも三階に上つて見ることにしてゐた。最初、私がここに通ひ出してゐたときは、私はよく二階のもつとも舞台に近い席に割り込んでいつて、彼女たちの脚の間から彼女たちの踊るのを見上げるやうにしてゐたが、さうすると、踊り子たちが脚を上げる度毎に舞ひあがる舞台のひどい埃りを、厭でも吸はなければならなかつたので、それにすつかり閉口して、今度は、三階のもつとも舞台に近い席から、そしてほとんど踊り子たちの真上から、彼女らの踊るのを見下すことにしてゐた。

踊り子たちの大部分は十四から二十ぐらゐまでの娘たちだつた。彼女らは金髪のかつらをつけ、厚化粧をし、そして某新劇団のお古だと言はれる、それほど上等に見える衣裳をつけてはゐたが、彼女らの前身は、恐らく、女工とか、子守娘とか、或ひはそれに近いやうな裏店《うらだな》の娘だつたのに違ひない。そして彼女らの大部分は、恐らく、その歌の卑猥な意味をはつきり知らずにさういふ歌を歌ひ、その動作の淫らな意味をはつきり理解せずにさういふ踊りを踊つてゐるのかも知れない。彼女らの喉をしめつけるやうなフツトライトのなかで、彼女らは両手を頭のうしろに組み合せながら、胸を出来るだけ膨らますのである。しかし彼女らの胸はまだ小さい。……そしてさういふすべてのものが、このカジノ独特の、何とも言ひやうのない魅力のある雰囲気をば、構成してゐたのである。

私はときどき踊り子たちから眼を離して、彼女らを熱心に見まもつてゐる見物人たちを見廻はした。それはほとんど男ばかりだつた。彼らの大半は、職工らしいもの、会社員らしいもの、学生らしいものが、占めてゐた。私自身が毎晩のやうにここに来るお蔭で、それらの人々の中から、私は所謂「定連」といふべき人々を、容易に見出すことが出来るのであつた。たとへば、階下の隅の方の柱に靠れて、いつもニヤニヤ笑ひながら、舞台を眺めてゐる一人の浮浪者だの、丁度私と対蹠をなした三階の向側に陣取つて、必らず「葉ちやん！」と、踊り子の一人の小松葉子といふのに、声をかける一人の自動車運転手だの、等、等……。

ところで、この頃になつて、さういふ定連が、また一人、急に殖えたのである。それは私の知つてゐる他の定連とは、全然別種類の、二十をすこし過ぎたばかりの、色の浅黒い美少年だつた。彼はいつもハイカラな縞の洋服をつけ、大き過ぎる位のハンチングを真深かにかぶり、三階の隅の柱によりかかりながら、注意深く舞台の上を見下してゐるのだ。彼はときどき好んで乱暴な身振りをしたが、それのどことなく不自然な感じは、男装した女だつたならば恐らくかうでもあらうかと想像されるほどだつた。

その少年の姿を私がそのカジノで見かけるのは、ほとんど毎晩のやうになつた。

ときどき私は、友人たちとの会話に、その少年のことを話題にすることがあつた。或者は、彼が閉場《はね》たのちの水族館の楽屋口の前に一人でぢつと佇んでゐるのを見かけたと言つた。また或者は、彼がカフエ・アメリカで女給たちに取囲まれながら酒を飲んでゐるところを見たとも言つた。また或者は、彼と瓜二つの顔をした、洋装の女とすれちがつたが、そのとき一寸それが彼自身であるかのやうな気もしたが、ずつと老けて見えたから、きつと彼の姉だつたのに違ひない、などとも言つた。――とにかく、その少年がカジノの踊り子の誰か一人に夢中になつてゐるらしいのは、もはや疑ふ余地がなかつたのである。

2

ある夜、私は公園の中を散々にうろつきまはり、ひどく疲れて、やつと自分の家に帰つてきたのは、もう一時近くであつた。私は自分の部屋にはひるや否や、私の机の上に一通の、切手も貼つてなければ、差出人の名前もない、手紙が置かれてあるのを見出した。私は封を切つた。そして私は読んだ。誰だか分らないが、私にすぐ、いま彼のゐる駒形の「すみれや」まで来てくれといふ、まるで警察からの呼出し状のやうな簡単な走り書だつた。その手紙を書いたものは、よほど取乱してゐたと見えて、自分の名前を書き落したばかりではなく、その乱雑な走り書は、それが誰の字であるかを、到底私に判読させないほどであつた。その手紙はその宿屋（？）の雇人が私のところに届けたものらしかつた。しかしもう寝入つてしまつてゐる家のものを、わざわざ起してまでも、その持参人を取調べるほどのこともあるまいと、私は思つた。そこで私は、非常に疲れてゐて、、もう動くのも厭な位だつたが、はげしい好奇心に駆られながら、再び自分の家を出て行つたのである。

私の家は向島にあつた。そして向島から駒形までは歩いて行くよりしかたがなかつた。そしてそれが一番早くもあつた。私は、人気のない河岸の、真暗なサツポロビイル会社の横を通り過ぎながら、ふと——さつき私の受取つた無名の手紙は実は夜からの呼出し状ではなかつたのか、そしてただその口実に宿屋の名前なんか使つてはゐるが、もともとそんな宿屋なんぞは何処にもありはしないのではないか、とそんなことも思はないではなかつた。……さうして、私は駒形の附近を散々に探しまはつた揚句、どうしてもさういふ名前を持つた宿屋を見つけることが出来なかつたとき、私は危ふくそれを信じようとさへしかかつた。その最後の瞬間になつて、私は漸く、二つの大きな商店にはさまれてゐる、一つのきはめて小さな宿屋を——その門の上の「すみれや」といふ小さな看板さへなかつたならば、ほとんど普通の住宅と区別できないやうな一つの宿屋を、見つけることが出来た。私はなんだか間違つてゐるのではないかと思ひながら、その宿屋に入つて行つた。その中に入るために、私は身体を横にしなければならない位、その入口は狭かつた。

するとー人の年老いた女が私を迎へた。ひからびた花束のやうに、微笑をうかべながら。

「お友達がお待ちしてゐますよ。二階の五番のお部屋に」

「なんていふ人だい？」

「御名前は存じません」

そしてその女は私をその部屋に案内しようともしないのだ。私はひとりで階段を上つて行つた。つれこみ宿といふものを、私はそれまで知らなかつたが、たぶんこんな家のことを言ふのだらうと思ひながら。

私は空しく返事を待つたのち、その五番の部屋に入つて行つた。

私はそこに、意外にも、私の友人の秦が一人きりでゐるのを、見出したのであつた。

秦はなんだか泣いてゐるやうに見えた。秦は私よりもずつと年下だつた。そしてやつと二十になつたばかりだつた。

それにもかかはらず、彼は私たちと一しよに、カジノにも通ひ、酒も飲み、そして平気で女の話にも混はるのであつた。そして彼は稀にしか、私に、私たちの年齢の隔りを思ひ出させなかつた。ところが、いま、彼は、私を前にして、彼の本当の年齢のまん中にゐるのであつた。いま私の前で、彼を正体もなく泣かせてゐるものは、私がすでに失つてしまつた、初恋のなんとも言ひやうのない苦痛であるのを、私は一目で理解したのであつた。

果して彼は私に彼の恋を打明けたのだ。その恋の相手といふのは、カジノ・フオリーの踊り子の一人であつた。そしてそれは私達の讃美の的であるところの、かの小松葉子であつた。彼は私に、彼が彼女を欲しがりだしたのは、実は私が彼女を欲しがつてゐるのを知つたからであると言つた。彼は自分の欲望を、私の欲望のラムプに照らされて、始めて知つたのであると言ふのである。そして彼は、さういふ欲望を私にはすこしも知らさずに、こつそりと一人で彼女を手に入れようとしてゐたことを、泣いて私に詫びるのであつた。そこで私が、自分はその踊り子を讃美してこそ居れ、決して彼の考へてゐるやうに彼女を欲しがつてゐるのではないことを、いくら彼に言つて聞かせても、彼はそれを信じようとはしなかつた。そして彼は彼の話を続けて行つた。

その夜の十二時過ぎ、彼は、ほとんど通行人の途絶えた、そして冷たい影に充たされてゐる、水族館のあたりを、一人でぶらぶらしてゐた。彼は、すつかり閉め切つてある水族館の二階の窓から、かすかな燈火のやうなものが洩れ、しかも音楽のやうなものまでが聞えてくるので、まだ踊り子たちが稽古をしてゐるのだらうと思ひながら、そこを何となく立ち去りがたく思つてゐたのだ。彼は、水族館の裏口に近いトタン張りの塀のかげに、身をかくすやうにして、あちらこちらに、或ひは一人、或ひは二三人、男たちの影が佇んでゐるのを認めた。彼らは踊り子たちが稽古を終へて出てくるのを待伏せてゐるらしかつた。十二時の過ぎたのを知らせるやうな、ひやりとする空気の流れが、絶えず、彼の前を行つたり来たりしはじめた。やがて、水族館の裏門がしづかに開けられた。そしてそこから、青いマントにくるまつた、お下髪《さげ》の、一人の少女が、出てきた。小松葉子だ、と彼はその少女をはつきり見ることが出来なかつたが、咄嗟にさう思つた。と同時に、彼は、塀のかげにかくれてゐた幾組かの人影が身動《みじろ》き出すのを、認めた。そのとき、他の誰よりも早く、突然一つの木蔭から現れて、彼女のそばに進みよつていつた一人の男があつた。彼はその少女に何か二言三言話しかけたやうだつた。少女もそれに何か答へた。そして、暗闇の中からたくさんの眼に、貪るやうに見つめられてゐるにも拘はらず、二人はいかにも平静に肩を並べながら、そこを立ち去つて行つた。

秦は二人の後を追つた。そしてこれから二人が何処へ行くのか、それを突き留めることを欲した。彼は、彼のひそかに愛する少女が、ただその男に自分の家まで送らせるのであることを信じた。それにもかかはらず、彼女を送つて行くのが自分ではないといふ不幸が、彼の心臓をしめつけた。彼は彼の注意をその男の方にも向けた。その男は彼と同年輩の少年らしく、滑稽なくらゐ大きなハンチングをかぶり、そしてわざと大股に歩いてゐるやうな歩き方だつた。その少年は確かに、彼が友人らとしばしば男装した女ではないかと噂し合つたところの、あの少年に違ひなかつた。そして彼の心の中に新鮮にいきいきと蘇つた、その謎の少年に対する好奇心は、ともすれば、自分の心臓をしめつける苦痛のあまりに、その追跡をあきらめようかとさへ思ふ、彼の弱気に打勝つた。そして彼は、なほも、彼等の跡をつけて行つた。

彼等は、全く人影のない仲見世を、風のやうに通り抜け、そして雷門のところから、吾妻橋の方へ曲つて行つた。しかし彼等は橋を渡らずに、材木町の通りを厩橋の方へ向つて行つた。

彼等は一体どこへ行かうとしてゐるのか。彼はその辺の地理をあんまり知らなかつた。そして彼は、二人の跡について行きながら、もうすつかり寝しづまつた両側の見知らぬ町を、ただ深い眠りそのものの中を通り抜けて行くやうにしか感じなかつた。彼はちょつと勇気のくじけるのを感じた。彼は思はず立ち止まり、そして背を回らさうとした。が、彼はそのつまらない決心をすぐ後悔した。彼は再び追跡を続けようとした。しかし彼はもはやそこに彼等を見出すことは出来なかつた。彼等はどこへ消え去つたか。彼は夢中になつてその辺を探しまはつた。そして彼はやつとのことで、恐らく彼等がそこへ這入つたのであらうと思はれる一軒の家を、そこの二階の窓にだけ燈光《あかり》がパツとついてゐることによつて、認めた。彼はそれに近づいて行つた。それは、ほとんど普通の家と区別のつかぬやうな、小さな宿屋だつた。

彼はあんまり長くそこに躊躇してゐなかつた。彼は、自分もその宿屋の中に入つて行く決心をした。彼はその宿屋の女主人を買収して、さつきの二人のはひつた、その隣りの部屋を手に入れた。そして隣室から聞えてくる特異な物音の中で、苦痛に圧しつぶされながら、私に手紙を書いたのであつた。――

しかし私には、彼にいかなる助言も与へることは出来なかつた。彼の物語の後、私たちは黙つてゐた。隣室からは、もうすべてが終つたのか、なんらの物音も聞えてこなかつた。そのうちに、私までをへとへとにさせてゐた、友人の苦痛も、それ自身漸くへたばり出したやうに見えた。それが私に、私の身体を眠りにゆだねるのを許した。

翌朝、私は、畳の上にごろ寝をしてゐる私自身を、異様に見出した。私のかたはらには、秦がやはり畳の上に涙によごれた顔をくつつけてゐたが、私が眼をさましたのに気づくと、急に私の方に顔を向けて、にこにこと笑つた。そのよごれた顔は、すぐ私に、昨夜の私たちを思ひ出させた。しかし、そのよごれた顔の上の愉しさうな、表情は、私にはまだ未知だつた。

彼は、自分の顔を畳の上にくつつけたまま、いかにも秘密を打明けようとするやうな、低い声で、私に話しかけた。それをよく聞きとるためには、私も横になつたまま、私の顔を畳の上に、そして彼の顔のそばに、くつつけてゐなければならなかつた。さういふ私の強制された子供らしい姿勢は、しかし彼の子供らしい上機嫌を速やかに理解するために、私には大いに役立つた。

彼の語るところによると、――昨夜、どうしても眠れなかつた彼は、私の眠つてゐる間に、睡眠不足のためいくらか気も変になつたのだらう、たうとうこの部屋を抜け出して、隣りの部屋に忍びこんで行つたのである。もし見つかつたら、寝呆けて部屋を間違へたのだと言へばいいと思つて。――そして彼は大胆にも、その部屋の電気のスイッチをひねつた。電気に照らし出されたその部屋の光景は、彼を思はずもあつけにとらせた。そこに彼は何を見たと想像するか？　そこには、二個の女の裸体が、手足をからみ合つたまま、異様な恰好で、ころがつてゐるのであつた。同じくらゐに白いその四つの手足は、それがどちらの身体のだか、分らないほどだつた。……

「あいつはやつぱり女だつたんだよ」秦は私に言つた。「もしあいつが女でなかつたら、僕はあいつをどんな目に遇はしたか分らないぜ。だが、女と知れりあ……」

そして彼はいかにも機嫌よささうに笑つた。

3

それから一週間ほど、私は秦からの報告を空しく待つてゐた。

しかし彼からは何の音沙汰もなかつた。ある日、私は心配して彼に電話をかけた。

彼はまだその踊り子を手に入れることが出来ないと元気なく答へた。そしてすぐ他の話をしだした。

それに次ぐ日々は、重くろしい雲のやうに通り過ぎた。公園全帯が、いつもに似合はず、なんとなく鬱陶しさうで、一日中眠たさをこらへてゐるやうだつた。私は、それらの日々が何か異常な出来事を発生させはしないかと、不安な予感に打たれてゐた。

ある夜、私は、カフエ・アメリカの一つのテエブルに、ぼんやり坐つてゐた。私の不機嫌さうな様子を見て、女は誰も私のそばに近よらうとはしなかつた。私は一人で聞くともなく、奥の方で、(私のところからは衝立に遮ぎられて見えないが、)一人の客を中心にして女たちがキヤツキヤツといつて騒いでゐるのを、聞いてゐた。私には、それが何だか私の不機嫌の原因のやうにしか思へなかつた。私はたうとう一人の女を捕まへて、その女にそれを詰問した。

その客といふのは、一人の男装した若い女だといふのだ。彼女はときどき一人でやつてくるが、その夜はいつになく酔つ払つてゐるやうだつた。彼女は男装してゐるばかりではなく、好んで男のやうな言葉を使つてゐた。そればかりか、彼女はどうもここの一人の女給をどこかに連れ出すらしいのである。彼女はいつもその女給だけを呼び棄てにした。そしてそれがすべてを疑はせるのに充分だつた。それはともかくとして、彼女は急にこの頃気が変になつてきたらしいのである。噂によると、彼女は水族館の踊り子の一人に夢中になつてゐて、その娘が欲しがるものは何でも買つてやつてゐたのに、急にこの頃その娘が彼女を嫌ひ出してゐるさうだから、そんなことが原因になつてゐるのかも知れない。——水族館の踊り子といへば、その踊り子との噂が立ちはじめた時分、彼女とここの女給(彼女のいつも呼び棄てにしてゐる)とが何やら口喧嘩をしてゐたことがあるが、それはいまから考へると、嫉妬からだつたのかも知れない。——

そんなことをその女給は事細かに私に話してきかせた。しかし、その女給はむしろその変態的な女に同情を持つてゐるらしかつたので、その話は私にも気持よく聞けた。私は訊いた。

「一体その女は何なんだい?」

「華族の令嬢なんですつてさ。だけど、誰も本当にはしてゐませんの。なんでも、ほんとは、女記者だつて評判ですわ」

その女がすこし気が変になりかかつてゐるといふ報知は、私に、嵐の前兆の一つのやうに感じられた。

カフエ・アメリカからその女が出てくるのを私は待伏せてゐた。

漸く彼女が出てきた。

彼女はなるほど大きなハンチングをかぶり、しかもひどく酔つ払つてゐるやうだつた。そして酩酊が彼女に与へるあらゆる無意識的な動作は、一々、彼女の変装を裏切つてゐた。彼女はふらふらと雷門の前を通り過ぎ、そして吾妻橋の方に足を運んで行つた。私は彼女の跡をつけて行くことを決心した。

彼女は吾妻橋を渡つた。それから隅田川に沿つて、ビイル会社の大きな建物の影の中へ滑り込んで行つた。枕橋を渡り、それからさらに隅田公園の河岸を進んで行つた。川の上からは冷たい風が吹いてきて、私達の前を絶えず行つたり来たりしてゐた。私達は言問橋の横を過ぎた。

私達はなほも土手の上を歩きつづけて行くのであつた。だんだん道が凸凹《でこぼこ》しだし、歩きにくくなつた。それは私達が郊外に這入りつつあることを私達に知らせた。ここまで来ると、もう全く人通りはなくなつてしまつてゐた。ときどきのら犬がどこからともなく出てきて、私達を嗅ぎまはり、それからまたどこへともなく消え去つた。

私達は白髭橋のところまで来た。しかし彼女はまだ引き返さうとはせずに、ずんずん土手の上を進んで行くのであつた。私は立止つたまま、しばらく躊躇してゐた。彼女の跡をもつとつけて見ようか、それとももうそれを断念しようかと迷ひながら。そのとき、私は、彼女がきふに土手を降り始めるのを認めた。私は再び彼女の跡をつけて行くことに決心した。しかし私は、その土手を降りて行つても、その道がどこへ達してゐるのか、少しも知らなかつた。その土手下の道は、まつくらで、しかもところどころに水溜りが出来てゐた。彼女はそれを避けようともしなかつた。ときどき彼女の足はその水溜りの中に入つて、鈍い、かすかな音を立てた。そしてそれが私達の沈黙を破る唯一の物音だつた。

そのうちに、私は、たうとう私達が奇妙な見知らない一区域に迷ひ込んでしまつたことを知つた。私達の前方には、全部硝子張りの、異様に大きな建物が、聳えてゐた。しかもその硝子はほとんど全部割れてゐるのだ。そしてその穴だらけの硝子張りの建物の向側には、すぐ、隅田川が黒々と流れてゐるらしかつた。そしてその何かの仕事場の跡らしい建物の中は、伸び放題に伸びてゐる雑草ばかりだつた。

彼女はその異様な建物の前にぢつと佇んでゐた。私はやがて、彼女が身をこごめて、彼女の足もとにある一つの石を拾ひ上げるのを見た。それから彼女は狙ひをつけ、まだ一つだけ割れずに残つてゐた硝子に向つて、その石を、満身の力でもつて投げつけたのであつた。私ははげしく硝子の割れる音を聞いた。それからその破片がバラバラと下へ落ちてくるのを見た。そして彼女はと見ると、彼女はひた走りに走りながら、もうそこからだいぶ離れたところに達してゐた。

私も彼女を見失ふまいとして、少しばかり走つた。彼女はいつか普通の歩調になつてゐた。私もそれに従つた。しかし私にはまだ、彼女が一体どこへ行かうとしてゐるのか、そして何をしようとしてゐるのか、さつぱり見当がつかなかつた。私達は工場の裏を通り過ぎ、田圃の中を横切り、墓地の中を通り抜けた。そのうちに、私達は再び土手の上に出てしまつた。しかし、それは白髭橋の附近ではなく、そこからずつと離れた紡績会社の近くであることに、私は気がついた。しかもまだ彼女は、紡績会社の大きな、煤煙でよごれた、気むづかしげな建物の横を通り過ぎながら、ずんずん川沿ひの土手を進んで行かうとしてゐるのだ。

私はもうこれ以上、彼女の跡をつけることは断念した。私はあまりにも疲れてしまつたし、それに彼女の気の狂つてゐることも充分に確かめたし、これ以上もし私が彼女に私の注意力のすべてを委ねてゐたなら、恐らく私までも気が変になつてしまふに違ひないからだ。

私は立止つて、彼女の後姿が土手の上に見えなくなつてしまふまで、それを見送つた後、たうとう踵を返して、鐘ケ淵の、川蒸汽の船着場の方へ向つて行つた。

夜の明けたのを知らせる川からの冷たい風が、船着場のベンチの上にへたばつて眠つてしまつてゐた私を、しづかに眼ざませた。それから三十分ばかりの後、私は漸つと千住大橋の方から下つてきた一艘の川蒸汽を捕まへることが出来た。誰もまだ乗つてゐないだらうと思つたのに、その川蒸汽は、意外にも、すでに五六人の客を乗せてゐた。それはすべて魚河岸に買出しに出かける肴屋達だつた。彼等の元気のいい会話と、それからそれを聞いてゐると思はず自分の心臓の鼓動が高まるやうな発動機の音とが、すつかり私の眼をさました。そして私は、早朝の新鮮な空気の中に、蘇つたやうであつた。

私は、川の左手に、昨夜の硝子張りの高い建物が聳えてゐるのを見た。

私は、私のかたはらの肴屋の一人に訊いた。

「あの硝子張りの建物は何ですか？」

「あれですか」彼はそれを指さした。「あれは昔の日活の撮影所の跡でさア」

私は川蒸汽の中から、その無数の硝子がどれもこれも残らず割れてゐるのを、不思議さうに眺めてゐた。それに小石を投げつけてもつと割らうとした、気狂ひ女の異様な姿勢《ポーズ》を、頭に再び浮べながら。

4

それから二三日した、或る日の午後、私はバツト酒場《バア》の二階の窓から、ぼんやりと、下の活動写真街を往き来してゐる群集を眺めてゐた。すると突然、その群集の間を掻き分けるやうにして、あわただしく駈けて行く人々の群があつた。火事だな、と私は咄嗟に思つた。そして一分後は、私もまた、それらの人々と一緒になつて走つてゐた。人々は浅草劇場（もとのオペラ館）の角を曲つて、水族館の方へ走つて行つた。果して水族館の前には非常な人だかりがしてゐた。しかしそれは、私の予想に反して、火事ではないらしかつた。私には最初何だか訳が分らなかつたが、人々は水族館の屋上を見上げながら、しきりにわめいてゐた。私はぢきに、その高い屋上に、一人の髪をふりみだした女が、あつちに行つたりこつちに来たりしてゐるのを、認めることが出来た。そしてそれはあの女だつた。彼女は、ときどき、下の群集のあらゆる叫び声を切断するやうな、鋭い、人間の声とは思はれない、異様な叫び声を立てるのであつた。

——その日の五時頃、踊り子たちがペルシアン・ランプを踊つてゐる最中に、突然、三階の一隅からピストルの音が起つた。弾丸は幸なことに踊り子たちの誰をも傷つけずに、床板の上ではねかへつて、ただ背景に孔をあけただけだつた。それはその時一番先頭に立つて踊つてゐた小松葉子を狙つたものらしかつた。そして発砲したものは一人の美少年であつた。しかしその少年は、彼を捕まへようとする人々から脱れようとして、彼のかぶつてゐたハンチングを落した。すると彼はふさふさとした女の髪毛をしてゐたのである。それは少年ではなくして、男装した一人の女だつたのだ。人々が思はずあつけにとられてゐる隙間に、彼女はすばやく屋上によぢ登つてしまつた。一人の大胆な男が彼女のあとから屋上によぢ登らうとすると、彼女はその男に向つて二度目の発砲をした。弾丸はその男の二の腕をかすめた。さいはひに怪我はなかつたが、流石にその男も怯気がついて、彼女を捕まへることを断念した。その後、誰一人その屋上によぢ登つて、彼女を捕まへようとするものは居なかつた。そしてただ彼女を遠まきに取り囲んで、わあわあと叫んでゐるばかりだつた。——

私の周囲の人々の話を組み合せて見ると、大体さういふ出来事らしかつた。夕食時なので、私の周囲から立去つて行く人々があつた。またあらたに立止まる人々もあつた。さういふ人々の間で、私は、屋根のてつぺんに何やら異常な声で叫んでゐる彼女を聞きながら、私自身がなんだか死と向きあつてゐるやうな嘔吐を感じてゐた。

折角、集まつてきた警官たちも、彼女がピストルを振りまはしてゐるので、どうにも手の下しやうがなかつた。警官たちはただ、屋上の狂女をもつとよく見るために、水族館のまはりを取り囲んでゐる大きな樹の枝の上に、よぢ登つてゐた野次馬たちを、無理に引きずり下させるのに役立つただけだつた。さうしてゐるうちに約一時間ばかり過ぎた。そして夜がすぐそこまで来てゐた。しかし群集はなかなか散らうとしないばかりか、ますますその環を大きくして行つた。

たうとう夜になつた。そして屋根の上が暗くなつて、彼女の姿がよく見わけられなくなり出した。ただ、ときどき、狂人特有の身の毛のよだつやうな叫び声が、聞えるばかりだつた。

それでも、誰一人もう、その場を立ち去らうとはしなかつた。そして私たちは何かを待つてゐるかのやうだつた。私たちは一たい何を待つてゐるのだらう？　それは悲劇をだらうか？　いや、悲劇なら、それを待つまでもなく、悲劇の中の悲劇が、現に私たちの眼の前に展開されつつあるのだ。私たちの好奇心を満足させるには、もうこれで充分な筈だ。だから私には、ただ私たちがこの悲劇の上に最後の幕の下されるのを待つてゐるごとくにしか、思はれなかつた。

そしてたうとう、この悲劇の結末としてはすこしばかり悲惨な出来事が持ち上つた。それは、群集の中の一人が、どこから持つてきたのか、突然、一個の花火を打ち上げたのである。おや、花火？　始めは誰の眼にもそれがそのやうに映つたが、しかしそれはさうではなかつた。それは新聞社の写真班が彼女を撮影するためにもやしたマグネシウムであつた。マグネシウムは、一瞬間、屋根の上に髪をふりみだして、片手にピストルを持ち、いまだにそこにまごまごしてゐる狂人のすさまじい姿を、私たちにありありと示した。私たちはそれを見て思はず歓呼しようとした。

だが、丁度その瞬間だつた。その不意打ちのマグネシウムは、屋上の彼女をひどくびつくりさせたらしかつた。彼女はそのために身体の均衡を失つたやうに見えた。そして屋上から真逆様に私たちの上に墜落してきた。

私は思はず眼をつぶつた。

私はもうこれ以上、ここに居残つてゐて、死と向ひあひの嘔吐に堪へることは出来なかつた。

そのために、「まだ生きてゐるぞ!」と人々の叫んでゐるのを、ぼんやり耳にしながら、私は眼をつぶつたまま、そこを立ち去つて行くよりほかはなかつた。

○テキスト　『モダンTOKIO円舞曲（世界大都会尖端ジャズ文学1）』（春陽堂、昭5・5）に、書き下しで発表された。同書は「新興芸術派十二人」の作品集である。「水族館」はその後、『不器用な天使』（改造社、昭5・7）に収められただけで、以後どの単行本にも収められていない。著者の没後一九五四（昭29）年より刊行された新潮社版『堀辰雄全集』の脚注には、「角川版『薔薇』に初期作品を輯むる際著者は本作品を削除し、且つ年譜よりも削除す」とある。テキストには、『堀辰雄全集』第一巻（筑摩書房、昭52・5）所収の本文（単行本『不器用な天使』に依拠する。）を収録した。

○解説　大正十二年九月一日午前十一時五十八分、関東一円を襲った大地震は、首都東京に空前の被害をもたらすとともに、人々を不安と恐怖の底につき落した。日本経済は、ただちに震災恐慌に見舞われ、人々の生活感情は大きく変化していく。震災は、旧くからの格式やしきたりを大きく揺さぶり、人々の多くは、実質本位で安直便利なものに強く引きつけられていった。彼らはこぞって大衆娯楽を求めて歩き、映画、レヴュー、野球などは、戦前の全盛期をこの時期に迎えている。このことは、芸術・文学の領域でも同様であり、大正八年に詩集『砂金』を自費出版し、幻想的で芸術至上主義的な世界に立てこもっていた西条八十は、震災を境として、芸術の受け手の質的量的な変化を前に、「東京行進曲」「愛して頂載」「東京音頭」など数多くのヒット曲の作詩家として変貌をとげる。

一方、独占資本の形成期にあった日本経済は、震災による首都の自然秩序の崩壊を逆手にとり、資本主義の再編による本格的な大衆社会型経営への移行を果たしつつあった。東京の復興と新たな都市計画の実現という大事業は、区画整理にともなう市民の強制移転等に対する猛烈な反対運動に直面しながらも、政府・市当局による説得により、ともかくも達成され、昭和五年三月二十六日には、〝帝都復興祭式典〟が、天皇の臨席のもと宮城前広場で盛大に催された。だが復興なった銀座や浅草や新宿は、震災前のそれぞれの個性を失い、ひとしなみにただ〝モダン〟な街として、無性格な同一性を露呈させていた。現実の個性的な感触は、浮遊する影のような意匠と化し、大衆を吸引する底なしの虚構空間として、人工都市東京は姿を現わしたのである。

堀辰雄が「水族館」の稿を起こしたのは、まさに〝虚大都市〟東京がその無性格な全貌を現わした頃にあたっている。「このなんとも説明のしやうのない浅草公園の魅力を、出来るだけ完全に理解させるために」語りはじめる「私」が、復興した東京の虚構性を、その内部にあってどれ程明晳に語り得るかが、作品評価のポイントであり、作者自身による扱いもまた、この点にかかわっていよう。勿論、作者自身による冷遇にもかかわらず、現代の読者の眼には、本作の提示する問題は量り難く大きい。

作品の主題は「カジノ・フオリーの踊り子たち」の一人「小松葉子」をめぐる三人の男女の〝恋情〟と〝狂気〟で

ある。榎本健一(エノケン)が東京浅草水族館に日本最初のレヴュー劇場〝カジノ・フォーリー〟を開いたのが、昭和四年の暮。フランスの〝カジノ・ド・パリ〟と〝フォーリー・ベルジュール〟の二つの劇場の名称をつなぎ合わせた、いわばパッチワークのようなこの名称は、〝モダン〟という浮薄な意匠に群れ集う大衆の姿そのものだといえるだろう。観衆を引きつける「小松葉子」の存在も同様、「前身は、恐らく、女工とか、子守娘とか、或ひはそれに近いやうな裏店の娘だつたのに違ひない。」とされ、舞台での「小松葉子」はあくまでも幻像、大衆の欲望を喚起する意匠の一つに過ぎないのである。

そもそもレビュー軽演劇そのものが、震災前の大衆娯楽の代表格であった〝浅草オペラ〟が震災後急速に客足を〝活動写真〟に奪われた後、スピード、音楽、踊り、エロ、悲劇、喜劇等のあらゆる意匠のパッチワークとして仕立てられた新ジャンルであった。「カジノ・フオリーといふのは、六区の活動写真街からやや離れたところに(中略)立つてゐる、水族館の階上にある」という一行は、復興によって失われた過去の上に地取られた〝図〟なのであり、「悲しいやうな愉快なやうな」その界隈の雰囲気を通じて、作品は、新都東京の抱える歪みをあぶり出していくのである。

「私」と同様「小松葉子」に恋をする若者「秦」は、「私が彼女を欲しがつてゐるのを知」って、「彼女を欲しがりだした」と言う。こうした欲望の三角関係は、「小松葉子」の実体を度外視したところで増殖する〝恋〟であり、それ自体が大衆の表層性の端的な表れだとすることもできるだろう。そして「小松葉子」の実体は、人格・個性の次元を越えて、「異様な恰好で、ころがつてゐる」「裸体」でしかない。「小松葉子」というおそらくは芸名でしかない意匠をかぶり、舞台にあげられる一女性としてのトータルな姿は、作中ついに語られることはないのである。

だがそれ以上に実体が隠されているのが男装の女である。「華族の令嬢」とも「女記者」とも言われながら、実体が定かでない影のようなこの女性は、廃屋となった「日活の撮影所」に石を投げつける存在だが、作品末尾、撮影のためのマグネシウムの光にありありとその狂気の姿が照し出された時、観衆の上に身を投じるのである。この時「私」をおそう「死と向ひあひの嘔吐」とは、虚構都市東京の抱える歪みに発する、昭和の精神の苦悶の相であるのかもしれない。

(山﨑正純)

○参考文献　佐々木基一・谷田昌平『堀辰雄　その生涯と文学』(花曜社、昭58・7)。神西清『堀辰雄文学の魅力』(踏青社、昭62・9)。高澤秀次『昭和精神の透視図』(現代書館、平3・3)。押野武志「堀辰雄『水族館』論——都市・欲望・身体」(『日本文芸論稿』第20号、平4・11。田口律男編『都市』、有精堂、平7・6に収録)。竹内清己『文学構造——作品のコスモロジー』(おうふう、平9・3)。

目羅博士

江戸川乱歩

1

私は探偵小説の筋を考えるために、方々をぶらつくことがあるが、東京を離れない場合は、たいてい行先がきまっている。浅草公園、花やしき、上野の博物館、同じく動物園、隅田川の乗合汽船、両国の国技館（あの丸屋根が往年のパノラマ館を連想させ、私をひきつける）。今もその国技館の「お化け大会」というやつを見て帰ったところだ。久しぶりで、「八幡の藪《やぶ》知らず」をくぐって、子供の時分のなつかしい思い出にふけることができた。

ところで、お話は、やっぱりその、原稿の催促がきびしくて家にいたたまらず、一週間ばかり東京市内をぶらついていたとき、ある日、上野の動物園で、ふと妙な人物に出合ったことからはじまるのだ。

もう夕方で、閉館時間が迫ってきて、見物たちはたいてい帰ってしまい、館内はひっそりかんと静まり返っていた。

芝居や寄席などでもそうだが、最後の幕はろくろく見もしないで、下足場の混雑ばかり気にしている江戸っ子気質はどうも私の気風に合わぬ。

動物園でもその通りだ。東京の人は、なぜか帰りいそぎをする。まだ門がしまったわけでもないのに、場内はガランとして、人けもない有様だ。

私はサルの檻の前に、ぼんやりたたずんで、つい今しがたまで雑沓していた、園内の異様な静けさを楽しんでいた。

サルどもも、からかってくれる相手がなくなったためか、ひっそりと淋しそうにしている。

あたりがあまりに静かだったので、しばらくして、ふと、うしろに人のけはいを感じた時には、何かしらゾッとしたほどだ。

それは髪を長く伸ばした、青白い顔の青年で、折目のつかぬ服を着た、いわゆる「ルンペン」という感じの人物であったが、顔付のわりには快活に、檻の中のサルにからかったりしはじめた。

よく動物園にくるものとみえて、サルをからかうのが手に入ったものだ。餌を一つやるにも、思う存分芸当をやらせて、さんざん楽しんでから、やっと投げ与えるというふうで、非常に面白いものだから、私はニヤニヤ笑いながら、いつまでもそれを見物していた。

「サルってやつは、どうして、相手のまねをしたがるのでしょうね」

男が、ふと私に話しかけた。彼はそのとき、蜜柑の皮を上に投げては受け取り、投げては受け取りしていた。檻の中の一匹のサルも彼と全く同じやり方で、蜜柑の皮を投げたり受け取ったりしていた。

私が笑ってみせると、男はまた言った。

「まねっていうことは、考えてみると怖いですね。神様が、サルにああいう本能をお与えなすったことがですよ」

私は、この男、哲学者ルンペンだなと思った。

「サルがまねするのはおかしいけど、人間がまねするのはおかしくありませんね。神様は人間にもサルと同じ本能を、いくらかお与えなすった。これは考えてみると怖いですよ。あなた、山の中で大ザルに出会った旅人の話をご存じですか」

男は話好きと見えて、だんだん口数が多くなる。私は、人見知りをするたちで、他人から話しかけられるのはあまり好きでないが、この男には妙な興味を感じだ。青白い顔とモジャモジャした髪の毛が、私をひきつけたのかもしれない。或いは、彼の哲学者ふうな話し方が気にいったのかもしれない。

「知りません。大ザルがどうかしたのですか」

私は進んで相手の話を聞こうとした。

「人里離れた深山でね、独り旅の男が、大ザルに出会ったのです。そして、脇ざしをサルに取られてしまったのですよ。サルはそれを抜いて、面白半分に振り廻してかかってくる。旅人は町人なので、一本とられてしまったら、もう刀はないものだから、命さえ危くなったのです」

夕暮のサルの檻《おり》の前で、青白い男が妙な話をはじめたという、一種の情景が私を喜ばせた。私は「フンフン」と合槌をうった。

「取り戻そうとするけれど、相手は木登りの上手なサルのことだから、手のつけようがないのです。だが、旅の男は、なかなか頓智のある人で、うまい方法を考えついた。彼はその辺に落ちていた木の枝を拾って、それを刀になぞらえ、いろいろな恰好をしてみせた。サルの方では、神様から人まねの本能を授けられている悲しさに、旅人の仕草を一々まねはじめたのです。そして、とうとう自殺をしてしまったのです。なぜって、旅人が、サルの興に乗ってきたところを見すまし、木の枝でしきりと自分の頸部をなぐって見せたからです。サルはそれをまねて抜身で自分の頸をなぐったから、たまりません。血を出して、血が出てもまだわれとわが頸をなぐりながら、絶命してしまったのです。旅人は刀を取り返した上に、大ザル一匹お土産ができたというお話ですよ。ハハハハハハ」

男は話し終って笑ったが、妙に陰気な笑い声であった。

「ハハハハハ、まさか」

私が笑うと、男はふとまじめになって、

「いいえ、ほんとうです。サルってやつは、そういう悲しい恐ろしい宿命を持っているのです。ためしてみましょうか」

男は言いながら、その辺に落ちていた木切れを、一匹のサルに投げ与え、自分はついていたステッキで頸を切るまねをして見せた。

すると、どうだ。この男よっぽどサルを扱い慣れていたと見え、サルは木切れを拾って、いきなり自分の頸をキュウキュウこすりはじめたではないか。

「ホラね、もしあの木切れが、ほんとうの刀だったらどうです。あの小ザル、とっくにお陀仏ですよ」

広い園内はガランとして、人っ子一人いなかった。茂った樹々の下蔭には、もう夜の闇が、陰気な隈を作っていた。私はなんとなく身内がゾクゾクしてきた。私の前に立っている青白い青年が普通の人間でなくて、魔法使いかなんかのように思われてきた。

「まねというものの恐ろしさがおわかりですか。人間だって同じですよ。人間だって、まねをしないではいられぬ、悲しい恐ろしい宿命を持って生まれているのですよ。タルドという社会学者は、人間生活を『模倣』の二字でかたづけようとしたほどではありませんか」

今はもう一々覚えていないけれど、青年はそれから、「模倣」の恐怖についていろいろと説をはいた。彼は又、鏡というものに、異常な恐れを抱いていた。

「鏡をじっと見つめていると、怖くなりやしませんか。僕はあんな怖いものはないと思いますよ。なぜ怖いか。鏡の向こう側に、もう一人の自分がいて、サルのように人まねをするからです」

そんなことを言ったのも覚えている。

動物園の閉門の時間がきて、係りの人に追い立てられて、私たちはそこを出たが、出てからも別れてしまわず、もう暮れきった上野の森を、話しながら、肩を並べて歩いた。

「僕知っているんです。あなた江戸川さんでしょう。探偵小説の」

暗い木の下道を歩いていて、突然そう言われたときに、私は又してもギョッとした。相手がえたいのしれぬ、恐ろしい男に見えてきた。と同時に、彼に対する興味も一段と加わってきた。

「愛読しているんです。近頃のは正直に言うと面白くないけれど。以前のは、珍らしかったせいか、非常に愛読したものですよ」

男はズケズケ物を言った。それも好もしかった。

「ああ、月が出ましたね」

青年の言葉は、ともすれば急激な飛躍をした。ふと、こいつ気ちがいではないかと疑われるほどであった。

「きょうは十四日でしたかしら。ほとんど満月ですね。降りそそぐような月光というのは、これでしょうね。月の光って、なんて変なものでしょう。月光が妖術を使うという言葉を、どっかで読みましたが、ほんとうですね。同じ景色が、昼間とはまるで違ってみえるではありませんか。あなたの顔だって、そうですよ。さっき、サルの檻の前に立っていらっしったあなたとは、すっかり別の人に見えますよ」

そう言って、ジロジロ顔を眺められると、私も変になって、相手の顔の、隈になった両眼が、黒ずんだ唇が、何かしら妙な怖いものに見え出したものだ。

「月といえば、鏡に縁がありますね。水月という言葉や、『月が鏡となればよい』という文句ができてきたのは、月と鏡と、どこか、共通点がある証拠ですよ。ごらんなさい、この景色を」

彼が指さす眼下には、いぶし銀のようにかすんだ、昼間の二倍の広さに見える不忍池《しのばずのいけ》がひろがっていた。

「昼間の景色がほんとうのもので、いま月光に照らされているのは、その昼間の景色が鏡に写っている、鏡の中の影だとは思いませんか」

青年は、彼自身も又、鏡の中の影のように、薄ぼんやりした姿で、ほの白い顔で、そんなことを言った。

「あなたは、小説の筋を探していらっしゃるのではありませんか。僕一つ、あなたにふさわしい筋を持っているのですが、僕自身の経験した事実談ですが、お話ししましょうか。聞いてくださいますか」

事実、私は小説の筋を探していた。しかし、そんなことは別にしても、この妙な男の経験談が聞いてみたいように思われた。今までの話し振りから想像しても、それは決して、ありふれた、退屈な物語ではなさそうに感じられた。

「聞きましょう。どこかで、ご飯でもつき合ってくださいませんか。静かな部屋で、ゆっくり聞かせてください」

私が言うと、彼はかぶりを振って、

「ご馳走を辞退するのではありません。僕は遠慮なんかしません。しかし、ぼくのお話は、明かるい電燈には不似合いです。あなたさえお構いなければ、ここで、ここの捨て石に腰かけて、妖術使いの月光をあびながら、巨大な鏡に映った不忍池を眺めながら、お話ししましょう。そんなに長い話ではないのです」

私は青年の好みが気に入った。そこで、あの池を見はらす高台の、林の中の捨て石に、彼と並んで腰をおろし、青年の異様な物語を聞くことにした。

2

「ドイルの小説に、『恐怖の谷』というのがありましたね」

青年は唐突にはじめた。

「あれは、どっかのけわしい山と山が作っている峡谷のことでしょう。だが、恐怖の谷は何も自然の峡谷ばかりではありませんよ。この東京のまん中の、丸の内にだって恐ろしい谷間があるのです。

高いビルディングとビルディングとのあいだにはさまっている細い道路。そこは自然の峡谷よりも、ずっと嶮しく、ずっと陰気です。文明の作った幽谷です。科学の作った谷底です。その谷底の道路から見た、両側の六階七階の殺風景なコンクリート建築は、自然の断崖のように、青葉もなく、季節々々の花もなく、眼に面白いでこぼこもなく、文字通り斧でたち割った、巨大な鼠色の裂け目にすぎません。見上げる空は帯のように細いのです。日も月も、一日のあいだにホンの数分間しか、まともには照らないのです。その底からは昼間でも星が見えるくらいです。不思議な冷たい風が、絶えず吹きまくっています。

そういう峡谷の一つに、大地震以前まで、僕は住んでいたのです。建物の正面は丸の内のS通りに面していました。正面は明かるくて立派なのです。しかし、一度背面に廻ったら、別のビルディングと背中合わせで、お互いに殺風景な、コンクリート丸出しの、窓のある断崖が、たった二間幅ほどの通路をはさんで、向き合っています。都会の幽谷というのは、つまりその部分なのです。

ビルディングの部屋々々は、たまには住宅兼用の人もありましたが、たいていは昼間だけのオフィスで、夜はみな帰ってしまいます。昼間賑やかなだけに、夜の淋しさといったらありません。丸の内のまん中で、フクロウが鳴くかと怪しまれるほど、ほんとうに深山の感じです。例のうしろ側の峡谷も、夜こそ文字通り峡谷です。

僕は、昼間は玄関番を勤め、夜はそのビルディングの地下室で寝泊まりしていました。四、五人泊まり込みの仲間があったけれど、僕は絵が好きで、暇さえあれば独りぼっちで、カンバスを塗りつぶしていました。自然ほかの連中とは口も利かないような日が多かったのです。

その事件が起こったのは、今いううしろ側の峡谷なのですから、そこの有様を少しお話ししておく必要があります。そこには建物そのものに、実に不思議な、気味のわるい暗合があったのです。暗合にしては、あんまりぴったり一致しすぎているので、僕はその建物を設計した技師の、気まぐれないたずらではないかと思ったものです。

というのは、その二つのビルディングは、同じくらいの大きさで、両方とも五階でしたが、表側や、側面《そくめん》は、壁の色なり装飾なり、まるで違っているくせに、峡谷のがわの背面だけは、どこからどこまで、寸分違わぬ作りになっていたのです。屋根の形から、鼠色の壁の色から、各階に四つずつひらいている窓の構造から、まるで写真に写したようにそっくりなのです。もしかしたら、コンクリートのひび割れまで、同じ形をしていたかもしれません。

その峡谷に面した部屋は、一日に数分間（というのはちと大げさですが）まあほんの瞬くひましか日がささぬので、自然借り手がつかず、殊に一ばん不便な五階などは、いつも空き部屋になっていましたので、僕は暇なときには、カンバスと絵筆を持って、よくその空き部屋へ入り込んだものです。そして、窓からのぞくたびごとに、向こうの建物が、まるでこちらの写真のように、よく似ていることを、無気味に思わないではいられませんでした。何か恐ろしい出来事の前兆みたいに感じられたのです。

そして、その僕の予感が、間もなく的中する時がきたではありませんか。五階の北の端の窓で、首くくりがあったのです。しかも、それが、少し時を隔てて、三度もくり返されたのです。

最初の自殺者は、中年の香料ブローカーでした。その人ははじめ事務所を借りにきたときから、なんとなく印象的な人物でした。商人のくせに、どこか商人らしくない、陰気な、いつも何か考えているような男でした。この人はひょっとしたら、裏側の峡谷に面した、日のささぬ部屋を借りるかもしれないと思っていると、案の定、そこの五階の北の端の、一ばん人里離れた（ビルディングの中で、人里はおかしいですが、いかにも人里離れたという感じの部屋でした）一ばん陰気な、したがって室料も一ばん廉い二た部屋つづきの室を選んだのです。

そうですね、引っ越してきて、一週間もいましたかね、とにかく極く僅かのあいだでした。

その香料ブローカーは、独身者だったので、一方の部屋を寝室にして、そこへ安物のベッドを置いて、夜は、例の幽谷を見おろす、陰気な断崖の、人里離れた岩窟のようなその部屋に、独りで寝泊まりしていました。そして、ある月のよい晩のこと、窓のそとに出っ張っている、電線引込み用の小さな横木に細引をかけて、首をくくって自殺をしてしまったのです。

　朝になって、その辺一帯を受け持っている道路掃除の人夫が、遙か頭の上の、断崖のてっぺんにブランブラン揺れている縊死《いし》者を発見して、大騒ぎになりました。

　彼がなぜ自殺をしたのか、結局わからないままに終りました。いろいろ調べてみても、別段事業が思わしくなかったわけでも、借金に悩まされていたわけでもなく、独身者のことゆえ、家庭的な煩悶があったというでもなく、そうかといって、痴情の自殺、例えば失恋というようなことでもなかったのです。

『魔がさしたんだ、どうも、最初きた時から、妙に沈み勝ちな、変な男だと思った』

　人々はそんなふうにかたづけてしまいました。一度はそれですんでしまったのです。ところが、間もなく、その同じ部屋に、次の借り手がつき、その人は寝泊まりしていたわけではありませんが、ある晩徹夜の調べものをするのだといって、その部屋にとじこもっていたかと思うと、翌朝は、またブランコ騒ぎです。全く同じ方法で、首をくくって自殺をとげたのです。

　やっぱり、原因は少しもわかりませんでした。今度の縊死者は、香料ブローカーと違って、極く快活な人物で、その陰気な部屋を選んだのも、ただ室料が低廉だからという単純な理由からでした。

　恐怖の谷にひらいた呪いの窓。その部屋へはいると、なんの理由もなく、ひとりでに死にたくなってくるのだという怪談めいた噂が、ヒソヒソとささやかれました。

　三度目の犠牲者は、普通の部屋借り人ではありませんでした。そのビルディングの事務員に、一人の豪傑がいて、おれが一つためしてみると言い出したのです。化物屋敷を探検でもするような意気込みだったのです」

　青年が、そこまで話しつづけたとき、私は少々彼の物語に退屈を感じて、口をはさんだ。

「で、その豪傑も同じように首をくくったのですか」

青年はちょっと驚いたように、私の顔を見たが、

「そうです」

と不快らしく答えた。

「一人が首をくくると、同じ場所で、何人も何人も首をくくる。つまりそれが、模倣の本能の恐ろしさだということになるのですか」

「ああ、それで、あなたは退屈なすったのですね。違います。違います。そんなつまらないお話ではないのです」

青年はホッとした様子で、私の思い違いを訂正した。

「魔の踏切りで、いつも人死にがあるというような、あの種類の、ありふれたお話ではないのです」

「失敬しました。どうか先をおつづけください」

私はいんぎんに、私の誤解をわびた。

3

「事務員は、たった一人で、三晩というものその魔の部屋で夜あかしをしました。しかし何事もありません。彼は悪魔払いでもした顔で大威張りです。そこで、僕は言ってやりました。『あなたの寝た晩は、三晩とも、曇っていたじゃありませんか。月が出なかったじゃありませんか』とね」

「ホホウ、その自殺と月とが、何か関係でもあったのですか」

私はちょっと驚いて、聞き返した。

「ええ、あったのです。最初の香料ブローカーも、その次の部屋借り人も、月の冴えた晩に死んだことを、僕は気づ

いていました。月が出なければ、あの自殺は起こらないのだ。それも狭い峡谷に、ほんの数分間、白銀色の妖光がさし込んでいる、そのあいだに起こるのだ。月光の妖術なのだ。と僕は信じきっていたのです」

青年は言いながら、おぼろに白い顔を上げて、月光に包まれた脚下の不忍池を眺めた。

そこには、青年のいわゆる巨大な鏡に写った、池の景色が、ほの白く、妖しげに横たわっていた。

「これです。この不思議な月光の魔力です。月光は、冷たい火のような、陰気な激情を誘発します。人の心が燐のように燃えあがるのです。その不可思議な激情が、例えば『月光の曲』を生むのです。詩人ならずとも、月に無常を教えられるのです。『芸術的狂気』という言葉が許されるならば、月は人を『芸術的狂気』に導くものではありますまいか』

青年の話術が、少々ばかり私を辟易させた。

「で、つまり、月光が、その人たちを縊死させたとおっしゃるのですか」

「そうです。半ばは月光の罪でした。しかし、月の光がただちに人を自殺させるわけはありません。もしそうだとすれば、今、こうして満身に月の光をあびている私たちはもうそろそろ、首をくくらねばならぬ時分ではありますまいか」

鏡に写ったように見える青白い青年の顔が、ニヤニヤと笑った。私は、怪談を聞いている子供のようなおびえを感じないではいられなかった。

「その豪傑事務員は、四日目の晩も、魔の部屋で寝たのです。そして、不幸なことには、その晩は月が冴えていたのです。

私は真夜中に、地下室の蒲団の中で、ふと眼をさまし、高い窓からさし込む月の光を見て、何かしらハッとして、思わず起き上がりました。そして、寝間着のまま、エレベーターの横の狭い階段を、夢中で五階まで駈けのぼったのです。真夜中のビルディングが、昼間の賑やかさに引きかえて、どんなに淋しく、物凄いものだか、ちょっと御想像もつきますまい。何百という小部屋を持った、大きな墓場です。話に聞く、ローマのカタコムです。全くのくら闇ではなく、廊下の要所々々には、電燈がついているのですが、そのほの暗い光が一層恐ろしいのです。

やっと五階の、例の部屋にたどりつくと、私は、夢遊病者のように、廃墟のビルディングをさまよっている自分自身が怖くなって、狂気のようにドアを叩きました。その事務員の名を呼びました。

だが、中からはなんの答えもないのです。私自身の声が、廊下にこだまして、淋しく消えて行くほかには。

引手を廻すと、ドアはなんなくあきました。室内には、隅の大テーブルの上に、青い傘の卓上電燈が、しょんぼりとついていました。その光で見廻しても、誰もいないのです。ベッドはからっぽなのです。そして、例の窓が、一杯にひらかれていたのです。

窓のそとには、向こう側のビルディングが、五階の半ばから屋根にかけて、逃げ去ろうとする月光の、最後の光をあびて、おぼろ銀に光っていました。こちらの窓の真向こうにそっくり同じ形の窓が、やっぱりあけはなされて、ポッカリと黒い口をあいています。何もかも同じなのです。それが怪しい月光に照らされて、一層そっくりに見えるのです。

僕は恐ろしい予感にふるえながら、それを確かめるために、窓のそとへ首をさし出したのですが、すぐその方を見る勇気がないものだから、先ず遙かの谷底を眺めました。月光は向こう側の建物のホンの上部を照らしているばかりで、建物と建物との作るはざまは、まっ暗に奥底も知れぬ深さに見えるのです。

それから、僕は、いうことを聞かぬ首を、無理に、ジリジリと、右の方へねじむけて行きました。建物の壁は、蔭になっているけれど、向こう側の月あかりが反射して、物の形が見えぬほどではありません。ジリジリと眼界を転ずるにつれて、果たして、予期していたものが、そこに現われてきました。黒い洋服を着た男の足です。ダラリと垂れた手首です。伸びきった上半身です。深くくびれた頸です。二つに折れたように、ガックリと垂れた頭です。豪傑事務員は、やっぱり月光の妖術にかかって、そこの電線の横木に首を吊っていたのでした。

僕は大急ぎで、窓から首を引っこめました。僕自身妖術にかかっては大変だと思ったのかもしれません。ところが、その時です。首を引っこめようとして、ヒョイと向こう側を見ると、そこの、同じようにあけはなされた窓から、まっ黒な四角な穴から、人間の顔がのぞいていたではありませんか。その顔だけが月光を受けて、クッキリと浮き上がっていたのです。月の光の中でさえ、黄色く見える、しぼんだような、むしろ畸形な、いやないやな顔でした。そいつが、じっとこちらを見ていたではありませんか。

僕はギョッとして、一瞬間、立ちすくんでしまいました。あまり意外だったからです。なぜといって、まだお話ししなかったかもしれませんが、その向こう側のビルディングは所有者と、担保に取った銀行とのあいだにもつれた裁判事件が起こっていて、その当時は、全く空き家になっていたからです。人っ子一人住んでいなかったからです。

真夜中の空き家に人がいる。しかも、問題の首吊りの窓の真正面の窓から、黄色い、物の怪《け》のような顔をのぞかせている。ただごとではありません。もしかしたら、僕は幻を見ているのではないかしら。そして、あの黄色いやつの妖術で、今にも首が吊りたくなるのではないかしら。

ゾーッと、背中に水をあびたような恐怖を感じながらも、僕は向こう側の黄色いやつから眼を離しませんでした。よく見ると、そいつは痩せ細った、小柄の、五十ぐらいの爺さんなのです。爺さんはじっと僕の方を見ていましたが、やがて、さも意味ありげに、ニヤリと大きく笑ったかと思うと、ふっと窓の闇の中へ見えなくなってしまいました。その笑い顔のいやらしかったこと、まるで相好が変って、顔じゅうが皺くちゃになって、口だけが、裂けるほど、左右に、キューッと伸びたのです」

4

「翌日、同僚や、別のオフィスの小使い爺さんなどに尋ねてみましたが、あの向こう側のビルディングは空き家で、夜は番人さえいないことが明らかになりました。やっぱり僕は幻を見たのでしょうか。

三度もつづいた、全く理由のない、奇怪千万な自殺事件については、警察でも、一応は取調べましたけれど、自殺ということは、一点の疑いもないのですから、ついそのままになってしまいました。しかし僕は理外の理を信じる気にはなれません。あの部屋で寝るものが、揃いも揃って、気ちがいになったというような荒唐無稽な解釈では満足ができません。あの黄色いやつが曲者だ。あいつが三人の者を殺したのだ。ちょうど首吊りのあった晩、同じ真向こうの窓から、あいつがのぞいていた。そして、意味ありげにニヤニヤ笑っていた。そこに何かしら恐ろしい秘密が伏在しているのだ。僕はそう思いこんでしまったのです。

ところが、それから一週間ほどたって、僕は驚くべき発見をしました。

ある日の事、使いに出た帰りがけ、例の空きビルディングの表側の大通りを歩いていますと、そのビルディングのすぐ隣に、三菱何号館とかいう、古風な煉瓦作りの、小型の、長屋風の貸事務所が並んでいるのですが、そのとある一軒の石段をピョイピョイと飛ぶように登って行く、一人の紳士が、僕の注意を惹いたのです。

それはモーニングを着た、小柄の、少々猫背の老紳士でしたが、横顔にどこか見覚えがあるような気がしたので、立ち止まって、じっと見ていますと、紳士は事務所の入口で、靴をふきながら、ヒョイと僕の方を振り向いたのです。僕はハッとばかり、息が止まるような驚きを感じました。なぜって、その立派な老紳士が、いつかの晩、空きビルディングの窓からのぞいていた黄色い顔の怪物と、そっくりそのままだったからです。

紳士が事務所の中へ消えてしまってから、そこの金看板を見ると、目羅眼科、目羅聊斎《めらりょうさい》としるしてありました。僕はその辺にいた小使いを捉えて、今はいって行ったのが目羅博士その人であることを確かめました。

医学博士ともあろう人が、真夜中、空きビルディングに入りこんで、しかも首吊り男を見てニヤニヤ笑っていたという、この不可思議な事実を、どう解釈したらよいのでしょう。僕は烈しい好奇心を起こさないではいられませんでした。それからというもの、僕はそれとなく、できるだけ多くの人から、目羅聊斎の経歴なり、日常生活なりを聞き出そうとつとめました。

目羅氏は古い博士のくせに、あまり世にも知られず、お金儲けも上手でなかったとみえ、老年になっても、そんな貸事務所などで開業していたくらいですが、非常な変り者で、患者の取扱いなども、いやに不愛想で、時としては気違いめいて見えることさえあるということでした。奥さんも子供もなく、ずっと独身で通して、今もその事務所を住まいに兼用して、そこに寝泊まりしているということもわかりました。又、彼は非常な読書家で、専門以外の古めかしい哲学書だとか、心理学や犯罪学などの書物を、たくさん持っているという噂も聞き込みました。

『あすこの診察室の奥の部屋にはね、ガラス箱の中に、ありとあらゆる形の義眼がズラリと並べてあって、その何百というガラスの眼玉が、じっとこちらを睨んでいるのだよ。義眼もあれだけ並ぶと、実に気味のわるいものだね。それから、眼科にあんなものがどうして必要なのか、骸骨だとか、等身大の蠟人形などが、二つも三つも、ニョキニョキと立っているのだよ』

僕のビルディングの或る商人が、目羅氏の診察を受けたときの奇妙な経験を聞かせてくれました。

僕はそれから、暇さえあれば、博士の動静に注意をおこたりませんでした。また一方、空きビルディングの例の五階の窓も、時々こちらからのぞいてみましたが、別段変ったこともありません。黄色い顔は一度も現われなかったのです。

どうしても目羅博士が怪しい。あの晩、向こう側の窓から覗いていた黄色い顔は博士に違いない。だが、どう怪しいのだ。もしあの三度の首吊りが自殺でなくて、目羅博士の企らんだ殺人事件であったと仮定しても、では、なぜ、いかなる手段によって、と考えてみると、パッタリ行詰まってしまうのです。それでいて、やっぱり目羅博士が、あの事件の加害者のように思われて仕方がないのです。

毎日々々僕はそのことばかり考えていました。ある時は、博士の事務所の裏の煉瓦塀によじ登って、窓越しに、博士の私室をのぞいたこともあります。その私室に、例の骸骨だとか、蠟人形だとか、義眼のガラス箱などが置いてあったのです。

でも、どうしてもわかりません、峡谷を隔てた向こう側のビルディングから、どうしてこちらの部屋の人間を、自由にすることができるのか、わかりようがないのです。催眠術？　いや、それはだめです。死というような重大な暗示は、全く無効だと聞いています。

ところが、最後の首吊りがあってから、半年ほどたって、やっと僕の疑いを確かめる機会がやってきました。例の魔の部屋に借り手がついたのです。借り手は大阪からきた人で、怪しい噂を少しも知りませんでしたし、ビルディングの事務所にしては、少しでも室料の稼ぎになることですから、何も言わないで貸してしまったのです。まさか、半年もたった今ごろ、また同じことがくり返されようとは、考えもしなかったのでしょう。

しかし、少なくも僕だけは、この借り手も、きっと首を吊るに違いないと信じきっていました。そして、どうかして、僕の力で、それを未然に防ぎたいと思ったのです。

僕は、その日から、仕事はそっちのけにして、目羅博士の動静ばかりうかがっていました。そして、僕はとうとう、それを嗅ぎつけたのです。博士の秘密を探り出したのです」

5

「大阪の人が引越してきてから、三日目の夕方のこと、博士の事務所を見張っていた僕は、彼が何か人眼を忍ぶようにして、往診の鞄も持たず、徒歩で外出するのを見のがしませんでした。むろん尾行したのです。すると、博士は意外にも、近くの大ビルディングの中にある、有名な洋服店にはいって、たくさんの既製品の中から、一着の背広服を選んで買い求め、そのまま事務所へ引き返しました。

いくらはやらぬ医者だからといって、博士自身がレディメードを着るはずはありません。といって、助手に着せる服なれば、何も主人の博士が、人眼を忍んで買いに行くことはないのです。こいつは変だぞ。一体あの洋服は何に使うのだろう。僕は博士の消えた事務所の入口を、うらめしそうに見守りながら、しばらくたたずんでいましたが、ふと気がついたのは、さっきお話しした、裏の塀に登って、博士の私室を隙見することです。ひょっとしたら、あの部屋で、何かしているのが見られるかもしれないと思うと、僕はもう、事務所の裏側へ駈け出していました。

塀にのぼって、そっとのぞいてみると、やっぱり博士はその部屋にいたのです。しかも、実に異様なことをやっているのが、ありありと見えたのです。

黄色い顔のお医者さんが、そこで何をしていたと思います。蠟人形にね、ホラ、さっきお話しした等身大の蠟人形ですよ。あれに、いま買ってきた洋服を着せていたのです。それを何百というガラスの眼玉が、じっと見つめていたのです。

探偵小説家のあなたには、ここまでいえば、何もかもおわかりになったことでしょうね。僕もその時ハッと気がついたのです。そして、その老医学者のあまりにも奇怪な着想に、驚嘆してしまったのです。

蠟人形に着せられた既製洋服は、なんと、あなた、色合いから縞柄まで、例の魔の部屋の新らしい借り手の洋服と、寸分違わなかったではありませんか。博士は、それを、たくさんの既製品の中から探し出して、買ってきたのです。

もうぐずぐずしてはいられません。ちょうど月夜の時分でしたから、今夜にも、あの恐ろしい椿事が起こるかもしれないのです。なんとかしなければ、なんとかしなければ。僕は地だんだを踏むようにして、頭の中を探し廻りました。そしてハッと、われながら驚くほどの、すばらしい手段を思いついたのです。あなたもきっと、それをお話ししたら、手を打って感心してくださるでしょうと思います。

僕はすっかり準備をととのえて夜になるのを待ち、大きな風呂敷包みを抱えて、魔の部屋へと上がって行きました。新来の借り手は、夕方には自宅へ帰ってしまうので、ドアに鍵がかかっていましたが、用意の合鍵でそれをあけて部屋にはいり、机によって、夜の仕事に取りかかるふうを装いました。例の青い傘の卓上電燈が、その部屋の借り手になりすました私の姿を照らしています。服は、その人のものとよく似た縞柄のを、同僚の一人が持っていましたので、僕はそれを借りて着こんでいたのです。髪の分け方なども、その人に見えるように注意しました。そして、例の窓に背中を向けてじっとしていたのです。

いうまでもなく、それは、向こうの窓の黄色い顔のやつに、僕がそこにいることを知らせるためですが、僕の方からは、決してうしろを振り向かぬようにして、相手に存分隙を与える工夫をしました。

三時間もそうしていたでしょうか。果たして僕の想像が的中するかしら。そして、こちらの計画がうまく奏効するだろうか。実に待ち遠しい、ドキドキする三時間でした。もう振り向こうか、振り向こうかと、辛抱がしきれなくなって、幾度頸を廻しかけたかもしれません。が、とうとうその時がきたのです。

腕時計が十時十分を指していました。ホウ、ホウと二た声、フクロウの鳴き声が聞こえたのです。ははあ、これが合図だな。フクロウの鳴き声で、窓のそとをのぞかせる工夫だな。丸の内のまん中でフクロウの声がすれば、誰しものぞいてみたくなるだろうからな。と悟ると、僕はもう少しもためらわず、椅子を立って、窓際へ近寄り、ガラス戸をひらきました。

　向こう側の建物は、一杯に月の光をあびて、銀鼠色に輝いていました。前にもお話しした通り、それがこちらの建物と、そっくりそのままの構造なのです。なんという変な気持でしょう。こうしてお話ししたのでは、とても、あの気違いめいた気持ちはわかりません。突然、眼界一杯の、べら棒に大きな、鏡の壁ができた感じです。その鏡に、こちらの建物がそのまま写っている感じです。構造の相似《そうじ》の上に、月光の妖術が加わって、そんなふうに見せるのです。

　僕の立っている窓は、真正面に見えています。ガラス戸のあいているのも同じです。それから僕自身は……オヤ、この鏡は変だぞ。僕の姿だけ、のけものにして、写してくれないのかしら……ふとそんな気持になるのです。ならないではいられぬのです。そこに身の毛もよだつ陥穽があるのです。

　はてな、おれはどこへ行ったのかしら。確かにこうして、窓際に立っているはずだが。キョロキョロと向こうの窓を探します。探さないではいられぬのです。

　すると、僕は、ハッと、僕自身の影を発見します。しかし、窓の中ではありません。そとの壁の上にです。電線用の横木から、細引でぶら下がった自分自身をです。『ああ、そうだったか。おれはあすこにいたのだった』

　こんなふうに話すと、滑稽に聞こえるかもしれませんね。あの気持は口ではいえません。悪夢です。そうです。悪夢の中で、そうするつもりはないのに、ついそうなってしまうあの気持です。鏡を見ていて、自分は眼をあいているのに、鏡の中の自分が、眼をとじていたとしたら、どうでしょう。自分も同じように眼をとじないではいられなくなるではありませんか。

　で、つまり鏡の影と一致させるために、僕は首を吊らずにはいられなくなるのです。向こう側では自分自身が首を吊っている。それに、ほんとうの自分が、安閑《あんかん》と立ってなぞいられないのです。

　首吊りの姿が、少しも恐ろしくも醜くも見えないのです。ただ美しいのです。

絵なのです。自分もその美しい絵になりたい衝動を感じるのです。

もし月光の妖術の助けがなかったら、目羅博士のこの幻怪なトリックは、全く無力であったかもしれません。

むろんおわかりのことと思いますか、博士のトリックというのは、例の蠟人形に、こちらの部屋の住人と同じ洋服を着せて、こちらの電線横木と同じ場所に木切れをとりつけ、そこへ細引でブランコをさせて見せるという、簡単な事柄にすぎなかったのです。

全く同じ構造の建物と妖しい月光とが、それにすばらしい効果を与えたのです。

このトリックの恐ろしさは、あらかじめ、それを知っていた僕でさえ、うっかり窓わくへ片足をかけて、ハッと気がついたほどでした。

僕は麻酔からさめるときと同じ、あの恐ろしい苦悶と戦いながら、用意の風呂敷包みをひらいて、じっと向こうの窓を見つめていました。

待ち遠しい数秒間……だが、僕の予想は的中しました。僕の様子を見るために、向こうの窓から、例の黄色い顔が、すなわち目羅博士が、ヒョイとのぞいたのです。

待ち構えていた僕です。その一刹那《せつな》を捉えないでどうするものですか。

風呂敷の中の物体を、両手で抱き上げて、窓わくの上へチョコンと腰かけさせました。

それが何であったか、ご存じですか。やっぱり蠟人形なのですよ。僕は、例の洋服屋からマネキン人形を借り出してきたのです。それに、モーニングを着せておいたのです。目羅博士が常用しているのと、同じようなやつをね。

そのとき月光は谷底近くまでさしこんでいましたので、その反射で、こちらの窓も、ほの白く、物の姿はハッキリ見えたのです。

僕は果たし合いのような気持で、向こうの窓の怪物を見つめていました。畜生、これでもか、これでもかと心の中で念じながら。

するとどうでしょう。人間はやっぱりサルと同じ宿命を、神様から授かっていたのです。

目羅博士は、彼自身が考え出したトリックと、同じ手にかかってしまったのです。小柄の老人は、みじめにも、ヨチヨチと窓わくをまたいで、こちらのマネキンと同じように、そこへ腰かけたではありませんか。

僕は人形使いでした。

マネキンのうしろに立って、手を上げれば、向こうの博士も手を上げました。

足を振れば、博士も振りました。

そして、次に、僕が何をしたと思います。

ハハハハ、人殺しをしたのですよ。

窓わくに腰かけているマネキンを、うしろから、力一杯つきとばしたのです。人形はカランと音を立てて、窓のそとへ消えました。

と、ほとんど同時に、向こう側の窓からも、こちらの影のように、モーニング姿の老人が、スーッと風を切って、遥かの谷底へと、墜落して行ったではありませんか。

そして、クシャという、物をつぶすような音が、かすかに聞こえてきました……目羅博士は死んだのです。

僕はかつての夜、黄色い顔が笑ったような、あの醜い笑いを笑いながら、右手に握っていた紐を、たぐりよせました。スルスルと、紐について、借り物のマネキン人形が、窓わくを越して、部屋の中へ帰ってきました。

それを下へ落としたままにしておいて、殺人の嫌疑をかけられては大変ですからね」

語り終って、青年は、その黄色い顔の博士のように、ゾッとする微笑を浮かべて、私をジロジロと眺めた。

「目羅博士の殺人の動機ですか。それは探偵小説家のあなたには申し上げるまでもないことです。なんの動機がなくても、人は殺人のために殺人を犯すものだということを知り抜いていらっしゃるあなたにはね」

青年はそう言いながら、立ち上がって、私の引き留める声も聞こえぬ顔に、サッサと向こうへ歩いて行ってしまった。

私は、もやの中へ消えて行く、彼のうしろ姿を見送りながら、さんさんと降りそそぐ月光をあびて、ボンヤリと捨て石に腰かけたまま動かなかった。

青年と出会ったことも、彼の物語も、はては青年その人さえも、彼のいわゆる「月光の妖術」が生み出した、あやしき幻ではなかったのかと、あやしみながら。

○テキスト　初出は「文芸倶楽部」一九三一（昭6）年四月臨増。著者自身の校訂による桃源社版『江戸川乱歩全集』第十巻（昭37・6）収録時に「目羅博士」と改題。テキストには『江戸川乱歩全集』第八巻（講談社、昭54・5）所収の本文を収録した。

○解説　昭和六年、通俗的な長編小説をあいついで連載していった時期に書かれた異色の短編。乱歩本人を思わせる「私」が上野の動物園の「サルの檻」の前で見知らぬ青年に話し掛けられる。「近頃のは正直に言うと面白くない」とズケズケものを言われる設定は、当時の乱歩の自己認識を窺わせ、作家論的な位置付けがまず問題となろう。

青年は不忍池の畔で、丸ノ内のビルディング街の「文明の作った幽谷」で起こった謎の連続自殺の話を語る。桃源社版『江戸川乱歩全集』の「自註自解」によれば、「この連続自殺の着想はエーヴェルスの「蜘蛛」という短篇から借りたものだが、全体の筋は私自身の考えによっている」とのこと。サルの「模倣」の話から、「鏡」→「池」→「月」とイメージ連関がはかられ、眼科医の目羅博士が「月光の妖術」を利用して企てた犯罪へと話は向う。まさしく乱歩的な「目」への拘り、「覗き」の物語は、「屋根裏の散歩者」（大14・8）「鏡地獄」（大15・10）などの名短編を自然と思い起させ、また、「人形」を用いたトリックは「白昼夢」（大14・7）「人でなしの恋」（大15・1）などへ、さらには乱歩に影響を与えた谷崎潤一郎の「金色の死」（大3・12）「青塚氏の話」（大15・9～12）へと連想が広がってゆこう。佐藤春夫「月かげ」（大7・3）、宮沢賢治「月夜のでんしんばしら」（大13・12）、梶井基次郎「Kの昇天」（大15・10）、稲垣足穂『天体嗜好症』（昭3・5）、牧野信一「吊籠と月光と」（昭5・3）など「月」の光に包まれた同時代の作品群と対照してみるのも興味深い。中井英夫は「昭和も一と桁ぐらいまでの月には、いまと違ってもっと重厚な光、それでいて囁きを伴って降るという感じの光があったような気がする」と述べているが、ルーナチックな幻想小説の系譜を踏まえて、繊細優雅なテクストの構造を解明する必要がある。

舞台となる丸ノ内ビルディング街は、そもそもは明治二十三年に三菱が政府から購入した土地で、当時は何もなく三菱カ原と呼ばれていた。三菱は西洋的なオフィスビル街を目指し、厳しい建築制限を設けたため、明治二十五年の三菱第一号館竣工以後少しずつ近代的な建築物のみが出現することとなった。とりわけ、第一次大戦後の好景気前後から、日本初の近代的設備を備えた貸室専門ビルである三菱第二十一号館（大3）、アメリカ建築の粋を採ったという白亜の七階立ての海上ビルディング（大7）などが竣工され、大正十二年二月には西条八十作詞の「東京行進曲」にも歌われた「丸ビル」こと丸ノ内ビルディングが完成。同年九月の関東大震災前には丸ノ内のビルディング総数は六十三棟に達していた（『縮刷丸の内今と昔』、三菱地所株式会社、昭27・11）。これらのビル内の部屋の多くは貸事務所として利用され、昼は繁雑なオフィス街だが、夜は人気が途絶えることになる。また丸ビルで三十年眼科医を開業した小川守三の回想によれば「地所会社はオフィスの貸借に際しましては難しい調査をした上で契約したのですから、丸ビル在住者はいやがうえにも社会的に優良である事は、一般の等しく認める処」（『丸ビル三十年　メガネをかける人々へ』、東京眼鏡院出版部、昭31・9）だったという。明朗健全なエリートたちの「昼」の空間を「夜」の側から照射したところから、このテクストの都市小説としての位相を見定める手掛かりが見出だされるのではないか。

しかし、この小説の語り手＝聞き手である「私」は、丸ノ内ビルディング街の住人たちとは裏腹に、「浅草公園、花やしき、上野の博物館、同じく動物園、隅田川の乗合汽船、両国の国技館」といった下町空間をぶらつく都市散策者であった。例えば「浅草公園」が重要な舞台となる「一寸法師」（大15・2〜昭2・2）が、「上野の博物館」での出会いから始まり「隅田川の乗合汽船」で死体が発見される「陰獣」（昭3・8〜10）が思い起こされよう。ただ、乱歩テクストにおける「東京」の問題は、舞台として選ばれた特定地域のみが大事ではなく、「東京」の地勢学的トポス全体が問題とされなければならない。浅草の十二階（凌雲閣）に関わる物語を内包した「押絵と旅する男」（昭4・6）の老人が山間の駅の「闇の中」に消えていったように、この入れ子型小説でも、動機なき殺人の顛末を語り終えた青年は、不忍池の畔にひとり「私」をとり残して「もやの中」へと去ってゆく。語りの「枠」の問題とも関わらせながら、この「大地震以前」の東京を内包させたテクスト構造を問うことが重要なはずだ。それは「二銭銅貨」（大12・4）を皮切りに、都市人口の肥大化に伴って登場した「退屈」でしかたがない「遊民」たち（その典型の一人が「D坂の殺人事件」（大14・1）の「探偵」明智小五郎だった）の肖像、彼らの夢想と恐怖に満ちた物語を紡ぐことから出発した乱歩文学が、昭和になってどう変質を余儀なくされたかを考えることにもつながってゆくことだろう。

さらに、ドイツ表現主義映画『カリガリ博士』（1919）から夢野久作『ドグラ・マグラ』（昭10・1）へと連なるマッド・サイエンティストの系譜のなかで考えてみるのも面白いかも知れない。古来「月」と「狂気」は伝承や物語の中で強く結びついてきたが、今日の「科学」的言説においてもその連鎖は問われ続けている。

（吉田司雄）

○参考文献　中井英夫「解説――乱歩変幻」（日本探偵小説全集2『江戸川乱歩集』、東京創元社、昭59・10）。松山巖『乱歩と東京』（PARCO出版局、昭59・10、のちちくま学芸文庫に収録）。金井景子「迷宮としての都市」（『講座昭和文学史』第一巻、有精堂、昭63・2）。松村喜雄『乱歩おじさん』（晶文社、平4・9）。冨田均『乱歩「東京地図」』（作品社、平9・6）。

木の都

織田作之助

大阪は木のない都だといわれているが、しかし私の幼時の記憶は不思議に木と結びついている。

それは、生国魂《いくたま》神社の境内の、巳《み》さんが棲んでいるといわれて怖くて近寄れなかった樟の老木であったり、北向八幡の境内の蓮池に落《はま》った時に濡れた着物を干した銀杏の木であったり、中寺町のお寺の境内の蝉の色を隠した松の老木であったり、源聖寺《げんしょうじ》坂や口縄《くちなわ》坂を緑の色で覆うていた木木であったり、――私はけっして木のない都で育ったわけではなかった。大阪はすくなくとも私にとっては木のない都ではなかったのである。

試みに、千日前界隈の見晴らしの利く建物の上から、はるか東の方を、北より順に高津《こうず》の高台、生玉の高台、夕陽丘の高台と見て行けば、何百年の昔からの静けさをしんと底にたたえて鬱蒼たる緑の色が、煙と埃に濁った大気の中になお失われずにそこにあることがうなずかれよう。

そこは俗に上町とよばれる一角である。上町に育った私たちは船場、島ノ内、千日前界隈へ行くことを、「下へ行く」といっていたけれども、しかし俗にいう下町に対する意味での上町ではなかった。高台にある町ゆえに上町とよばれたまでで、ここには東京の山の手といったような意味も趣きもなかった。これらの高台の町は、寺院を中心に生れた町であり、「高き屋に登りてみれば」と仰せられた高津宮の跡をもつ町であり、町の品格は古い伝統の高さに静まりかえっているのを貴しとするのが当然で、事実またその趣きもうかがわれるけれども、しかし例えば高津表門筋や生玉の馬場先や中寺町のガタロ横町などという町は、もう元禄の昔より大阪町人の自由な下町の匂いがむんむん漂うていた。上町の私たちは下町の子として育って来たのである。

路地の多い——というのはつまり貧乏人の多い町であった。同時に坂の多い町であった。高台の町として当然のことである。「下へ行く」というのは、坂を西に降りて行くということなのである。数多い坂の中で、地蔵坂、源聖寺坂、愛染坂、口縄坂……と、坂の名を誌すだけでも私の想いはなつかしさにしびれるが、とりわけなつかしいのは口縄坂である。

口縄（くちなわ）とは大阪で蛇のことである。といえば、はや察せられるように、口縄坂はまことに蛇の如くくねくねくね木々の間を縫うて登る古びた石段の坂である。蛇坂といってしまえば打ちこわしになるところを、くちなわ坂とよんだところに情調もおかし味もうかがわれ、この名のゆえに大阪では一番さきに頭に泛ぶ坂なのだが、しかし年少の頃の私は口縄坂という名称のもつ趣きには注意が向かず、むしろその坂を登り詰めた高台が夕陽丘とよばれ、その界隈の町が夕陽丘であることの方に、淡い青春の想いが傾いた。夕陽丘とは古くからある名であろう。昔この高台からはるかに西を望めば、浪華の海に夕陽の落ちるのが眺められたのであろう。藤原家隆卿であろうか「ちぎりあれば難波の里にやどり来て波の入日ををがみつるかな」とこの高台で歌った頃には、もう夕陽丘の名は約束されていたかと思われる。しかし、再び年少の頃の私は、そのような故事来歴は与り知らず、ただ口縄坂の中腹に夕陽丘女学校があることに、年少多感の胸をひそかに燃やしていたのである。夕暮わけもなく坂の上に佇んでいた私の顔が、坂を上って来る制服のひとをみて、夕陽を浴びたようにぱっと赧くなったことも、今はなつかしい想い出である。

その頃、私は高津宮跡にある中学校の生徒であった。しかし、中学校を卒業して京都の高等学校へはいると、もう私の青春はこの町から吉田へ移ってしまった。少年の私を楽ませてくれた駒ヶ池の夜店や榎の夜店なども、たまに帰省した高校生の眼には、もはや十年一日の古障子の如きけちな風景でしかなかった。やがて私は高等学校在学中に両親を失い、ひいては無人になった家を畳んでしまうと、もうこの町とは殆んど没交渉になってしまった。天涯孤独の境遇は、転々とした放浪めく生活に馴れやすく、故郷の町は私の頭から去ってしまった。その後私はいくつかの作品でこの町を描いたけれども、しかしそれは著しく架空の匂いを帯びていて、現実の町を描いたとはいえなかった。その町を架空に描きながら現実のその町を訪れてみようという気も、物ぐさの私には起らなかった。

ところが、去年の初春、本籍地の区役所へ出掛けねばならぬ用向きが生じた。区役所へ行くには、その町を通らねばならない。十年振りにその町を訪れる機会が来たわけだと、私は多少の感懐を持った。そして、どの坂を登ってその町へ行こうかと、ふと思案したが、足は自然に口縄坂へ向いた。しかし、夕陽丘女学校はどこへ移転してしまったのか、校門には「青年塾堂」という看板が掛っていた。かつて中学生の私はこの禁断の校門を一度だけくぐったことがある。当時夕陽丘女学校は籠球部を創設したというので、私の中学校に指導選手の派遣を依頼して来た。昔らしい呑気な話である。私の中学校は籠球にかけてはその頃の中等野球界の和歌山中学のような地位を占めていたのである。私はちょうど籠球部へ籍を入れて四日目だったが、指導選手のあとにのこのこ随いて行って、夕陽丘の校門をくぐったのである。ところが指導を受ける生徒の中に偶然水原という、私は知っているが向うは知らぬ美しい少女がいたので、私はうろたえた。水原は指導選手と称する私が指導を受ける少女たちよりも下手な投球ぶりをするのを見て、何と思ったか、私は知らぬ。それきり私は籠球部をよし、再びその校門をくぐることもなかった。そのことを想いだしながら、私は坂を登った。

登り詰めたところは露地である。露地を突き抜けて、南へ折れると四天王寺、北へ折れると生国魂《いくたま》神社、神社と仏閣を結ぶこの往来にはさすがに伝統の匂いが黴のように漂うて、仏師の店の「作家」とのみ書いた浮彫の看板も依怙地なまでにここでは似合い、不思議に移り変りの尠い町であることが、十年振りの私の眼にもうなずけた。北へ折れてガタロ横丁の方へ行く片影の途上、寺も家も木も昔のままにそこにあり、町の容子がすこしも昔と変っていないのを私は喜んだが、しかし家の軒が一斉に低くなっているように思われて、ふと架空の町を歩いているような気もした。しかしこれは、私の背丈がもう昔のままでなくなっているせいであろう。

下駄屋の隣に薬屋があった。薬屋の隣に風呂屋があった。風呂屋の隣に床屋があった。床屋の隣に仏壇屋があった。仏壇屋の隣に桶屋があった。桶屋の隣に標札屋があった。標札屋の隣に……(と見て言って、私はおやと思った)本屋はもうなかったのである。

善書堂という本屋であった。「少年倶楽部」や「蟻の塔」を愛読し、熱心なその投書家であった私は、それらの雑誌の発売日が近づくと、私の応募した笑話が活字になっているかどうかをたしかめるために、日に二度も三度もその本屋へ足を運んだものである。善書堂は古本や貸本も扱っていて、立川文庫もあった。尋常六年生の私が国木田独歩の「正直者」や森田草平の「煤煙」や有島武郎の「カインの末裔」などを読み耽って、危く中学校へ入り損ねたのも、ここの書棚を漁ったせいであった。

その善書堂が今はもうなくなっているのである。主人は鼻の大きな人であった。古本を売る時の私は、その鼻の大きさが随分気になったものだと想い出しながら、今は、「矢野名曲堂」という看板の掛っているかつての善書堂の軒先に佇んでいると、隣の標札屋の老人が、三十年一日の如く標札を書いていた手をやめて、じろりとこちらを見た。そのイボの多い顔に見覚えがある。私は挨拶しようと思って近寄って行ったが、その老人は私に気づかず、そして何思ったか眼鏡を外すと、すっと奥へひっこんでしまった。私はすかされた想いをもて余し、ふと矢野名曲堂へはいって見ようと思った。区役所へ出頭する時刻には、まだ少し間があった。

店の中は薄暗かった。白昼の往来の明るさからいきなり変ったその暗さに私はまごついて、覚束ない視線を泳がせたが、壁に掛ったベートベンのデスマスクと船の浮袋だけはどちらも白いだけにすぐそれと判った。古い名曲レコードの売買や交換を専門にやっているらしい店の壁に船の浮袋はおかしいと思ったが、それよりも私はやがて出て来た主人の顔に注意した。はじめははっきり見えなかったが、だんだんに視力が恢復して来ると、おや、どこかで見た顔だと思った。しかし、どこで見たかは思い出せなかった。鼻はそんなに大きくなく、勿論もとの善書堂の主人ではなかった。その代り、唇が分厚く大きくて、その唇を金魚のようにパクパクさせてものをいう癖があるのを見て、徳川夢声に似ているとふと思ったが、しかし、どこかの銭湯の番台で見たことがあるようにも思われた。年は五十を過ぎているらしく、いずれにしても、名曲堂などというハイカラな商売にふさわしい主人には見えなかった。そういえば、だいいち店そのものもその町にふさわしくない。もっとも区役所へ行く途中、故郷の白昼の町でしんねりむっつり音楽を聴くというのも何かチグハグであろう。しかし、私はその主人に向って、いきなり善書堂のことや町のことを話しかける気もべつだん起らなかったので、黙って何枚かのレコードを聴いた。かつて少年倶楽部から笑話の景品に二十四穴のハモニカを貰い、それが機縁となって中学校へはいるとラムネ倶楽部というハモニカ研究会に籍を置いて、大いに音楽に傾倒したことなど想い出しながら、聴き終ると、咽喉が乾いたので私は水を所望し、はい只今と主人がひっこんだ隙に、懐中から財布をとりだしてひそかに中を覗いた。主人はすぐ出て来て、コップを置く前に、素早く台の上を拭いた。

何枚かのレコードを購って出ようとすると、雨であった。狐の嫁入りだから直ぐやむだろうと暫らく待っていたが、なかなかやみそうになく、本降りになった。主人は私が腕時計を覗いたのを見て、お急ぎでしたら、と傘を貸してくれた。区役所からの帰り、市電に乗ろうとした拍子に、畳んだ傘の矢野という印が眼に止まり、ああ、あの矢野だったかと、私ははじめて想いだした。

京都の学生街の吉田に矢野精養軒という洋食屋があった。かつてそこの主人が、いま私が傘を借りて来た名曲堂の主人と同じ人であることを想いだしたのである。もう十年も前のこと故、どこかで見た顔だと思いながらにわかに想い出せなかったのであろうが、想い出して見ると、いろんな細かいことも記憶に残っていた。以前から私は財布の中にいくらはいっているか知らずに飲食したり買物したりして、勘定が足りずに赤面することがしばしばあったが、矢野精養軒の主人はそんな時気前よく、いつでもようござんすと貸してくれたものである。ポークソテーが店の自慢になっていたが、ほかの料理もみな美味く、ことに野菜は全部酢漬けで、セロリーはいつもただで食べさせてくれ、なお、毎月新譜のレコードを購入して聴かせていた。それが皆学生好みの洋楽の名曲レコードであったのも、今にして想えば奇しき縁ですねと、十日ほど経って傘を返しがてら行った時主人に話すと、ああ、あなたでしたか、道理で見たことのあるお方だと思っていましたが、しかし変られましたなと、主人はお世辞でなく気づいたようで、そして奇しき縁といえば、全くおかしいような話でしてねと、こんな話をした。

主人はもと船乗りで、子供の頃から欧州航路の船に雇われて、鑵炊きをしたり、食堂の皿洗いをしたり、コックをしたりしたが、四十の歳に陸へ上って、京都の吉田で洋食屋をはじめた。が、コックの腕に自信があり過ぎて、良い材料を使って美味いものを安く学生さんに食べさせるということが商売気を離れた道楽みたいになってしまったから、儲けるということには無頓着で、結局月々損を重ねて行ったあげく、店はつぶれてしまった。すっかり整理したあとに残ったのは、学生さんに聴かせるためにと毎月費用を惜しまず購入して来たままに溜っていた莫大な数の名曲レコードで、これだけは手放すのが惜しいと、大阪へ引越す時に持って来たのが、とどのつまり今の名曲堂をはじめる動機になったのだという。そして、よりによってこんな辺鄙な町で商売をはじめたのは、売れる売れぬよりも、老舗代や家賃がやすかったというただそれだけの理由、人間も家賃の高いやすいを気にするようではもうお了いですなと、主人はふと自嘲的な口調になって、わたしも洋食屋をやったりレコード店をやったり、随分永いこと少しも世の中の役に立たぬ無駄な苦労をして来ました。四十の歳に陸へ上ったのが間違いだったかも知れません。あんなものを飾って置いてもかえって後悔の種ですよと、壁に掛った船の浮袋を指して、しかしわたしもまだ五十三です、……まだまだと云っているところへ、只今とランドセルを背負った少年がはいって来て、新坊、挨拶せんかと主人が云った時には、もうこそこそと奥へ姿を消してしまっていた。どうも無口な奴でと、しかし主人はうれしそうに云い、こんど中学校を受けるのだが、父親に似ず無口だから口答試問が心配だと、急に声が低くなった。たしかお子さんは二人だったがと云うと、ああ、姉の方ですか、あの頃はあなたまだ新坊ぐらいでしたが、もうとっくに女学校を出て、今北浜の会社へ勤めていますと、主人の声はまた大きくなった。

帰ろうとすると、また雨であった、なんだか雨男になったみたいですなと私は苦笑して、返すために持って行った傘をその儘また借りて帰ったが、その傘を再び返しに行くことはつまりその町を訪れることになるわけで、傘が取り持つ縁だと私はひとり笑った。そして、敢て因縁をいうならば、たまたま名曲堂が私の故郷の町にあったということは、つまり私の第二の青春の町であった京都の吉田が第一の青春の町へ移って来て重なり合ったことになるわけだと、この二重写しで写された遠いかずかずの青春にいま濡れる想いで、雨の口縄坂を降りて行った。

半月余り経ってその傘を返しに行くと、新坊落第しましたよと、主人は顔を見るなり云った。あの中学そんなに競争がはげしかったかな、しかし来年もう一度受けるという手もありますよと慰めると、主人は、いやもう学問は諦めさせて、新聞配達にしましたとこともなげに云って、私を驚かせた。女の子は女学校ぐらい出て置かぬと嫁に行く時肩身の狭いこともあろうと思って、娘は女学校へやったが、しかし男の子は学問がなくても働くことさえ知っておれば、立派に世間へ通るし人の役に立つ、だから不得手な学問は諦めさせて、働くことを覚えさせようと新聞配達にした、子供の頃から身体を責めて働く癖をつけとけば、きっとましな人間になるだろうというのであった。

帰り途、ひっそりと黄昏れている口縄坂の石段を降りて来ると、下から登って来た少年がピョコンと頭を下げて、そのままピョンピョンと行ってしまった。新聞をかかえ、新坊であった。その後私は、新坊が新聞を配り終えた疲れた足取りで名曲堂へ帰って来るのを、何度か目撃したが、新坊はいつみても黙って硝子扉を押してはいって来ると、そのまま父親にも口を利かずにこそこそ奥へ姿を消してしまうのだった。レコードを聴いている私に遠慮して声を出さないのであろうか、ひとつにはもともと無口らしかった。眉毛は薄いが、顔立ちはこぢんまりと綺麗にまとまって、半ズボンの下にむきだしにしている足は、女の子のように白かった。新坊が帰って来ると私はいつもレコードを止めて貰って、主人が奥の新坊に風呂へ行って来いとか、菓子の配給があったから食べろとか声を掛ける隙をつくるようにした。奥ではうんと一言返辞があるだけだったが、父子の愛情が通う温さに私はあまくしびれて、それは音楽以上だった。

夏が来ると、簡閲点呼の予習を兼ねた在郷軍人会の訓練がはじまり、自分の仕事にも追われたので、私は暫く名曲堂へ顔を見せなかった。七月一日は夕陽丘の愛染堂のお祭で、この日は大阪の娘さん達がその年になってはじめて浴衣を着て愛染様に見せに行く日だと、名曲堂の娘さんに聴いていたが、私は行けなかった。七月九日は生国魂の夏祭であった。訓練は済んでいた。私は、十年振りにお詣りする相棒に新坊を選ぼうと思った。そして祭の夜店で何か買ってやることを、ひそかに楽しみながら、わざと夜をえらんで名曲堂へ行くと、新坊はつい最近名古屋の工場へ徴用されて今はそこの寄宿舎にいるとのことであった、私は名曲堂へ来る途中の薬屋で見つけたメタボリンを新坊に送ってやってくれと渡して、レコードを聞くのは忘れて、ひとり祭見物に行った。

その日行ったきり、再び仕事に追われて名曲堂から遠ざかっているうちに、夏は過ぎた。部屋の中へ迷い込んで来る虫を、夏の虫かと思って団扇で敲くと、チリチリと哀れな鳴声のまま息絶えて、もう秋の虫である。ある日名曲堂から葉書が来た。お探しのレコードが手にはいったから、お暇の時に寄ってくれと娘さんの字らしかった。ボードレエルの「旅への誘い」をデュパルクの作曲でパンセラが歌っている古いレコードであった。このレコードを私は京都にいた時分持っていたが、その頃私の下宿へ時々なんとなく遊びに来ていた女のひとが誤って割ってしまい、そしてそのひとはそれを苦にしたのかそれきり顔を見せなくなった。肩がずんぐりして、ひどい近眼であったが、二年前その妹さんがどうして私のことを知ったのか、そのひとの死んだことを知らせてくれた時、私は取り返しのつかぬ想いがした。そんなわけでなつかしいレコードである。本来が青春と無縁であり得ない文学の仕事をしながら、その仕事に追われてかえってかつての自分の青春を暫らく忘れていた私は、その名曲堂からの葉書を見て、にわかになつかしく、久し振りに口縄坂を登った。

ところが名曲堂へ行ってみると、主人は居らず、娘さんがひとり店番をしていて、父は昨夜から名古屋へ行っているので、ちょうど日曜日で会社が休みなのを幸い、こうして留守番をしているのだという。聴けば、新坊が昨夜工場に無断で帰って来たのだ。一昨夜寄宿舎で雨の音を聴いていると、ふと家が恋しくなって、父や姉の傍で寝たいなと思うと、今までになかったことだのに、もうたまらなくなり、ふらふら昼の汽車に乗ってしまったのやいう云い分けを、しかし父親は承知せずに、その晩泊めようとせず、夜行に乗せて名古屋まで送って行ったということだった。一晩も泊めずに帰してしまったかと想えば不憫でしたが、という娘さんの口調の中に、私は二十五の年齢を見た。二十五といえば稍婚期遅れの方だが、しかし清潔に澄んだ瞳には屈託のない若さがたたえられていて、京都で見た頃まだ女学校へはいったばかしであったこのひとの面影も両の頰に残って失われていず、凜とした口調の中に通《かよ》っている弟への愛情にも、素直な感傷がうかがわれた。しかし愛情はむしろ五十過ぎた父親の方が強かったのではあるまいか。主人は送って行く汽車の中で食べさせるのだと、昔とった庖丁によりをかけて自分で弁当を作ったという。

この父親の愛情は私の胸を温めたが、それから十日ばかし経って行くと、主人は私の顔を見るなり、新坊は駄目ですよと、思いがけぬわが子への苦情だった。訓されて帰ったものの、やはり家が恋しいと、三日にあげず手紙が来るらしかった。働きに行って家を恋しがるようでどうするか、わたしは子供の時から四十歳まで船に乗っていたが、この海の上でもそんな女々しい考えを起したことは一度もなかった。馬鹿者めと、主人は私に食って掛るように云い、この主人の鞭のはげしさは意外であった。帰りの途は暗く、寺の前を通るとき、ふと木犀の香が暗がりに閃いた。

冬が来た。新坊がまたふらふらと帰って来て、叱られて帰って行ったという話を聴いて、再び胸を痛めたきり、私はまた名曲堂から遠ざかっていた。主人や娘さんはどうしているだろうか、新坊は一生懸命働いているだろうかと時にふれ思わぬこともなかったが、そしてまた、始終来ていた客がぶっつり来なくなることは名曲堂の人たちにとっても淋しい気がすることであろうと気にならぬこともなかったが、出不精の上に、私の健康は自分の仕事だけが精一杯の状態であった。欠かせぬ会合にも不義理勝ちで、口縄坂は何か遠すぎた。そして、名曲堂のこともいつか遠い想いとなってしまって、年の暮が来た。

年の暮は何か人恋しくなる。ことしはもはや名曲堂の人たちに会えぬかと思うと、急に顔を見せねば悪いような気がし、またなつかしくもなったので、すこし風邪気だったが、私は口縄坂を登って行った。坂の途中でマスクを外して、一息つき、そして名曲堂の前まで来ると、表戸が閉っていて「時局に鑑み廃業仕候」と貼紙がある。中にいるのだろうと、戸を敲いたが、返事はない。錠が表から降りている。どこかへ宿替えしたんですかと、驚いて隣の標札屋の老人にきくと、名古屋へ行ったという。名古屋といえば新坊の……と重ねてきくと、さいなと老人はうなずき、新坊が家を恋しがって、いくら云いきかせても帰りたがるので、主人は散々思案したあげく、いっそ一家をあげて新坊のいる名古屋へ行き、寝起きを共にして一緒に働けば新坊ももう家を恋しがることもないわけだ。それよりほかに新坊の帰りたがる気持をとめる方法はないし、まごまごしていると、自分にも徴用が来るかも知れないと考え、二十日ほど前に店を畳んで娘さんと一緒に発ってしまった。娘さんも会社をやめて一緒に働くらしい。なんといっても子や弟いうもんは可愛いもんやさかいなと、もう七十を越したかと思われる標札屋の老人はぼそぼそと語って、眼鏡を外し、眼やにを拭いた。私がもとこの町の少年であったということには気づかぬらしく、私ももうそれには触れたくなかった。

口縄坂は寒々と木が枯れて、白い風が走っていた。私は石段を降りて行きながら、もうこの坂を登り降りすることも当分はあるまいと思った。青春の回想の甘さは終り、新しい現実が私に向き直って来たように思われた。風は木の梢にはげしく突っ掛っていた。

○テキスト　初出は「新潮」一九四四（昭19）年三月。初刊は短篇集『猿飛佐助』（三島書房）一九四六（昭21）年一月。初出と初刊の本文には異同がある。本書のテキストには『織田作之助全集』５（講談社、昭45・6）所収の本文を収録した。

○解説　大正二年大阪市に生まれた織田作之助は、旧市街東部の生国魂神社近く、上汐町筋露地裏日の丸横丁で中学卒業までを過ごした。上汐町筋は市街を南北に走る通りの一つ。その一筋西が谷町筋、さらに西に松屋町筋。露（路）地・横丁とはそのような通りに面した家々の脇に入る細道で、裏長屋が並ぶ庶民の居住地。口縄坂は松屋町筋から谷町筋へ、西から東へと登る起伏の多い細い坂道である。「登り詰めたところは露地である。露地を突き抜けて、南へ折れると四天王寺、北へ折れると生国魂神社、神社と仏閣を結ぶこの往来」とあるから、作品の舞台となっている「この往来」は、紛れもなく織田の育った上汐町筋である。大谷晃一の調査（『生き愛し書いた織田作之助伝』、講談社、昭48・10）では、大正時代の上汐町筋日の丸横丁付近は、西側に「風呂桶製造、あんま、松井の散髪屋、日の丸湯、この散髪屋と風呂屋の間が日の丸横丁の入口」、東側に「下駄屋、日の丸横丁の向いの地蔵路地入口、薬局」と並んでおり、作品に描かれた町並も現実の町並に酷似している。

しかし、織田はこの作品について短篇集『猿飛佐助』の「あとがき」に「一見私小説でありながら全部空想の小説である」と述べる。たしかに、織田はこの町並を描くにあたって自らの体験や記憶に基づくのみではなく、他者の著述、たとえば「『作家』と書いた浮彫りの看板をかけた仏師の家に、すつかり苔がついて、路傍に掘られた古い井戸が、使用の道もなく捨てられてゐるのも何となく昔を偲ばせる。」というような叙述の見える北尾鐐之助『近畿景観第三篇近代大阪』（創元社、昭7・12）を参考にしていると考えられる。私小説的に描写可能な故郷の町並を、あえて他者の目を導入することによって虚構化しているともいえよう。

また、青山光二はこの作品における私小説のあり方を「純粋に構成手法としての〝私〟小説」（「作品解題」、『織田作之助全集5』、講談社、昭45・6）と指摘する。「私」の語る「私」の物語としての形をとりながら、そこにもう一つの物語、新坊の物語を取り込んでいること、むしろ後者の物語の方が作品の核となっていることをさしているのであろう。いうまでもなく、「私」が作者自身であるか否かというような次元とは別に、作中の新坊は明らかに虚構された人物である。なぜなら、「上町」という名の大阪の下町で小学校を卒業し、苦労人の父親の下で新聞配達をして、やがて遠方に働きに出る新坊は、「私」の少年時代のあり得べき姿にすぎないのだから。新坊が登場するあたりから、「私」の少年時代の回想がなりを潜めるのは、何よりの証拠である。「二重写し」の妙は、「第二の青春の町であった京都の吉田が第一の青春の町へ移って来て重なり合った」ことによる「遠いかずかずの青春」への「私」の想いにおいてあるよりも、「私」の物語と新坊の物語が、私小説と虚構の物語として重なり合っているところにある。「一見私小説でありながら全部空想の小説」と織田が自注した真意はこのあたりにあるのかもしれない。

愛染祭や生国魂祭にも触れながら、「木の都」としての大阪の下町をしっとりとした情緒のなかに回顧的に描きだしたこの作品は、青野季吉が評したように「詩情をたたへた、美しい物語」（「解説」、新潮文庫『競馬』、昭25・1）として読まれ、「夫婦善哉」（昭15・4）や「わが町」（昭18・4）と並んで織田作之助の戦時下の代表作とされてきた。しかし、青野の評が戦後の初刊の本文に基づくものであることは明記されねばならない。むろん発表時においても、渋川驍の「素直な抒情性がただよつてゐる」（「傍観的態度」、「日本文学者」、昭19・5）というような評はあったが、初出の本文に基づいた場合、むしろ青柳優の「懐旧の情よりは、知人一家の生活の更新を中心に」（「三月小説評」、「新潮」、昭19・4）描かれているという読みの方が妥当であろう。初刊に基づく本書本文と初出の本文との異同の一例を挙げてみる。昭和十八年と見られる年の夏、「私」が新坊を訪ねていく場面。本書では「新坊はつい最近名古屋の工場へ徴用されて今はそこの寄宿舎にいるとのことであった」とだけあるところ、初出では、「徴用されて」が「少年工として働きに行き、」となっており、さらに「新聞配達をしてゐるよりもさうして工場で働く方がどれだけお国の役に立つかも知れないと思ひ、進んでさうさせた、大阪にも工場はあるが、しかし可愛い子には旅をさせた方がよいと、わざわざ名古屋へやつたのだと、主人らしい意見であつた。」と続く。新坊は「徴用」ではなく、家族の意志で進んで名古屋へ働きに行っているのである。後の主人と娘の転職も事情は同じである。これには、戦時的な職種への転職を国家が強制し徴用制度を強化した、昭和十八年末から十九年初めにかけての時局が反映している。この作品もまた、単に叙情的回顧的にだけ大阪を描いたものでなかったことは、記憶しておくべきであろう。

題名は宇野浩二が大阪について述べた随想「木のない都―昔のままの姿―」（『大阪』、小山書店、昭11・4）を踏まえている。

（宮川　康）

○参考文献　小田実「『大阪』・『焼跡』・『戦後』」（『織田作之助全集5』、講談社、昭45・6）。伴悦「無頼派文学の意義」（『無頼文学研究』、三弥井書店、昭47・10）。稲垣真美『可能性の騎手織田作之助』（社会思想社、昭48・10）。安田義明「故郷と異郷―〈実在〉から〈非在〉へ―」（『近代文学の風土』、国書刊行会、昭55・3）。増田周子「木の都」（『織田作之助文藝事典』、和泉書院、平4・7）。

橋づくし

三島由紀夫

……………………元はと問へば分別の
あのいたいけな貝殻に一杯もなき蜆橋《しじみばし》、
短かき物はわれわれが此の世の住居秋の日よ。
——『天の網島』名ごりの橋づくし——

陰暦八月十五日の夜、十一時半にお座敷が引けると、小弓《こゆみ》とかな子は、銀座板甚道《いたじんみち》の分桂家《わけかつらや》へかへつて、いそいで浴衣に着かへた。ほんたうは風呂に行きたいのだが、今夜はその時間がない。

小弓は四十二歳で、五尺そこその小肥りした体に、巻きつけるやうに、白地に黒の秋草のちぢみの浴衣を着た。かな子は二十二歳で踊りの筋もいいのに、旦那運がなくて、春秋《はるあき》の恒例の踊りにもいい役がつかない。これは白地に藍《あゐ》の観世水《くわんぜみづ》を染めたちぢみの浴衣を着た。

「満佐子《まさこ》さんは、今夜はどんな柄《がら》かしら」

「萩に決つてるよ。早く子供がほしいんだとさ」

「だつて、もうそこまで行つてるの？」

「行つてやしないよ。それから先の話なんだよ。岡惚《をかぼ》れだけで子供が生れたら、とんだマリヤ様だわ」

と小弓が言つた。花柳界では一般に、夏は萩、冬は遠山《とほやま》の衣裳を着ると、妊娠するといふ迷信がある。

いよいよ出ようといふときに、又小弓は腹が空《す》いた。毎度のことであるのに、空腹はまるで事故のやうに、突然天外から降つて来る心地がする。それまではそんなに空いてゐない。又便利なことに、お座敷のあひだはどんなに退屈な席でも、腹が空いて困つたことはない。お座敷の前と後とに限つて、それまで腹工合のことなんか忘れてゐるのに、突然発作に襲はれたやうに腹が空くのである。小弓はそれに備へて、程のいい時に、適度に喰べておくといふことができない。たとへば夕刻髪結へ行くと、同じ土地の妓《こ》が、順を待つあひだを、岡半の焼肉丼なんぞを誂《あつら》へて、旨《うま》さうに喰べてゐるのを見ることがある。それを見ても小弓は何とも思はない。旨さうだとも思はない。それだといふのに、ものの一時間もすると、突如として空腹がはじまり、唾液が忽《たちま》ち小さな丈夫な歯の附根から、温泉のやうに湧いた。


小弓やかな子は、分桂家へ看板料と食費を毎月納めてゐる。小弓の食費は格別多いのである。それは小弓が大食の上に、口が奢《おご》つてゐるからだつたが、考へてみると、お座敷の前後に腹の空く奇癖がはじまつてから、食費がだんだんに減り、今では、かな子を下廻るやうになつてゐる。奇癖がはじまつたのは、いつごろからとも知れない。呼ばれた家の台所で、お座敷へ出る前に、小弓が足許《あしもと》に火がついたやうに、「ちよいと何か喰べるものないこと」と要求するやうになつたのは、いつごろからとも知れない。今日では、はじめに呼ばれた家の台所で夕食を喰べ、最後に呼ばれた家の台所で、お座敷の引けたあと、夜食を喰べるのが習慣になつた。そこで、腹もこの習慣に調子を合せ、分桂家へ納める食費も減るやうになつたのである。

すでに寝静まつた銀座を、小弓とかな子が浴衣がけで新橋の米井《よねゐ》へ歩いてゆくとき、かな子は窓々に鎧扉《よろひど》を下ろした銀行のはづれの空を指して、

「晴れてよかつたわね。本当に兎のゐさうな月よ」

と言つたが、小弓は自分の腹工合のことばかり考へてゐた。今夜のお座敷は、最初が米井である。最後が文迺家《ふみのや》である。文迺家で夜食をして来ればよかつたが、時間がないのでまつすぐ着換へにかへつて、又行先が米井では、夕食をした台所で、一晩のうちに又夜食を催促しなければならない。それを考へると大そう気が重い。

……が、米井の勝手口を入つたとき、小弓のこの煩悶は忽ち治つた。すでに予想通り萩のちりめん浴衣を着て、厨《くりや》口《ぐち》に立つて待つてゐた米井の箱入娘満佐子が、小弓の姿を見るなり、

「まあ早かつたわね。まだ急ぐことないわ。上つてお夜食でも喰べていらつしやいよ」

と気を利かせて言つたからである。

広い台所はまだ後片付で混雑してゐる。明りの下に、夥《おびただ》しい皿小鉢がまばゆく光つてゐる。満佐子は厨口の柱に片手を支へてゐるので、その体は灯を遮《さへぎ》り、その顔は暗い。言はれた小弓の顔にも灯影は届かず、小弓は安心した咄嗟《とつさ》の顔つきを見られなかつたのを喜んだ。

小弓が夜食を喰べてゐるあひだ、満佐子はかな子を自分の部屋へ伴なつた。家へ数多く来る芸者の中でも、満佐子はかな子と一等気が合つた。同い年だといふこともある。小学校が一緒だといふこともある。どちらも器量が頃合だといふこともある。さういふ諸々《もろもろ》の理由を超えて、何だか虫が好くのである。

かな子はそれに大人しくて、風にも耐へぬやうに見えるが、積むべき経験を積んでゐるので、何の気なしに言ふ一

言が満佐子の助けになることもあつて頼もしい。それに比べて勝気な満佐子は、色事については臆病で子供つぽい。満佐子の子供つぽさは評判のたねで、母親もタカを括《くく》つてゐて、娘が萩の浴衣なんぞを誂へても気にもとめないのである。

満佐子は早大芸術科に通つてゐる。前から好きだつた映画俳優のRが、一度米井へ来てからは熱を上げて、部屋にはその写真を一杯飾つてゐる。そのときRとお座敷で一緒に撮つた写真を、ボーン・チャイナの白地の花瓶に焼付けさせたのが、花を盛つて、机の上に飾つてある。

「けふ役の発表があつたのよ」

と坐るなり、かな子は貧しい口もとを歪《ゆが》ませて言つた。

「さう?」満佐子は気の毒に思つて知らぬ振りをした。

「又、唐子《からこ》の一役きりだわ。いつまでたつてもワンサで悲観しちまふ。レビューだつたら、万年ラインダンスなのね、私つて」

「来年はきつといい役がつくわよ」

「そのうち年をとつて小弓さんみたいになるのが落ちだわ」

「ばかね。まだ二十年も先の話ぢやないの」

かういふ会話を交はしながら、今夜の願事《ねぎごと》はお互ひに言つてはならないのであるが、満佐子もかな子も、相手の願事が何であるかがもう分つてゐる。満佐子はRと一緒になりたいし、かな子は好い旦那が欲しいのである。そしてこの二人にはよくわかつてゐるが、小弓はお金が欲しいのである。

この三人の願ひは、傍《はた》から見ても、それぞれ筋が通つてゐる。公明正大な望みといふべきである。月が望みを叶へてくれなかつたら、それは月のはうがまちがつてゐる。三人の願ひは簡明で、正直に顔に出てゐて、実に人間らしい願望だから、月下の道を歩く三人を見れば、月はいやでもそれを見抜いて、叶へてやらうといふ気になるにちがひない。

　満佐子がかう言つた。

「今夜はもう一人ふえたのよ」

「まあ、誰」

「一ト月ほど前に東北から来た家《うち》の女中。みなつていふのよ。私、要らないつていふのに、お母様がどうしてもお供を一人つけなければ心配だつていふんですもの」

「どんな子」

「まあ見てごらんなさい。そりやあ発育がいいんだから」

　そのとき葭障子《よししやうじ》をあけて、当のみなが立つたまま顔を出した。

「障子をあけるときは、坐つてあけなさいつて言つたでせう」

　と満佐子が権高《けんだか》な声を出した。

「はい」

　答は胴間声《どうまごゑ》で、こちらの感情がまるつきり反映してゐないやうな声である。姿を見ると、かな子は思はず笑ひを抑へた。妙なありあはせの浴衣地で拵《こしら》へたワンピースを着て、引つかきまはしたやうなパーマネントの髪をして、袖口からあらはれたその腕の太さと云つたらない。顔も真黒なら、腕も真黒である。その顔は思ひきり厚手に仕立てられてゐて、ふくらみ返つた頰の肉に押しひしがれて、目はまるで糸のやうである。口をどんな形にふさいでみても、乱《らん》杙歯《ぐびば》のどの一本かがはみ出してしまふ。この顔から何かの感情を掘り当てることはむつかしい。

「一寸《ちよつと》大した用心棒だわね」

とかな子は満佐子の耳もとで言つた。

満佐子は力《つと》めて厳粛な表情を作つてゐた。

「いいこと？　さつきも言つたけど、もう一度言ふわよ。家を出てから、七つの橋を渡りきるまで、絶対に口をきいちやだめよ。願ひ事がだめになつてしまふんだから。……それから、知つてる人から話しかけられてもだめなんだけれど、これはあんたは心配が要らないわね。……それから同じ道を二度歩いちやいけないんだけど、これは、小弓さんが先達だから、あとについて行けばまちがひがないわ」

満佐子は大学では、プルウストの小説についてレポートを出したりしてゐるのに、かういふことになると、学校でうけた近代教育などは、見事にどこかへ吹き飛んでしまつた。「はい」とみなは答へたが、本当にわかつてゐるのかゐないのか不明である。

「どうせあんたもついて来るんだから、何か願ひ事をしなさいよ。何か考へといた？」

「はい」

とみなはもそもそした笑ひ方をした。

「あら、いつぱしだわね」

と横からかな子が言つた。

するとそこへ博多帯を平手で叩きながら、

「さあ、これで安心して出かけられるわ」

と小弓が顔を出した。

「小弓さん、いい橋を選《よ》つといてくれた？」

「三吉橋《みよしばし》からはじめるのよ。あそこなら、一度に二つ渡れる勘定でせう。それだけ楽ぢやないの。どう？　この頭のいいこと」

これから口を利けなくなるので、三人は、一せいに姦《かしま》しく喋《しやべ》り溜《だ》めをした。喋り溜めは厨口までそのままつづいた。厨口の三和土《たたき》に満佐子の下駄が揃へてある。伊勢由《いせよし》の黒塗りの下駄である。そこへさし出した満佐子の足の爪先が、紅くマニキュアされてゐて、暗がりの中でもほのかな光沢を放つて映えるのに、小弓ははじめて気づいた。

「まあ、お嬢さん、粋ねえ。黒塗りの下駄に爪紅《つまべに》なんて、お月さまでもほだされる」

「爪紅だつて！　小弓さんつて時代ねえ」

「知つてるわよ。マネキンとか云ふんでせう、それ」

満佐子とかな子は顔を見合はせて吹き出した。

＊

小弓が先達になつて、都合四人は月下の昭和通りへ出た。自動車屋の駐車場に、今日一日の用が済んだ多くのハイヤーが、黒塗りの車体に月光を流してゐる。それらの車体の下から虫の音《ね》がきこえてゐる。

昭和通りにはまだ車の往来《ゆきき》が多い。しかし街がもう寝静まつたので、オート三輪のけたたましい響きなどが、街の騒音とまじらない、遊離した、孤独な躁音といふふうにきこえる。

月の下には雲が幾片か浮んでをり、それが地平を包む雲の堆積に接してゐる。月はあきらかである。車のゆききがしばらく途絶えると、四人の下駄の音が、月の硬い青ずんだ空のおもてへ、ぢかに弾《はじ》けて響くやうに思はれる。

小弓は先に立つて歩きながら、自分の前には人通りのないひろい歩道だけのあることに満足してゐる。誰にも頼らずに生きてきたことが小弓の矜《ほこ》りなのである。そしてお腹《なか》のいつぱいなことにも満足してゐる。かうして歩いてゐると、何をその上、お金を欲しがつたりしてゐるのかわからない。小弓は自分の願望が、目の前の鋪道の月かげの中へ柔らかく無意味に融け入つてしまふやうな気持がしてゐる。硝子《ガラス》のかけらが、鋪道の石のあひだに光つてゐる。月の中では硝子だつてこんなに光るので、日頃の願望も、この硝子のやうなものではないかと思はれて来る。

小弓の引いてゐる影を踏んで、満佐子とかな子は、小指をからみ合はせて歩いてゐる。夜気は涼しく、八ツ口から入る微風が、出しなの昂奮で汗ばんだ乳房を、しづかに冷やして引締めてゐるのを、二人ながら感じてゐる。お互ひの小指から、お互ひの願望が伝はつてくる。無言なので、一そう鮮明に伝はつてくるのである。

満佐子はRの甘い声や切れ長の目や長い揉上《もみあ》げを心に描いてゐる。そこらのファンとちがつて、新橋の一流の料亭の娘がかうと思ひ込んだことが、叶へられないわけはないと思ふ。Rがものを言つたとき、自分の耳にかかつたその息が、少しも酒くさくはなくて、香《かぐ》はしかつたのを憶えてゐる。夏草のいきれのやうに、若い旺《さか》んな息だつたと憶えてゐる。一人でゐるときにそれを思ひ出すと、膝から腿へかけて、肌を漣《さざなみ》が渡るやうな気がする。今もこの世界のどこかにRの体の存在してゐるといふことが、自分の再現する記憶と同じほど確実でもあり、不確かでもあつて、その不安が心をしじゆう苛《さいな》んだ。

かな子は、肥つた金持の中年か初老の男を夢みてゐる。肥つてゐないと金持のやうな気がしない。その男の庇護がひたすら惜しげなく注《そそ》がれてくるのを、ただ目をつぶつて浴びてゐればよいのだと思ふ。かな子は目をつぶることには馴れてゐる。ただ今までは、さて目をあいてみると、当の相手がもうゐなくなつてゐたのである。

……二人は申し合はせたやうに、うしろを振向いた。みなが黙つてついて来てゐた。頬に両手をあてて、ワンピースの裾《すそ》を蹴立てて、赤い鼻緒の下駄をだらしなく転がすやうにしてついて来る。その目はあらぬ方を見てゐて、一向真剣味がない。満佐子もかな子も、みなのその姿を、自分たちの願望に対する侮辱のやうに感じた。

四人は東銀座の一丁目と二丁目の堺のところで、昭和通を右に曲つた。ビル街に、街燈のあかりだけが、規則正しく水を撒《ま》いたやうに降つてゐる。月光はその細い通りでは、ビルの影に覆はれてゐる。

程なく四人の渡るべき最初の橋、三吉橋がゆくてに高まつて見えた。それは三叉《みつまた》の川筋に架せられた珍らしい三叉の橋で、向う岸の角《かど》には中央区役所の陰気なビルがうづくまり、時計台の時計の文字板がしらじらと冴《さ》えて、とんちんかんな時刻をさし示してゐる。橋の欄干は低く、その三叉の中央の三角形を形づくる三つの角《かど》に、おのおの古雅な鈴蘭灯が立つてゐる。鈴蘭灯のひとつひとつが、四つの灯火を吊してゐるのに、その凡《すべ》てが灯つてゐるわけではない。月に照らされて灯つてゐない灯の丸い磨硝子《すりガラス》の覆ひが、まつ白に見える。そして灯のまはりには、あまたの羽虫が音もなく群がつてゐる。

川水は月のために擾《かきみだ》されてゐる。

先達の小弓に従つて、一同はまづこちら岸の橋の袂《たもと》で、手をあはせて祈願をこめた。近くの小ビルの一つの窓の煙つた灯が消えて、一人きりの残業を終つて帰るらしい男が、ビルを出しなに、鍵をかけようとして、この奇異な光景を見て立ちすくんだ。

女たちはそろそろと橋を渡りだした。下駄を鳴らして歩く同じ舗道のつづきであるのに、いざ第一の橋を渡るとなると、足取は俄《には》かに重々しく、檜《ひのき》の置舞台の上を歩くやうな心地になる。三叉の橋の中央へ来るまではわづかな間である。わづかな間であるのに、そこまで歩いただけで、何か大事《だいじ》を仕遂げたやうな、ほつとした気持になつた。

小弓は鈴蘭灯の下で、ふりむいて、又手をあはせ、三人がこれに習つた。

小弓の計算では、三叉の二辺を渡ることで、橋を二つ渡つたことになるが、渡るあとさきに祈念を凝らすので、三吉橋で四度手をあはさねばならない。

たまたま通りすぎたタクシーの窓に、びつくりした人の顔が貼りついて、こちらを見てゐるのに満佐子は気づいたが、小弓はそんなことに頓着してゐなかつた。

区役所の前まで来て、区役所へお尻をむけて、四度目に手を合はせたとき、かな子も満佐子も、第一と第二の橋を無事に渡つたといふ安堵と一緒に、今までさほどに思つてゐなかつた願事《ねぎごと》が、この世でかけがへのないほど大切なものに思はれだした。

満佐子はRと添へなければ死んでしまへといふほどの気持になつてゐる。橋を二つ渡つただけで、願望の強さが数倍になつたのである。かな子はいい旦那がつかなければ生きてゐても仕様がないと思ふ迄になつてゐる。手を合はすときに、胸は迫つて、満佐子は忽ち眼頭が熱くなつた。

ふと横を見る。みなが殊勝に、目をとぢて手を合はせてゐる。私と比べて、どうせろくな望みを抱いてゐないと思ふと、みなの心の裡《うち》の何もない無感覚な空洞が、軽蔑に値ひするやうにも、又、羨ましいやうにも思はれた。


川ぞひに南下して、四人は築地から桜橋へゆく都電の通りへ出た。もちろん終電車はとうの昔に去つて、昼のあひだはまだ初秋の日光に灼《や》ける線路が、白く涼しげな二条を伸ばしてゐた。

ここへ出る前から、かな子は妙に下腹が痛んできた。何が中《あた》つたのか、食中りに相違ない。はじめは絞るやうな痛みが少し兆して、二、三歩ゆくうちに忘れてしまつたのが、今度は忘れてゐるといふ安心がしじゆう意識にのぼり、この意識の無理に亀裂《ひび》が入つて、忘れてゐると思ふそばから又痛みが兆してくるのである。

第三の橋は築地橋である。ここに来て気づいたのだが、都心の殺風景なかういふ橋にも、袂には忠実に柳が植ゑてある。ふだん車で通つてゐては気のつかないかうした孤独な柳が、コンクリートのあひだのわづかな地面から生ひ立つて、忠実に川風をうけてその葉を揺らしてゐる。深夜になると、まはりの騒がしい建物が死んで、柳だけが生きてゐた。

築地橋を渡るにつけて、小弓がまづ柳の下かげで、桜橋の方向へ手を合はせた。先達といふ役目に気負つてゐるのか、小弓はいつになく、その小肥りの背筋をまつすぐに立ててゐる。事実小弓は、自分の願ひ事をいつしか没却して、大過なく七つの橋を渡ることのはうが、目前の大事のやうに思つてゐるのである。どうしても渡らなければならぬと思ふと、そのこと自体が自分の願事であるかのやうな気がしてきた。それはずいぶん変な心境であるけれど、あの突然襲つてくる空腹同様、自分はいつでもこのやうにして人生を渡つてきたといふ思ひが、月下をゆくうちにふしぎな確信に凝り固まり、その背筋はますます正しく、顔は正面を切つて歩いてゐる。

築地橋は風情のない橋である。橋詰の四本の石柱も風情のない形をしてゐる。しかしここを渡るとき、はじめて汐の匂ひに似たものが嗅がれ、汐風に似た風が吹き、南の川下に見える生命保険会社の赤いネオンも、おひおひ近づく海の予告の標識のやうに眺められた。

これを渡つて、手を合はせたとき、かな子は、痛みがいよいよ切迫して、腹を突き上げてくるのを感じた。電車通りを渡つて、S興行の古い黄いろのビルと川との間の道をゆくとき、かな子の足はだんだん遅くなり、満佐子も気づかつて歩みを緩めるが、生憎口《あいにく》をきいて安否をたづねることができない。かな子が両手で下腹を押へ、眉をしかめて見せたので、満佐子にもやうやく納得が行つた。

しかし一種の陶酔状態にゐる先達の小弓は、何も気づかずに昂然と同じ歩度でゆくので、あとの三人との距離はひろがつた。

いい旦那がすぐ目の前にゐて、手をのばせばつかまらうといふときに、その手がどうしても届きさうもない心地がかな子はしてゐる。かな子の顔色は事実血の気を失つて、額から油汗が滲《にじ》み出てゐる。人の心はよくしたもので、下腹の痛みが募るにつれ、かな子は先程まであれほど熱心に願ひ、それに従つて現実性も色増すやうに思はれたあの願事が、何だか不意に現実性を喪つて、いかにもはじめから非現実的な、夢のやうな、子供じみた願望であつた気がしてきた。そして難儀な歩みを運び、待つたなしで迫つてくる痛みに抗してゐると、そんな他愛ない望みを捨てさへすれば、痛みはたちどころに治るやうな気がした。

いよいよ四番目の橋が目の前まで来たとき、かな子は満佐子の肩にちよつと手をかけ、その手の指で踊りのフリのやうに自分の腹をさして、後れ毛が汗で頬に貼りついた顔をもうだめだといふこなしで振り、忽《たちま》ち身をひるがへして、電車通りのはうへ駈け戻つた。

満佐子はその後を追はうとしたが、道を戻つては自分の願《ぐわん》が徒《あだ》になるのを思つて、下駄の爪先で踏み止まつて、ただ振向いた。

四番目の橋畔では、はじめて気づいた小弓も振向いてゐた。月かげの下を、観世水を藍に流した白地の浴衣の女が、恥も外聞もない恰好《かつかう》で駈け出してゆき、その下駄の音があたりのビルに反響して散らばると思ふと、一台のタクシーが折よく角のところにひつそりと停るのが眺められた。

第四の橋は入船橋である。それを、さつき築地橋を渡つたのと逆の方向へ渡るのである。

橋詰に三人が集まる。同じやうに拝む。満佐子はかな子を気の毒にも思ふが、その気の毒さが、ふだんのやうに素直に流れ出ない。落伍した者は、これから先自分とはちがふ道を辿《たど》るほかはないといふ、冷酷な感懐が浮ぶだけである。願ひ事は自分一人の問題であつて、こんな場合になつても、人の分まで背負ふわけには行かない。山登りの重い荷物を扶《たす》けるのとはちがひ、そもそも人を扶けやうのないことをしてゐるのである。

入船橋の名は、橋詰の低い石柱の、緑か黒か夜目《よめ》にわからぬ横長の鉄板に白字で読まれた。橋が明るく浮き上つてみえるのは、向う岸のカルテックスのガソリン・スタンドが、抑揚のない明るい灯火を、ひろいコンクリートいつぱいにぶちまけてゐる反映のためであるらしい。

川の中には、橋の影の及ぶところに小さな灯も見える。桟橋の上に古い錯雑した小屋を建て、植木鉢を置き、

なわ船
つり船
あみ船

といふ看板を掲げて住む人が、まだ起きてゐる灯火であるらしい。

ここあたりから、ビルのひしめきは徐々に低くなつて、夜空がひろがるのが感じられる。気がつくと、あれほどあきらかだつた月が雲に隠れて、半透明になつてゐる。総体に雲の嵩《かさ》が増してゐる。

三人は無事に入船橋を渡つた。

川は入船橋の先でほとんど直角に右折してゐる。第五の橋までは大分道のりがある。広いがらんとした川ぞひの道を、暁橋まで歩かなければならない。

右側は多く料亭である。左側は川端に、何か工事用の石だの、砂利だの、砂だのが、そこかしこに積んであつて、その暗い堆積が、ところによつては道の半ばまでも侵してゐる。やがて左方に、川むかうの聖路加病院の壮大な建築が見えてくる。

それは半透明の月かげに照らされて、鬱然と見えた。頂きの巨きな金の十字架があかあかと照らし出され、これに侍するやうに、航空標識の赤い灯が、点々と屋上と空とを劃《くわく》して明滅してゐるのである。病院の背後の会堂は灯を消してゐるが、ゴシック風の薔薇窓の輪郭が、高く明瞭に見える。病院の窓々は、あちこちにまだ暗い灯火をかかげてゐる。

三人は黙つて歩いてゐる。一心に、気が急《せ》いて歩いてゐるあひだは、満佐子もあまり物を思はない。三人の足取はそのうち、体が汗ばむほどに早くなつた。はじめは気のせゐかと思はれたが、まだ月の在処《ありか》のわかる空が怪しくなつて、満佐子のこめかみに、最初の雨滴が感じられたからである。が、幸ひにして、雨はそれ以上激しくなる気配はない。

第五の暁橋の、毒々しいほど白い柱がゆくてに見えた。奇抜な形にコンクリートで築いた柱に、白い塗料が塗つてあるのである。その袂で手を合はせるときに、満佐子は橋の上だけ裸かになつて渡してある鉄管の、道から露《あら》はに抜き出た個所につまづいて危ふくころびさうになつた。橋を渡れば、聖路加病院の車廻しの前である。

その橋は長くない。あまつさへ三人とも足が早くなつてゐる。すぐ渡り切つてしまふところを、小弓の身に不運が起つた。

といふのは、むかうから、だらしなく浴衣の衿をはだけて、金盥《かなだらひ》をかかへた洗ひ髪の女が、いそぎ足で三人の前に来たのである。ちらと見た満佐子は、洗ひ髪の顔がいやに白々と見えたのでぞつとした。

「ちよいと小弓さん、小弓さんぢやないの。まあしばらくね。知らん顔はひどいでせう。ねえ、小弓さん」

橋の上で立ちどまつた女は、異様なふうに首を横へのばしてから、小弓の前に立ちふさがつた。小弓は目を伏せて答へない。

女の声は甲高いのに、風が隙間《すきま》から抜けてゆくやうに、力の支点の定まらない声である。そして呼びかけが、同じ抑揚のままつづき、小弓を呼んでゐるにもかかはらず、そこにはゐない人を呼ぶかのやうである。

「小田原町のお風呂屋のかへりなのよ。それにしても久しぶりねえ。めづらしいところで会つたわねえ、小弓さん」

小弓は肩に手をかけられて、やうやく目をあげた。そのとき小弓の感じたことがある。いくら返事を渋つてゐても、一度知り人から話しかけられたら、願《ぐわん》はすでに破れたのである。

満佐子は女の顔を見て、一瞬のうちに考へて、小弓を置いてどんどん先へ立つた。女の顔には満佐子も見おぼえがある。戦後わづかのあひだ新橋に出てゐて頭がをかしくなつて妓籍《ぎせき》を退《ひ》いた確か小えんと云つた老妓である。お座敷に出てゐる時分から、異様な若造りで気味わるがられたが、その後このあたりの遠縁の家で養生をしてゐて、大分よくなつたといふ話をきいたことがある。

小えんが親しかつた小弓をおぼえてゐたのは当然だが、満佐子の顔を忘れてゐたことは僥倖《げうかう》である。

第六の橋はすぐ前にある。緑に塗つた鉄板を張つただけの小さな堺橋である。満佐子は橋詰でする礼式もそこそこに、ほとんど駈けるやうにして、堺橋を渡つてほつとした。そして気がつくと、もう小弓の姿は見えず、自分のすぐうしろに、みなのむつつりした顔が附き従つてゐた。

先達がゐなくなつた今では、第七の、最後の橋を満佐子は知らない。しかしこの道をまつすぐ行けば、いづれ暁橋に並行した橋のあることがわかつてゐる。それを渡つていよいよ願が叶ふのである。

まばらな雨滴が、再び満佐子の頬を搏《う》つた。道は小田原町の外れの問屋の倉庫が並んでゐるところで、工事場のバラックが川の眺めを遮《さへぎ》つてゐる。大そう暗い。遠い街灯のあかりが鮮明に望まれるので、そこまでの闇が一そう深く思はれる。

いざとなると勝気な満佐子は、深夜の道をかうして行くことが、願掛けといふ目的もあつて、それほど怖ろしいわけではない。しかし自分のうしろに接してくるみなの下駄の音が、行くにつれて、心に重くかぶさつて来るのである。その音は気楽に乱れてきこえるが、満佐子の小刻みな足取に比べて、いかにも悠揚せまらぬ足音が、嘲けるやうに自分をつけてくるといふ心地がする。

かな子が落伍した頃まで、みなの存在は、満佐子の心にほとんど軽侮に似たものを呼び起すだけだつたが、それから何かしら気がかりになつて、二人きりになつた今では、この山出しの少女が一体どんな願ひ事を心に蔵してゐるのか、気にしまいと思つても気にせずにはゐられない。何か見当のつかない願事《ねぎごと》を抱いた岩乗な女が、自分のうしろに迫つて来るのは、満佐子には気持が悪い。気持が悪いといふよりも、その不安はだんだん強くなつて、恐怖に近くなるまで高じた。

満佐子は他人の願望といふものが、これほど気持のわるいものだとは知らなかつた。いはば黒い塊《かたま》りがうしろをついて来るかのやうで、かな子や小弓の内に見透かされたあの透明な願望とはちがつてゐる。

……かう思ふと、満佐子は必死になつて、自分の願事を掻《か》き立てたり、大切に守つたりする気になつた。Rの顔を思ふ。声を思ふ。若々しい息を思ふ。しかし忽《たちま》ちそのイメージは四散して、以前のやうに纏《まとま》つた像を結ばうとしない。

少しも早く第七の橋を渡つてしまはなければならない。それまで何も思はないで急がなければならない。

するうちに、遠くに見える街灯は橋詰の灯らしく思はれ、広い道にまじはるところが見えて、橋の近づく気配がした。

橋詰の小公園の砂場を、点々と黒く雨滴の穿《うが》つてゐるのを、さきほどから遠く望んでゐた街灯のあかりが直下に照らしてゐる。果して橋である。

三味線の箱みたいな形のコンクリートの柱に、備前橋と誌され、その柱の頂きに乏しい灯がついてゐる。見ると、川向うの左側は築地本願寺で、青い円屋根が夜空に聳《そび》えてゐる。同じ道を戻らぬためには、この最後の橋を渡つてから、築地へ出て、東劇から演舞場の前を通つて、家へかへればよいのである。

満佐子はほつとして、橋の袂で手を合はせ、今までいそいだ埋め合せに、懇切丁寧に祈念を凝らした。しかし横目でうかがふと、みながあひかはらず猿真似をして、分厚い掌を殊勝に合はせてゐるのが忌々しい。祈願はいつしかあらぬ方へ外《そ》れて、満佐子の心のなかでは、しきりにこんな言葉が泡立つた。

『連れて来なきやよかつたんだわ。本当に忌々しい。連れて来るんぢやなかつた』

……このとき、満佐子は男の声に呼びかけられて、身の凍る思ひがした。パトロールの警官が立つてゐる。若い警官で、頰が緊張して、声が上ずつてゐる。

「何をしてゐるんです。今時分、こんなところで」

満佐子は今口をきいてはおしまひだと思ふので、答へることができない。しかし警官の矢継早の質問の調子と、上ずつた声音で、咄嗟《とつさ》に満佐子の納得の行つたことは、深夜の橋畔で拝んでゐる若い女を、投身自殺とまちがへたらしいのである。

満佐子は答へることができない。そしてこの場合、みなが満佐子に代つて答へるべきだといふことを、みなに知らせてやらなければならない。気の利かないにも程がある。満佐子はみなのワンピースの裾を引張つて、しきりに注意を喚起した。

みながいかに気が利かなくても、それに気のつかぬ筈はないのであるが、みなも頑なに口をつぐみつづけてゐるのを見た満佐子は、最初の言ひつけを守るつもりなのか、それとも自分の願ひ事を守るつもりなのか、みなが口をきかない決意を固めてゐるのを覚《さと》つて呆然とした。

「返事をしろ。返事を」

警官の言葉は荒くなつた。

ともあれ橋を大いそぎで渡つてから釈明しようと決めた満佐子は、その手をふり払つて、いきなり駈け出した。緑いろの欄干に守られた備前橋は欄干も抛物線をなして、軽い勾配の太鼓橋になつてゐる。駈け出したとき満佐子の気づいたのは、みなも同時に橋の上へ駈け出したことである。

橋の中ほどで、満佐子は追ひついた警官に腕をつかまれた。

「逃げる気か」

「逃げるなんてひどいわよ。そんなに腕を握っちゃ痛い！」

満佐子は思はずさう叫んだ。そして自分の願ひ事の破れたのを知つて、橋のむかうを痛恨の目つきで見やると、すでに事なく渡りきつたみなが、十四回目の最終の祈念を凝らしてゐる姿が見えた。

＊

家へかへつた満佐子が泣いて訴へたので、母親はわけもわからずにみなを叱つた。

「一体おまへは何を願つたのだい」

さうきいても、みなはにやにや笑ふばかりで答へない。

二三日して、いいことがあつて、機嫌を直した満佐子が、又何度目かの質問をして、みなをからかつた。

「一体何を願つたのよ。言ひなさいよ。もういいぢやないの」

みなは不得要領に薄笑ひをうかべるだけである。

「憎らしいわね。みなつて本当に憎らしい」

笑ひながら、満佐子は、マニキュアをした鋭い爪先で、みなの丸い肩をつついた。その爪は弾力のある重い肉に弾《はじ》かれ、指先には鬱陶しい触感が残つて、満佐子はその指のもつてゆき場がないやうな気がした。

○テキスト　初出は「文芸春秋」一九五六（昭31）年十二月号。一九五八（昭33）年一月、文芸春秋新社刊行の単行本『橋づくし』所収。一九六八（昭43）年九月、新潮文庫『花ざかりの森・憂国』所収。テキストは『決定版三島由紀夫全集』第19巻（新潮社、平14・6）収録の本文に拠った。

○解説　本作が発表された昭和三十一年は、三島の文学活動にとって極めて重要な年であった。戦後十年の彼の文学生活の総決算『金閣寺』の成功や、『永すぎた春』や『近代能楽集』の刊行、「鹿鳴館」の上演などによって一気に日本を代表する文豪となったばかりでなく、三島自身の生の模索が作品テーマと密接に関わりながら展開される傾向の強い彼の作品にあってこの年の作品が特に三島の生のありようを決定づける転機を形作っていったからである。本作でも同様の模索は行われていよう。発表当初から「心にくい巧みさ」（平野謙「毎日新聞」昭31・11・21）と評された表現技法の妙に注目することはもちろんだが、同時に技巧の裏にある主題を三島の同時期の作品主題と関わらせながら正確に読みとることが必要となってこよう。

三島は本作のエピグラフに近松の浄瑠璃『心中天網島』名残の橋づくしの一節を置いている。紙屋治兵衛と遊女小春が心中するにいたる〈分別のなさ〉と〈人生のはかなさ〉を懸詞と縁語によって描き出すエピグラフは、本作のいかなる場面と結びついているのか。橋を次々に渡っていく趣向や情景描写に象徴性を持たせる懸詞的趣向は同じである。だが橋を渡るたびに生から死に近づいていく近松の趣向は本作にはない。死にゆく男女の物語とは似もつかない意外な展開を見せることで本作は近松の浄瑠璃のパロディとなった。だが子細に読めば本作にも〈分別のなさ〉や〈人生のはかなさ〉は記されている。小弓・かな子・満佐子は願かけのために幾つかのルールを守る古風な約束ごとの世界にひたり、その願いは月の光が雲に隠れるのと符合してははかなく破れ去る。その意味では本作も近松の道行の現代版であった。橋を渡るごとに非現実の世界へ向かっていく近松の浄瑠璃に対し、橋を渡るごとに夢やぶれ現実の世界へ帰っていく本作。夢や憧れが成立しえない現代を描くことが本作のねらいの一つであった。そうした現代をいかに生きていくかが当時の三島のかかえた問題であった。

舞台となる築地川にかかる橋は実在する橋である。だが戦後復興と経済成長によって東京に人口が集中し、住宅や交通など生活全般に弊害が表れるにいたり、川は必要とされなくなった。築地川は埋め立てられ、橋が残された。こうした事態は本作発表年の四月に公布された首都圏整備法によって決定づけられた。本作の橋下にはまだ川の水は流れているが、それは交通網整備のために遠からず埋め立てられる瀕死の川であった。車時代の到来で川を縫うように橋を渡り歩くことはますます時代遅れの行為となった。本作の空間は彼女達が橋を縫って歩くという行為によって、道の延長線上の橋を軽快に行き交う開かれた都市のイメージではなく、川そのものを分節化する閉ざされた都市のイメージを喚起させる。森鷗外の「舞姫」の主人公がクロステル街をさまよったように、彼女達も昭和通りの真っ直ぐな道を逸れ、古い基層をもつ街を歩く。本作の時間は陰暦八月十五日の夜、すなわち仲秋の名月の夜である。彼女達を照らす深夜の名月の光は昼間の機能主義的な都市とは異なった都市の深層、歴史的記憶をともなう生きられた空間としての都市の相貌を垣間見させるはずであった。

　だが実際にはそうした都市の相貌も他の現代人と変わりない彼女達の心理描写が繰り返されることで読者に垣間見られることはない。本作には江戸の余韻や柳橋芸者の風情を描こうとする姿勢はない。小弓・かな子・満佐子によって示されるのは、三人の所属する花柳界が古いものであるにせよ彼女達の思いのありようは現代的だということである。三人の願い事は彼女達の意識の重みによってそれぞれ横道にそれていく。昭和三十年の流行語に「ノイローゼ」があるが、沈黙を守るルールから疑心暗鬼を深めてゆくありようは彼女達が同じ時代風潮のなかにあることを物語る。高度成長期に入って「中央」にいることのコンプレックスが「地方」礼賛の風潮を生みだしたと磯田光一はいう（「東京論の前提」「現代詩手帖」昭53・7）。本作の舞台も「中央」のなかの「地方」であり、時代風潮はノスタルジアを伴った花柳界賛美に傾いていた。三島はその風潮を逆手にとって見事なパロディを仕立て上げたといえよう。

　願かけに成功したのは、満佐子の家の女中みなだけであった。彼女は周囲のビル街や橋の実在感に匹敵する存在感を持つ。小弓・かな子・満佐子によって「内面」の弱さが、みなによって「外面」の強さが描き出された。「もはや戦後ではない」（「経済白書」昭31）と謳われ、物質万能主義へと移行していく時代、夢や憧れの成立しえない時代に適合する生の形がみなによって示された。いかなる近代化の波が押し寄せても爪痕を残すことのない存在。そうしたみなの造型にヒントを与えたのは、三島が恐れをもって読んだという深沢七郎の「楢山節考」（「中央公論」昭31・11、三島は雑誌掲載以前にこれを読んでいる）であったようだ。東北の山だしであるみなには「楢山節考」の世界と等質の古い世界の象徴が付与されている。「楢山節考」には本作に類似した掟も記され、本作との関係の解明が待たれる。

（小埜裕二）

○参考文献　竹田日出夫「三島由紀夫『橋づくし』論」（「武蔵野女子大学紀要」昭54・3）。前田愛「橋づくし」（『幻影の街』小学館　昭61・11）。佐藤秀明「外面の思想—三島由紀夫『橋づくし』論—」（「立教大学日本文学」昭58・12）。中野裕子「『橋づくし』論—〈様式〉の意味—」（『迷羊のゆくえ』翰林書房　平8・6）。高橋広満「〈模倣〉の行方—三島由紀夫『橋づくし』の場合—」（「日本文学」平10・1）。

人間の羊

大江健三郎

冬のはじめだった、夜ふけの鋪道に立っていると霧粒が硬い粉のように頬や耳たぶにふれた。家庭教師に使ったフランス語の初等文典を外套のポケットに押しいれて、僕は寒さに躰を屈めながら終発の郊外へ走るバスが霧のなかを船のように揺らめいて近づくのを待っていた。

車掌はたくましい首すじに兎のセクスのような、桃色の優しく女らしい吹出物をもっていた。彼女は僕にバスの後部座席の隅の空席を指した。僕はそこへ歩いて行く途中で、膝の上に小学生の答案の束をひろげている、若い教員風の男のレインコートの垂れた端を踏みつけてよろめいた。僕は疲れきっていて睡く、躰の安定を保ちにくくなっていた。あいまいに頭をさげて、僕は郊外のキャンプへ帰る酔った外国兵たちの占めている後部座席の狭いすきまへ腰をおろしに行った。僕の腿がよく肥えて固い外国兵の尻にふれた。バスの内部の水っぽく暖かい空気に顔の皮膚がほぐされると、疲れた弱よわしい安堵がまじりあった。僕は小さい欠伸をして甲虫の体液のように白い涙を流した。

僕を座席の隅に押しつめている外国兵たちは酒に酔って陽気だった。彼らは殆どみんな牛のようにうるんで大きい眼と短い額とを持って若かった。太く脂肪の赤い頚を黄褐色のシャツでしめつけた兵隊が、背の低い、顔の大きい女を膝にのせていて、他の兵隊たちにはやしたてられながら、女の木ぎれのように艶のない耳へ熱心にささやいていた。やはり酔っている女は、兵隊の水みずしくふくらんだ脣をうるさがって肩を動かしたり頭をふりたてたりしていた。

それを見て兵隊たちは狂気の血にかりたてられるように笑いわめいた。日本人の乗客たちは両側の窓にそった長い座席に坐って兵隊たちの騒ぎから眼をそむけていた。外国兵の膝の上にいる女は暫くまえからその外国兵と口争いをしている様子だった。僕は硬いシートの背に躰をもたせかけ、頭が硝子窓にぶつかるのを避けてうなだれた。バスが走りはじめると再び寒さが静かにバスの内部の空気をひたしていった。僕はゆっくり自分の中へ閉じこもった。

急にけたたましい声で笑うと、女が外国兵の膝から立上り、彼らに罵りの言葉をあびせながら、倒れるように僕の肩によりかかって来た。

あたいはさ、東洋人だからね、なによ、あんた。しつこいわね、と女はそのぶよぶよする躰を僕におしつけて日本語で叫んだ。甘くみんなよ。

女を膝の上に乗せていた外国兵は空になった長い膝を猿のように両脇へひらき、むしろ当惑の表情をあらわにして、僕と女とを見まもっていた。

こんちくしょう、人まえであたいに何をするのさ、と女は黙っている外国兵たちに苛立って叫び、首をふりたてた。あたいの頚になにをすんのさ、穢いよ。

車掌が頬をこわばらせて顔をそむけた。

あんたたちの裸は、背中までひげもじゃでさ、と女はしつこく叫んでいた。あたいは、このぼうやと寝たいわよ。

車の前部にいる日本人の乗客たち、皮ジャンパーの青年や、中年の土工風の男や、勤人たちが僕と女とを見つめていた。僕は躰をちぢめ、レインコートの襟を立てた教員に、被害者のほほえみ、弱よわしく軽い微笑をおくろうとしたが、教員は非難にみちた眼で僕を見かえすのだ。僕はまた、外国兵たちも、女よりむしろ僕に注意を集中しはじめているのに気がつき、当惑と羞ずかしさで躰をほてらせた。

ねえ、あたいはこの子と寝たいわよ。

僕は女の躰をさけて立ちあがろうとしたが、女のかさかさに乾いた冷たい腕が僕の肩にからみついて離れなかった。そして女は、柿色の歯茎を剝きだして、僕の顔いちめんに酒の臭いのする唾の小さい沫を吐きちらしながら叫びたてた。

あんたたち、牛のお尻にでも乗っかりなよ、あたいはこのぼうやと、ほら。

僕が腰をあげ、女の腕を振りはらった時、バスが激しく傾き、僕には躰を倒れることからふせぐために窓ガラスの横軸につかまる短い余裕しかなかった。その結果、女は僕の肩に手をかけたままの姿勢で振りまわされ、叫びたてながら床にあおむけに転がって、細く短い両脚をばたばたさせた。靴下どめの上の不自然にふくらんだ腿が寒さに鳥肌だち、青ぐろく変色しているのを僕は見たが、どうすることもできない。それは肉屋のタイル張りの台におかれている、水に濡れた裸の鶏の不意の身悶えに似ていた。

外国兵の一人がすばやく立ちあがり、女をたすけ起した。そしてその兵隊は、急激に血の気を失い、寒さにこわばる脣を嚙みしめて喘いでいる女の肩を支えたまま、僕を睨みつけた。僕は謝りの言葉をさがしたが、数かずの外国兵の眼に見つめられると、それは喉にこびりついてうまく出てこない。僕は、頭をふり、腰を座席におちつけようとした。その肩を外国兵のがっしりした腕が摑まえ、ひきあげる。僕は躰をのけぞり、外国兵の栗色の眼が怒りと酔いに小さな花火のようなきらめきを湧きたたせるのを見た。

外国兵が何か叫んだ。しかし僕には、その歯音の多い、すさまじい言葉のおそいかかりを理解できなかった。外国兵は一瞬黙りこんで僕をのぞきこみ、それからもっと荒あらしく叫んだ。

僕は狼狽しきって、外国兵の逞しい首の揺れ動きや、喉の皮膚の突然のふくらみを見まもっていた。僕には彼の言葉の単語一つ理解することができなかった。

外国兵は僕の胸ぐらを摑んで揺さぶりながら喚き、学生服のカラーが喉の皮膚に食いこんで痛むのを僕は耐えた。

外国兵の金色の荒い毛が密生した腕を胸から外させることができないで、あおむいたままぐらぐらしている僕の顔いちめんに小さい唾を吐きかけながら外国兵は狂気のように叫び続けるのだ。それから急に僕は突きはなされ、ガラス窓に頭をうちつけて後部座席へ倒れこんだ。そのまま僕は小動物のように躰を縮めた。

高い声で命令するように外国兵が叫びたて、急速にざわめきが静まって、エンジンの回転音だけがあたりをみたした。倒れたまま首をねじって振りむいた僕は若わかしい外国兵が右手に強靭に光るナイフをしっかり握っているのを見た。僕はのろのろ躰を起し、武器を腰のあたりでこきざみに動かしている外国兵とその横で貧弱な顔をこわばらせている女とに向きなおった。日本人の乗客たちも、他の外国兵たちもみんな黙りこんで僕らを見守っていた。

外国兵がゆっくり音節をくぎって言葉をくりかえしたが、僕は耳へ内側から血がたぎってくる音しか聞くことができない。僕は頭を振ってみせた。外国兵が苛立って硬すぎるほど明確な発音を再びくりかえし、僕は言葉の意味を理解して急激な恐怖に内臓を揺さぶられた。うしろを向け、うしろを向け。しかしどうすることができよう、僕は外国兵の命令にしたがってうしろを向いた。後部の広いガラス窓の向うを霧が航跡のようにうずまき、あおりたてられて流れていた。外国兵がしっかりした声で叫んだが、僕には言葉の意味がわからない。外国兵がその卑猥な語感のする俗語をくりかえし叫ぶと僕の躰の周りの外国兵たちが発作のように激しく笑いどよめいた。

僕は首だけ背後にねじって外国兵と女とを見た。女は生きいきして猥らな表情をとり戻しはじめていた。そして外国兵は大げさに威嚇の身ぶりを見せ、自分の思いつきに熱中する子供のように喚いた。僕は恐怖がさめて行くのをあっけにとられて感じていたが、外国兵の思いつきは僕に伝わってこないのだった。僕はゆっくり頭をふって外国兵から顔をそむけた。彼は僕に悪ふざけしているにすぎないのだろう、僕はどうしていいかわからないが、少くとも危険ではないだろう、と僕は窓ガラスの向うの霧の流れをみつめて考えた。僕はこのまま立っていればいい、そして彼らは僕を解放するだろう。

しかし外国兵の逞しい腕が僕の肩をしっかり摑むと動物の毛皮を剝ぐように僕の外套をむしりとったのだ。そして僕は数人の外国兵が笑いざわめきながら僕の躰へ腕をかけるのをどうすることもできない。彼らは僕のズボンのベルトをゆるめ荒あらしくズボンと下ばきとをひきはいだ。僕はずり落ちるズボンを支えるために両膝を外側へひろげた姿勢のまま手首を両側からひきつけられ、力強い腕が僕の首筋を押しつけた。僕は四足の獣のように背を折り曲げ、裸の尻を外国兵たちの喚声にさらしてうなだれていた。僕は躰をもがいたが両手首と首筋はがっしり押さえられ、その上、両足にはズボンがまつわりついて動きの自由をうばっていた。

尻が冷たかった。僕は外国兵の眼のまえへつき出されている僕の尻の皮膚が鳥肌だち、灰青色に変化して行くのを感じた。尾骶骨の上に硬い鉄が軽くふれて、バスの震動のたびに痛みのけいれんを背いちめんにひろげた。ナイフの背をそこに押しあてている若い外国兵の表情が僕にはわかった。

僕は圧しつけられ、捩じまげられた額のすぐ前で、自分のセクスが寒さにかじかむのを見た。狼狽のあとから、焼けつく羞恥が僕をひたしていった。そして僕は腹を立てていた、子供の時のように、やるせない苛立たしい腹だちがもりあがってきた。しかし僕がもがいて外国兵の腕からのがれようとするたびに、僕の尻はひくひく動くだけなのだ。

外国兵が突然歌いはじめた。そして急に僕の耳は彼らのざわめきの向うで、日本人の乗客がくすくす笑っているのを聞いた。僕はうちのめされ圧しひしがれた。手首と首筋の圧迫がゆるめられたとき、僕は躰を起す気力さえうしなっていた。そして僕の鼻の両脇を、粘りつく涙が少しずつ流れた。

兵隊たちは童謡のように単純な歌をくりかえし歌っていた。そして拍子をとるためのように、寒さで無感覚になり始めた僕の尻をひたひた叩き、笑いたてるのだ。

羊撃ち、羊撃ち、パン　パン

と彼らは熱心にくりかえして訛りのある外国語で歌っていた。

羊撃ち、羊撃ち、パン　パン
ナイフを持った外国兵がバスの前部へ移って行った。そして他の外国兵が数人、彼を応援に行った。そこで日本人の乗客たちのおずおずした動揺が起り、外国兵が叫んだ。彼らは行列を整理する警官のように権威をもって長い間叫びつづけた。屈んでいる僕にも彼らのやっている作業は分った。僕が首筋を摑まえられて正面へ向きなおされた時、バスの中央の通路には、震動に耐えるために足を拡げてふんばり、裸の尻を剝きだして背を屈めた《羊たち》が並んでいた。僕は彼らの列の最後に連なる《羊》だった。外国兵たちは熱狂して歌いどよめいた。
羊撃ち、羊撃ち、パン　パン
そしてバスが揺れるたびに僕の額は、すぐ眼の前の、褐色のしみのある痩せた尻、勤人の寒さに硬い尻へごつごつぶつかるのだ。バスが急に左へ廻りこみ停車した。僕は筋肉のこわばりが靴下どめを押しあげている勤人のふくらはぎへ頭をのめらせた。
ドアを急いで開く音がし、車掌が子供のような透きとおって響く悲鳴をあげながら暗い夜の霧の中へ走り逃れて行った。僕は躰を屈めたまま、その幼く甲高い叫びの遠ざかって行くのを聞いた。誰もそれを追わなかった。
あんた、もう止しなよ、と僕の背に手をかけて外国兵の女が低い声でいった。
僕は犬のように首を振って彼女の白けた表情を見あげ、またうつむいて僕の前に列なる《羊たち》と同じ姿勢を続けた。女は破れかぶれのように声をはりあげて外国兵たちの歌に合唱しはじめた。
羊撃ち、羊撃ち、パン　パン
やがて、運転手が白い軍手を脱ぎ、うんざりした顔でズボンをずり落して、丸まる肥った大きい尻を剝き出した。
自動車が何台も僕らのバスの横をすりぬけて行った。霧にとざされた窓ガラスを覗きこもうとしながら行く自転車の男たちもいた。それはきわめて日常的な冬の夜ふけにすぎなかった。ただ、僕らはその冷たい空気の中へ裸の尻をさらしていたのだ。僕らは実に長い間、そのままの姿勢でいた。そして急に、歌いつかれた外国兵たちが、女を連れてバスから降りて行ったのだ。嵐が倒れた裸木を残すように、僕ら、尻を剝ぎ出した者たちを置きざりにして。僕らはゆっくり背を伸ばした。それは腰と背の痛みに耐える努力をともなっていた。それほど長く僕らは《羊》だったのだ。

僕は床に泥まみれの小動物のように落ちている僕の古い外套を見つめながらズボンをずりあげベルトをしめた。そしてのろのろ外套をひろい、汚れをはらい落すとうなだれたまま後部座席へ戻った。ズボンの中で僕の痛めつけられた尻は熱かった。僕は外套を着こむことを億劫にさえ感じるほど疲れていた。

《羊》にされた人間たちは、みんなのろのろとズボンをずりあげ、ベルトをしめて座席に戻った。《羊たち》はうなだれ、血色の悪くなった脣を嚙んで身震いしていた。そして《羊》にされなかった者たちは、逆に上気した頰を指でふれたりしながら《羊たち》を見まもった。みんな黙りこんでいた。

僕の横へ坐った勤人はズボンの裾の汚れをはらっていた。それから彼は神経質に震える指で眼鏡をぬぐった。《羊たち》は殆ど後部座席にかたまって坐っていた。そして、教員たち、被害を受けなかった者たちはバスの前半分に、興奮した顔をむらがらせて僕らを見ていた。運転手も僕らと並んで後部座席に坐っていた。そのまま暫く僕らは黙りこんで待っていた。しかし何もおこりはしない。車掌の少女も帰ってこなかった。僕らには何もすることがなかった。

そして運転手が軍手をはめて、運転台へ帰って行き、バスが発車すると、バスの前半分に活気が戻ってきた。彼ら、前半分の乗客たちは小声でささやきあい、僕ら被害者を見つめた。僕はとくに教員が熱をおびた眼で僕らを見つめ、脣を震わせているのに気がついていた。僕は座席に躰をうずめ、彼らの眼からのがれるためにうなだれて眼をつむった。僕の躰の底で、屈辱が石のようにかたまり、ぶつぶつ毒の芽をあたりかまわずふきだし始めていた。

教員が立ちあがり、後部座席まで歩いてきた。僕は顔をふせたままでいた。教員はガラス窓の横軸にしっかり躰を支えて屈みこみ勤人に話しかけた。

あいつらひどいことをやりますねえ、と教員は感情の高ぶりに熱っぽい声でいった。彼はバスの前部の客たち、被害をうけなかった者たちの意見を代表しているように堂どうとして熱情的だった。

人間に対してすることじゃない。

勤人は黙りこんだまま、うつむいて教員のレインコートの裾を見つめていた。

僕は黙って見ていたことを、はずかしいと思っているんです、と教員は優しくいった。どこか痛みませんか。

勤人の色の悪い喉がひくひく動いた。それはこういっていた、俺の躰が痛むわけはないよ、尻を裸にされるくらいで、俺をほっておいてくれないか。しかし勤人の唇は硬く嚙みしめられたままだった。

あいつらは、なぜあんなに熱中していたんだか僕にはわからないんです、と教員はいった。日本人を獣あつかいにして楽しむのは正常だとは思えない。

バスの前部の席から被害を受けなかった客の一人が立って来て教員の横にならび、僕らをやはり堂どうとして熱情的な眼でのぞきこんだ。それから、前部のあらゆる席から興奮に頰をあかくした男たちがやって来て教員たちとならび、彼らは躰を押しつけあい、むらがって僕ら《羊たち》を見おろした。

ああいうことは、このバスでたびたび起るんですか、と客の一人がいった。

新聞にも出ないからわからないけれど、と教員が答えた。始めてではないでしょう。慣れているようなやり方だったな。

女の尻をまくるのなら話はわかるが、と道路工夫のように頑丈な靴をはいた男が真面目に腹をたてた声でいった。男にズボンを脱がせてどうするつもりなんだろう。

厭なやつらだった。

ああいうことを黙って見逃す手はないですよ、と道路工夫らしい男はいった。黙っていたら増長して癖になる。僕らを、兎狩りで兎を追いつめる犬たちのように囲んで、立った客たちは怒りにみちた声をあげ話しあった。そして僕ら《羊たち》は柔順にうなだれ、坐りこみ、黙って彼らの言葉を浴びていた。

警官に事情を話すべきですよ、と教員が僕らに呼びかけるように、ひときわ高い声でいった。あの兵隊のいるキャンプはすぐにわかるでしょう。警察が動かなかったら、被害者が集って世論に働きかけることができると思うんです。きっと今までも、被害者が黙って屈伏したから表面化しなかっただけだと僕は思う。そういう例はほかにもあります。教員の周りで被害を受けなかった客たちが賛同の力強いざわめきを起した。しかし坐っている僕らは黙ったままうなだれていた。

警察へ届けましょう、僕は証人になります、と教員が勤人の肩に掌をふれると活気のある声でいった。彼は他の客たちの意志を躰じゅうで代表していた。

俺も証言する、と他の一人がいった。

やりましょう、と教員はいった。ねえ、あんた達、唖みたいに黙りこんでいないで立上って下さい。

唖、不意の唖に僕ら《羊たち》はなってしまっていたのだ。そして僕らの誰一人、口を開く努力をしようとはしなかった。僕の喉は長く歌ったあとのように乾いて、声は生まれる前に融けさってしまう。そして躰の底ふかく、屈辱が鉛のように重くかたまって、僕に身動きすることさえ億劫にしていた。

黙って耐えていることはいけないと僕は思うんです、と教員がうなだれたままの僕らに苛立っていた。僕らが黙って見ていたことも非常にいけなかった。無気力にうけいれてしまう態度は棄てるべきです。

あいつらにも思いしらせてやらなきゃ、と教員の言葉にうなずきながら別の客がいった。我われも応援しますよ。しかし坐っている《羊》の誰も、彼らの励ましに答えようとはしなかった。彼らの声が透明な壁にさえぎられて聞えないように、みんな黙ってうつむいていた。

恥をかかされたもの、はずかしめを受けた者は、団結しなければいけません。

急激な怒りに躰を震わせて僕は教員を見あげた。《羊》たちが動揺し、それから赤い皮ジャンパーを着こんで隅にうずくまっていた《羊》が立ちあがると、青ざめて硬い顔をまっすぐに保ったまま教員につっかかっていった。彼は教員の胸ぐらを摑み、狭く開いた脣のあいだから唾を吐きとばしながら教員を睨みつけたが、彼も言葉を発することができない。教員は無抵抗に両腕をたれ驚きにみちた表情をしていた。周囲の客たちも驚きに黙りこんで男を制しようとはしなかった。男は罵りの言葉をあきらめるように首を振ると教員の顎を激しく殴りつけた。

しかし勤人と、他の《羊》の一人が、倒れた教員へ跳びかかって行こうとする男の肩をだきとめると、男は急速に躰から力をぬき、ぐったりして席に戻った。黙ったまま勤人たちが坐ると、再び《羊たち》はみんな疲れきった小動物のようにひっそりうなだれてしまうのだ。立っていた客たちも、あいまいに黙りこんで前部の座席へ戻って行った。彼らの間でも感情の昂揚がたちまち冷却して行き、そのあとにざらざらして居心地の悪い滓がたまりはじめているようだった。床に倒れた教員は立ちあがると僕らをいくぶん哀しそうな眼でみつめ、それから丁寧にレインコートをはたいた。彼はもう誰にも話しかけようとはしなかったが、時どき紅潮がまだらに残っている顔をふりむいて僕らを見た。僕は殴りつけられて倒れた教員を見ることで自分の屈辱をほんの少しまぎらせようとしたことを醜いと考えたが、それが深く僕を苦しめるには、僕の躰があまりに疲れすぎていた。それに寒かった。バスの小刻みになった震動に躰をまかせながら僕は脣を噛みしめて睡りから耐えた。

バスは市の入口のガソリンスタンドの前でとまり、そこで勤人と僕とをのぞくすべての《羊たち》と他の乗客とが降りた。運転手が車掌のかわりに切符をうけとろうとはしないので、幾人かは小さく薄い切符を車掌の席に丸めて棄てて、降りて行った。

バスが再び走りはじめた時、僕は教員の執拗にまといつく視線が僕にむけられているのに気がつき小さなおびえにとらえられた。教員はあきらかに僕に話しかけたがっていると感じられるのだ。それをどうはぐらかしていいか僕にはわからない。僕は教員から顔をそむけ、躰をねじって後部の広いガラス窓から外を覗こうとしたが、それは霧のこまかい粒でぎっしりおおわれていて、暗い鏡のように車内のすべてをぼんやり写している。そのなかに僕は、やはり熱心に僕を見つめている教員の顔を見てやりきれない苛だちにおそわれた。

次の停留所で、僕は殆ど駈けるようにしてバスを降りた。教員の前を通りぬける時、僕は首を危険な伝染を避けるためのように捩って教員のすがりついて来る視線を振りきらねばならなかった。鋪道に霧はよどんで空気は淡い密度の水のようだった。僕は外套の襟を喉にまきつけて寒さをふせぎながら、バスが霧のゆるやかなうずをまきおこして遠ざかるのを見おくり、みじめな安堵の感情を育てた。ガラスを掌でぬぐって、勤人が僕を見ようとしているのが白っぽくバスの後尾にうかんでいた。僕は、肉親と別れるような動揺を感じた、おなじ空気のなかへ裸の尻をさらした仲間。しかし僕はその賤しい親近感を恥じて、ガラス窓から眼をそらした。家の暖かい居間で僕を待っているはずの母親や妹たちの前へ帰って行くために僕は自分をたてなおさなければならなかった。僕は彼女たちから、僕の躰の奥の屈辱をかぎとられてはならない、と考えた。僕は明るい心をもった子供のように意味もなく駈けだすことにきめて外套をかたく躰にまといつけた。

ねえ、君、と僕の背後にひそんだ声がいった。ねえ、待ってくれよ。

その声が、僕から急速に去って行こうとしていた厭わしい《被害》を再び正面までひき戻した。僕はぐったりして肩をたれた。その声がレインコートの教員のそれであることは振りかえるまでもなくわかった。

待ってくれよ、と教員は寒さに乾いた脣を湿すために舌を覗かせてから、過度に優しい声でくりかえした。

この男から逃れることはむつかしい、という予感が僕をみたし、無気力に彼の言葉の続きを待たせた。教員はすっぼりくるんでしまう奇妙な威圧感を躰にみなぎらせて微笑していた。

君はあのことを黙ったまま耐えしのぶつもりじゃないだろう？　と教員は注意深くいった。他の連中はみんなだめだけど、君だけは泣寝入りしないで戦うだろう？

戦う、僕は驚いて、うすい皮膚の下に再び燃えあがろうとしはじめた情念をひそめている教員の顔を見つめた。それは僕をなかば慰撫し、なかば強制していた。

君の戦いには僕が協力しますよ、と一歩踏み出して教員はいった。僕がどこにでも出て証言する。

あいまいに頭を振って彼の申出をこばみ、歩き出そうとする僕の右脇へ教員の励ましにみちた腕がさしこまれた。

警察に行って話そう、遅くならない方がいい。交番はすぐそこなんだ。

僕のとまどった抵抗をおしきり、しっかりした歩調で僕をひきずるように歩きながら、教員は短く笑ってつけくわえた。あすこは暖かくていいよ、僕の下宿には火の気もないんだ。

僕らは、僕の心のなかの苛だたしい反撥にもかかわらず、親しい友人同士のように見える腕のくみかたで、鋪道を横切り、狭い光の枠を霧の中へうかびあがらせている交番へ入って行った。

交番には若い警官が太い書体の埋めているノートに屈みこんでいた。彼の若わかしいうなじを赤熱したストーヴがほてらせていた。

こんばんは、と教員がいった。

警官が頭をあげ、僕を見つめた。僕は当惑して教員を見あげたが、彼はむしろ交番から僕が逃げだすのをふせぐためのように立ちふさがり僕を見つめていた。警官は充血して睡そうな眼を僕から教員にむけて固定した。それから再び僕を見かえした時警官の眼は緊張していた。彼は教員から信号をうけとったようだった。

え？　と警官が僕を見つめたまま、教員にうながした。

どうかしましたか？

キャンプの外国兵との問題なんです、と教員が警官の反応をためすためにゆっくりいった。被害者はこの人です。

キャンプの？　と警官は緊張していった。

この人たちが外国兵に暴行されたんです。

警官の眼が硬くひきしまり僕の躰じゅうをすばやく見まわした。僕は彼が、打撲傷や切傷を僕の皮膚の上に探そうとしているのがわかったが、それらはむしろ僕の皮膚の下にとどこおっているのだ。そしてそれらを僕は他人の指でかきまわされたくなかった。

待って下さいよ、僕一人ではわからないから、と急に不安にとりつかれたように若い警官はいって立上った。キャンプとの問題は慎重にやりたいんです。

警官が籐をあんだ仕切の奥へ入って行くと、教員は腕を伸ばして僕の肩にふれた。

僕らも慎重にやろう。

僕はうつむいてストーヴからのほてりが、寒さでこわばっていた顔の皮膚をむずがゆく融かすのを感じて黙っていた。

中年の警官は若い警官につづいて入って来る時、眼をこすりつけて眠りから脱け出る努力をしていた。それから彼は疲れた肉がたるんでいる首をふりむけて僕と教員を見つめ、椅子をすすめた。僕はそれを無視して坐らなかった。教員は一度坐った椅子から、僕を監視するためのように、あわてててまた立上った。警官たちが坐ると訊問の空気がかもしだされた。

キャンプの兵隊に殴られたんだって？　と中年の警官がいった。

いいえ、殴られはしません、と皮ジャンパーの男に殴りつけられたあとが青黒いしみになっている自分の顎をひいて教員はいった。もっと悪質の暴行です。

どういうことなんだい、と中年の警官がいった。暴行といったところで。

教員が僕を励ます眼で見つめたが、僕は黙っていた。

え？

バスの中で酒に酔った外国兵が、この人たちのズボンを脱がせたんです、と教員が強い調子でいった。そして裸の尻を。

羞恥が熱病の発作のように僕を揺り動かした。外套のポケットの中で震えはじめた指を僕は握りしめた。

裸の尻を？ と若い警官が当惑をあらわにしていった。

教員は僕を見つめてためらった。

傷でもつけたんですか。

指でぱたぱた叩いたんです、と教員は思いきっていった。

若い警官が笑いを耐えるために頬の筋肉をひりひりさせた。

どういうことなんだろうな、と中年の警官が好奇心にみちた眼で僕をのぞきこみながらいった。ふざけているわけじゃないでしょう？

え？ 僕らが。

裸の尻をぱたぱた叩いたといっても、と教員をさえぎって中年の警官はいった。死ぬわけでもないだろうし。

死にはしません、と教員が激しくいった。しかし混雑しているバスの中で裸の尻を剝き出して犬のように屈まされたんだ。

警官たちが教員の語勢におされるのが、羞恥に躰を熱くしてうつむいている僕にもわかった。

脅迫されたんですか、と若い警官が教員をなだめるようにいった。

大きいナイフで、と教員がいった。

キャンプの外国兵だということは確かなのですね、と熱をおびてきた声で若い警官がいった。詳しく話してみてください。

そして教員はバスの中での事件を詳細に話した。僕はそれをうなだれて聞いていた。僕は警官たちの好奇心にみちた眼のなかで、僕が再びズボンと下ばきをずりさげられ、鳥のそれのように毛穴のぶつぶつふき出た裸の尻をささげ屈みこまされるのを感じた。

ひどいことをやられたもんだなあ、と猥らな笑いをすでにおしかくそうとさえしないで、黄色の歯茎を剝いた中年の警官はいった。それを他の連中は黙って見ていたんだろう？

僕は、と嚙みしめた歯の間から呻くように声を嗄らせて教員がいった。平静な気持でそれを見ていたわけじゃない。顎を殴られていますね、と若い警官が僕から教員へ眼をうつしていった。

いいえ、外国兵にじゃありません、と教員は不機嫌にいった。

被害届を一応出してもらうことにしようか、と中年の警官がいった。それから、こういう事件のあつかいは丁寧に検討しないと厄介で。

厄介なというような問題じゃないでしょう、と教員がいった。はっきり暴力ではずかしめられたんだ。泣寝入りするわけにはいかないんです。

法律上、どういうことになるか、と中年の警官は教員をさえぎっていった。君の住所と名前を聞きます。

僕は、と教員がいった。

あんたよりさきに、被害を受けた当人のを。

僕は驚いて激しく首を振った。

え？　と若い警官が額に短い皺をよせていった。

頑強に自分の名前をかくしとおさねばならない、と僕は考えた。なぜ僕は、教員にしたがって交番へ入って来たりしたのだろう。このまま疲れにおしひしがれて無気力に教員の意志のままになっていたら、僕は自分のうけた屈辱をあたりいちめんに広告し宣伝することになるだろう。

君の住所と名前をいえよ、と教員が僕の肩に腕をまわしていった。そして告訴するんだ。

僕は教員の腕から躰をさけたが、彼に自分が告訴する意志をもたないことを説明するためにはどうしていいかわからなかった。僕は不意の唖だった。脣を硬く嚙んだまま僕はストーヴの臭いに軽い嘔気を感じ、これらすべてが早く終ればいいと苛だたしく願っていた。

この学生だけが被害者じゃないんだから、と教員が思いなおしたようにいった。僕が証人になってこの事件を報告するという形でもいいでしょう？

被害をうけた当人が黙っているのに、こんなあいまいな話を取りあげることはできないよ。新聞だって相手にするはずはないね、と中年の警官はいった。殺人とか傷害とかいうのじゃないんだ。裸の尻をぱたぱた叩く、そして歌う。

若い警官がいそいで僕から顔をそむけ、笑いをかみころした。

ねえ、君、どうしたんだ、と苛だって教員がいった。なぜ君は黙ってるんだ。

僕は顔をうつむけたまま交番から出て行こうとしたが、教員が僕の通路へまわりこみ、しっかり足をふんばって僕をさえぎった。

ねえ、君、と彼は訴えかけるように切実な声でいった。誰か一人が、あの事件のために犠牲になる必要があるんだ。君は黙って忘れたいだろうけど、思いきって犠牲的な役割をはたしてくれ。犠牲の羊になってくれ。

羊になる、僕は教員に腹だたしさをかりたてられたが、彼は熱心に僕の眼をのぞきこもうと努めていた。そして懇願するような、善良な表情をうかべている。僕はますますかたくなに口をつぐんだ。

君が黙っているんじゃ、僕の立場がないよ。ねえ、どうしたんだ。

明日にでも、と中年の警官が、睨みあって沈黙した僕らを見つめながら立ちあがっていった。あんたたちの間で、はっきり話がついてから来て下さい。そうしたところで、キャンプの兵隊を起訴することになるかどうかはわからないけれどね。

教員は警官に反撥してなにかいいかけたが、警官は僕と教員の肩にぶあつい掌をおき、親しい客を送るように外へ押し出した。

明日でも遅くないだろう？　その時には、もっと用意をととのえておいてもらう。

僕は今夜、と教員があわてていった。

今夜は一通り話を聞いたじゃないか、と警官はやや感情的な声を出した。それに直接の被害者は訴える気持を持ってないんだろ？

僕と教員とは交番を出た。交番からの光は濃くなって光沢をおびた霧に狭く囲われていた。

君は泣寝入りするつもりなのか？　と教員が口惜しそうにいった。

僕は黙ったまま霧の囲いの外、冷たく暗い夜のなかへ入って行った。僕は疲れきっていたし睡かった。僕は家へ帰り、妹たちと黙りこんで遅い食事をし、自分の屈辱を胸にかかえこむように背をまるめ蒲団をかぶって寝るだろう、そして夜明けには、少しは回復してもいるだろう……

しかし、教員が僕から離れないでついて来るのだ。僕は足を早めた。教員の力のこもった靴音が僕の背のすぐ後で早くなる。僕はふりかえり、教員と短い時間、顔を見つめあった。教員は熱っぽく苛だたしい眼をしていた。霧粒が彼の眉にこびりついて光っていた。

君はなぜ警察で黙っていたんだ、あの外国兵どもをなぜ告訴しなかったんだ、と教員がいった。黙って忘れることができるのか？

僕は教員から眼をそらし、前屈みに急いで歩きはじめた。僕は背後からついて来る教員を無視する決心をしていた。僕は顔をこわばらせる冷たい霧粒をはらいのけようともしないで歩いた。鋪道の両側のあらゆる商店が燈を消し扉をとざしていた。僕と教員の靴音だけが霧にうもれて人通りのない町にひびいた。僕の家のある路地へ入るために鋪道を離れる時、僕はすばやく教員を振りかえった。

黙って誰からも自分の恥をかくしおおすつもりなら、君は卑怯だ、と振りかえる僕を待ちかまえていたように教員はいった。そういう態度は外国兵にすっかり屈伏してしまうことだ。

僕は教員の言葉を聞く意志を持たないことを誇示して路地へ駈けこんだが、教員は急ぎ足に僕の背へついて来るのだ。彼は僕の家にまで入りこんで僕の名前をつきとめようとするつもりかもしれない。僕は自分の家の門燈の明るみを横眼に見て、その前を通りすぎた。路地のつきあたりを曲って、再び鋪道へ出ると教員も歩調をゆるめながら僕に続いた。

君の名前と住所だけでもおしえてくれ、と教員が僕に背後から声をかけた。後から今後の戦いの方針を連絡するから。

僕は苛だちと怒りにおそわれた。しかし僕にどうすることができよう。僕の外套の肩は霧に濡れて重くなり、首すじに冷たくそれはふれた。身震いしながら僕は黙りこんで歩いた、長い間そのまま僕らは歩いた。

市の盛り場近くまで来ると、暗がりから獣のように首を伸ばして街娼が僕らを待ちかまえているのが見えた。僕は街娼をさけるために車道へ踏み出し、そのまま車道を向う側の歩道へ渡った。寒かった、僕は下腹の激しいしこりをもてあましていた。ためらったあと、僕はコンクリート塀の隅で放尿した。教員は僕と並んで自分も放尿しながら僕によびかけた。

おい、名前だけでもいってくれよ。僕らはあれを闇にほうむることはできないんだ。

霧を透して街娼が僕らを見まもっていた。僕は外套のボタンをかけ、黙ったままひきかえしはじめた。教員が僕と肩をならべた時、街娼は僕らに簡潔で卑猥な言葉をなげかけた。霧に刺激された鼻孔の粘膜が痛み悪寒がした。僕は疲れと寒さにうちひしがれていた。腓がこわばり、靴の中でふくれた足が痛んだ。

僕は教員をなじり、あるいは腕力にかけてもその理ふじんな追跡を拒まねばならなかったのだ。しかし僕は唖のように言葉を失い、疲れきっていた。躰をならべて歩きつづける教員にただ絶望的に腹を立てていた。

僕らが再び、僕の家への路地の前へさしかかった時、夜はすっかり更けていた。僕は蒲団にたおれふして睡りに身をまかせたい、激しい願いにとらえられた。そこを僕は通りすぎたが、それ以上遠くへ歩き離れていくことには耐えられなかった。急に湧きあふれる情念が僕をぐいぐいとらえた。

僕は唇を嚙みしめ、ふいに教員をつきとばすと、暗く細い路地へ駈けこんだ。両側の垣の中で犬が激しく吠えたてた。僕は息をあえがせ、顎をつきだし、悲鳴のような音を喉からもらしながら駈けつづけた。横腹が痛みはじめたが僕はそこを押しつけて走った。

しかし、街燈が淡く霧を光らせている路地の曲りかどで、僕は背後から逞しい腕に肩を摑まえられたのだ。僕を抱きこむように躰をよせ教員は荒い息を吐いていた。そして僕も白く霧にとけこむ息を開いた口と鼻孔から吐き出した。

今夜ずっと、この男につきまとわれて、冷たい町を歩きつづけねばならないだろう、と僕は疲れきって考えた。躰を重く無力感がみたし、その底から苛だたしい哀しみがひろがってきた。僕は最後の力をふりしぼって、教員の腕をはらいおとした。しかし教員はがっしりして大きい躰を僕の前にそびえさせて、僕の逃走の意志をうけつけない。僕は教員と睨みあったまま絶望しきっていた。敗北感と哀しみが表情にあらわれてくるのをふせぐためにどうしていいかわからないのだ。

お前は、と教員が疲れに嗄れた声を出した。どうしても名前をかくすつもりなんだな。

僕は黙ったまま教員を睨みつけているだけで躰じゅうのあらゆる意志と力をつかっていた。

俺はお前の名前をつきとめてやる、と教員は感情の高ぶりに震える声でいい、急に涙を両方の怒りにみちた眼からあふれさせた。お前の名前も、お前の受けた屈辱もみんな明るみに出してやる。そして兵隊にも、お前たちにも死ぬほど恥をかかせてやる。お前の名前をつきとめるまで、俺は決してお前から離れないぞ。

○テキスト　初出は「新潮」一九五八（昭33）年二月。文芸春秋新社刊『死者の奢り』（昭33・3）に収録。テキストは『大江健三郎全作品　1』（新潮社、昭41・6）所収の本文を収録した。

○解説　昭和三十二年、東京大学の五月祭に「奇妙な仕事」を投稿し、五月祭賞を受賞した大江健三郎は、その後「文学界」に「死者の奢り」（昭32・8）、「新潮」に「他人の足」（昭32・8）と立て続けに作品を発表し、新人作家としての順調な第一歩を踏み出した。この作品は、「飼育」（昭33・1）とともに、それらに続く初期の旺盛な創作活動の中で書かれた一連の短篇小説の一つである。

物語は大きく三つの場面から構成されている。第一の場面は、初冬のある夜、郊外へ向かう終発のバスの中が舞台である。「僕」がこのバスに乗ると、そこには酔った外国兵たちが、日本人の娼婦を相手に騒いでいた。娼婦は「僕」にもたれかかってきたが、「僕」が振り払おうとするとはずみで床に倒れてしまう。それを見た外国兵たちは、「僕」のズボンを脱がせ、さらに乗客の男たちの尻をも剝き出しにして、「羊撃ち、羊撃ち、パン　パン」とはやしたてる。乗客たちは無力でなにもすることができない。

閉鎖された極限的な空間で起こる奇妙な出来事というモチーフは、大江の初期作品に顕著に見られるものである。大学病院で飼われていた一五〇匹の犬を始末するアルバイトをあつかったデビュー作「奇妙な仕事」もまさにそうしたモチーフを含んだものだったが、ここでは通勤・通学の客たちを乗せたバスという場が選ばれている。外国兵たち、娼婦、「僕」を含むその他の乗客たちというそれぞれが譬喩的に表現するものから、これを安保条約下の戦後日本の権力構造の縮図と見ることもできるだろう。事実翌三十三年には社会党・総評・原水協などによって安保改定阻止国民会議が結成されるなど、六十年安保闘争の時期が迫っている中で書かれた作品であるということの意味は否定できない。一條孝夫や柴田勝二が指摘するように、同時期の作品「飼育」が、戦中の谷間の村での黒人兵の〈飼育〉という設定に基づいていたのに対して、この作品では同じように人間を動物扱いにする屈辱的な状況を扱っていながら、一層時代状況に密接に結びつくものとして読まれてきたのもある意味でもっともなことだった。

しかし、現在この作品は、そうした時代状況の反映としての面からばかり読まれるべきではないだろう。第二・第三の場面では、〈外国兵＝権力者〉対〈「僕」や乗客たち＝被圧迫者〉という構図では括れない、別種の〈権力〉のモチーフが語られているからである。

屈辱的な事件から気を取り直そうとバスを降りた「僕」は、同じ停留所でおそらく僕を追いかけて降りた「教員」に話しかけられ、彼に引き連れられるようにして交番に赴くことになる。この第二の場面、交番での事情聴き取りの場面では、駐留キャンプの外国兵たちとの間でトラブルを起こしたくない警官たちと、その外国兵たちの行動を断固弾劾しようとする「教員」との間で、本来第一の当事者であるはずの「僕」が、きわめて及び腰の中途半端な立場にいることの奇妙さが浮き彫りにされる。「教員」の意気込みと警官たちの真剣さを欠いた態度は、一種笑いを引き起こすような効果さえ発揮している。

警官と、彼らに尋問される人間とのコミュニケーションの奇妙なズレが苦笑を誘うという点から、例えば永井荷風の「濹東綺譚」（昭12・4）の主人公・大江匡と警官との、やはり交番でのやりとりを連想することができるかもしれない。あるいは村上春樹「ダンス・ダンス・ダンス」（昭63・10）の主人公の経験する、刑事の取り調べを思い浮かべることもできよう。これらはどれも、交番、あるいは警察という場所に規定された、警官という存在の代表する〈権力〉の発現の仕方を描き出している。それが、ある時ははぐらかし、ある時は重苦しくという、得体のしれない〈権力〉の、そのときどきの姿なのだ。

バスの中で「教員」から外国兵を訴えようと呼びかけられたとき、「僕」は〈不意の唖〉になる。躰の底深くに響く屈辱感は、言葉にすることのできないほどのものである。しかし交番でも「教員」は「僕」が事件を語ることを執拗に要求する。それは〈犠牲の羊〉になることを強制するものだ。こうして、「僕」に代わり、いわば代理の告発者としての役割を果たすはずだった「教員」は、正義の名の下に「僕」を〈羊〉扱いすることにおいて外国兵と同様の、もう一つの〈権力〉に変ずることになる。

第三の場面は、圧迫的な存在としての姿を露わにした「教員」が、その押し付けがましさで「僕」に徹底的に迫っていく様子が描かれていく。この相手の心情を踏みにじりながら自らの確信を押し付けていくような存在もまた、やはりこの時期の作品「偽証の時」（昭32・10）をはじめとして、大江の作品にしばしば登場する人物像である。このモチーフはしばらく後の作品「スパルタ教育」（昭38・2）などを経て、短篇連作集『静かな生活』（平2・10）にまとめられる一連の作品に至るまで引き継がれていく、他者の不可解さへの怖れに他ならない。「教員」は「僕」の名前と住所を執拗に突き止めようとする。そのことによって、匿名性により辛うじて均衡を保っている「僕」の都市生活は、不条理な危機にさらされようとしているのである。

都市生活におけるこの不可解な他者の〈権力〉への怖れの感情をどのように捉えるか。この点こそ大江健三郎の作品世界の同時代性を読み解く一つの大きなヒントになりうるのではないだろうか。

（島村　輝）

○参考文献　山本健吉「文芸時評」（「読売新聞」昭33・1・23）。一條孝夫『大江健三郎――その文学世界と背景』（和泉書院、平9・2）。柴田勝二『大江健三郎論――地上と彼岸』（有精堂、平4・8）。

〈都市〉論へのいざない

近代文学研究における都市論的読解の歩みを考える時、まず最初に挙がってくるのが前田愛の『都市空間のなかの文学』（一九八二　筑摩書房、のちちくま学芸文庫）であるのは間違いないであろう。だが、そこに収められた「たけくらべ」「舞姫」「上海」などに関する論考が発表されていった一九七五年頃からの一時期は、国文学研究以外の領域でも、都市と文学の問題に注目が集まっており、それらとの同時代的共生感が前田愛の仕事を支えていたことは疑いをいれない。具体的には前田愛自身もしばしば言及したように、「現代思想」の特集「都市のグラマトロジー」（一九七五・一〇）、磯田光一『思想としての東京』（一九七八　国文社、のち講談社文芸文庫）、長谷川堯『都市回廊――あるいは建築の中世主義』（一九七五　相模書房、のち中公文庫）などを挙げることができる。さらに、七〇年代から八〇年代にかけて活躍した都市論的文学論の書き手としては、「原っぱ」や「隅っこ」に注目した『文学における原風景』（一九七二　集英社）などの奥野健男、一九二〇年代のモダニズム文学を縦横に語った『モダン都市東京』（一九八三　中央公論社、のち中公文庫）などの海野弘、村上春樹や村上龍らの登場を受けた『都市の感受性』（一九八四　筑摩書房、のちちくま文庫）などの川本三郎、建築家としての視点から一九二〇年代の問題を掘り起こした『乱歩と東京』（一九八四　PARCO出版局、のちちくま学芸文庫）などの松山巌らの名前が挙がってこよう。

また、翻訳としてはロラン・バルトの東京論『表象の帝国』（宗左近訳、一九七四　新潮社、のちちくま学芸文庫）が注目されたし、さらに晶文社から刊行中だったヴァルター・ベンヤミン著作集（一九六九〜八一）には都市論の古典といえる「パリ――十九世紀の首都」「ボードレールにおける第二帝政期のパリ」を収めた『ボードレール』（後者は現在岩波文庫版『ボードレール』にも収録）や『都市の肖像』等が収められていたことも忘れ難い。ベンヤミンの都市論は『パサージュ論Ⅰ〜Ⅴ』（岩波書店、一九九三〜九五）が刊行されることで、今日ようやく全貌を現わしてきたと言えよう。

やがて、前田愛は自らが影響や刺激を受けてきた都市論のアンソロジーを、「別冊國文學・知の最前線」の「テクストとしての都市」（一九八四・五）にまとめた。そこには前記の「現代思想」の特集に訳載されたロラン・バルト「記号学と都市の理論」や、この時点では未訳だったレイモンド・ウィリアムズ『田舎と都会』の一章（のち山本和平らによる全訳、一九八五　晶文社）などが収められ、「関連書誌」も付いている。また、八十年代からは近代文学研究者にも都市論的視座を組み込んだ論文が目立ち始めるが、そうした論を収めた著作としては、木股知史『〈イメージ〉の近代日本文学誌』（一九八八　双文社出版）、和田博文『テクストの交通学』（一九九二　白地社）などがあり、当初は「別冊宝島」51号「東京の正体」（一九八六・二）として世に出た榎並重行・三橋俊明『「新しさ」の博物誌』（一九八八　JICC出版局）も様々な近代文学のテクストが参照され刺激的だった。そして、前田愛の拓いた都市論的な近代文学研究の優れた成果を集めたのが、田口律男編『日本文学を考える⑫都市』（一九九五　有精堂）であり、先の「関連書誌」を補う「参考文献」が記載されている他、編者による、テクストの都市空間を構成する言語記号や作中人物による身分け・言分けの力学を物語言説や読書行為の問題として捉えかえそうとする都市テクスト論の可能性に触れた「総論／都市」が置かれている。近年この延長線上に田口は、ポストコロニアル的な問題系に正面から取り組んだ「都市テクスト論としての〈沖縄〉」と題する論考を発表するに至っている（「叙説」15、一九九七・八／「文教国文学」第38・39合併号、一九九八・三／「葦牙」第24号、一九九八・三）。

ところで、前田愛はしばしば文学作品の舞台を実際に訪れ、そのことを手掛かりに『幻景の街』（一九八六　小学館）のような仕事をまとめてもいる。古くは野田宇太郎の文学散歩に代表されるような試みは今日も継承され、近年では様々な作家を都市という切り口からまとめた著作も目立ってきた。松本哉『永井荷風の東京空間』（一九九二　河出書房新社）、川本三郎『荷風と東京——『斷腸亭日乗』私註』（一九九六　都市出版株式会社）、武田勝彦『漱石の東京』（一九

九七　早稲田大学出版部)、冨田均『乱歩「東京地図」』(一九九七　作品社)、近藤信行『谷崎潤一郎　東京地図』(一九九八　教育出版)などがそうである。だが、これらの仕事が時に文学テクスト内部の記号としての地名と、現実の都市空間内部の地名とをあまりに直截に結び付けすぎている憾みがあることは指摘しておかねばならないだろう。また、東京を代表とする日本国内の都市だけでなく、近代作家が滞在した海外の都市をテーマにしたものにも、東秀紀『漱石の倫敦、ハワードのロンドン』(一九九一　中公新書)、『荷風とル・コルビュジエのパリ』(一九九八　新潮社)や今橋映子『異都憧憬　日本人のパリ』(一九九三　柏書房)など注目すべきものがある。

しかし、こうした都市論的な文学論の隆盛が方法論的にも新たな可能性を打ち出しているとは必ずしも言い難いところに今日の問題がある。「別冊國文學」の「近代文学現代文学　論文・レポート作成必携」(一九九八・七)所収の中山昭彦「新しい理論をどう有効に取り込むか」は都市と身体の問題系に触れ、これまでの都市論を概括しつつ「〈線〉が織りなす〈交通〉」の場として都市を見返すこと、「〈点〉を無限に分解しうる〈線〉から都市を捉えること」の重要性を強調している。そうした視点を意識しながら、今後の都市論的研究に示唆を与えてくれそうな刺激的な著作を、限定的なテーマからではあるが幾つか挙げてみたい。

例えば、都市に欠かせない存在のひとつとしてデパートを考えてみるならば、ギッシング、ドライザー、ゾラという十九世紀の自然主義作家のテクストに焦点を当て、当時隆盛した百貨店などの消費文化との関わりを鮮やかに照射したレイチェル・ボウルビー『ちょっと見るだけ』(高山宏訳、一九八九　ありな書房)が視野に入ってくるだろう。近代都市が近代資本主義の成立と切っても切れない関係にある以上、都市と商品文化の記号性の問題は極めて重要であり、その問題系はロザリンド・H・ウィリアムズ『夢の消費社会』(吉田典子、田村真理訳、一九九六　工作舎)やジェニファー・A・ウィキー『広告する小説』(富島美子訳、一九九六　国書刊行会)とも通底している。ここからは、フェミニズムの立場からたえず挑発的な著作を発表してきた上野千鶴子の『〈私〉探しゲーム』(一九八七　筑摩書房、のちちくま学芸文庫)を、あるいは二十世紀初頭のアメリカのデパートで中流階級の女性による万引き犯が横行したことに注目したエレイン・S・エイベルソン『淑女が盗みにはしるとき』(椎名美智、吉田俊実訳、一九九二　国文社)を媒介に、ジェンダーとセクシュアリティの問題へと広げることもできるし、また商品ディスプレイが演劇的な舞台装置やパフォーマンスと重なることに気付けば、東京の盛り場を社会史的に分析した『都市のドラマトゥルギー』(一九八七　弘文堂)や『博覧会の政治学』(一九九二　中公新書)などの吉見俊哉の一連の仕事などとも繋がってこよう。さらに、多くのデパートが地下にも売り場を設け、地下鉄との連絡口や地下駐車場を用意していることを思い起こすとき、ロザリンド・ウィリアムズ『地下世界』(市場泰男訳、一九九二　平凡社)との関連が浮上してくるだろう。考えてみれば今日の都市は、水道やガスの配管ネットワークが張り巡らされ、地下鉄や地下通路という形で交通手段に関わり、さらには地下シェルターで安全管理までも担う、見えない「地下」の上にこそ成立した空間なのだ。夜の都市の表層を彩るまばゆいまでのイルミネーションから、不可視のままに地下世界に置かれたシステムまで、デパートは都市を構成する様々な要素が交錯する場所(トポス)であり、さらに様々な消費者が行き交う〈交通〉の空間なのである。

デパートを題材として取り上げた近代文学のテクストとしては、横光利一「七階の運動」(「文芸春秋」昭二・九)、吉行エイスケ「女百貨店」(「近代生活」昭五・二)、伊藤整「M百貨店」(「新科学的文芸」昭六・一)などを挙げることができる。これらのモダニズム小説が興味深いのは、単に現実のデパートを描写しているからではなく、まさしくその〈交通〉の場所を横断する形で様々な問題がテクストから読み込み得るからである。いやそればかりか、テクストそれ自体もまた極めてデパート的な構造を身にまとってみせているのだ。「M百貨店」については中村三春による鮮やかな分析(「《百貨店小説》のモダニティ」、「山形大学紀要(人文科学)」一九八八・一)もある。そして、まずはデパートの歴史的起源を知ろうというのであれば、西洋については鹿島茂『デパートを発明した夫婦』(一九九一　講談社現代新書)、日本については初田亨『百貨店の誕生』(一九九三　三省堂)が格好の道案内となってくれよう。

しかし、何もデパートに代表される消費空間だけが都市の問題だと言いたいわけではない。都市は、現実的な政策プロジェクトに沿って計画・設計・建設・改造されてゆく極めて政治的な空間であるが、現実に人間が生活を営むことによって、そこから逸脱するものもほとんど不可避的に抱え込んでしまう。都市と関わる文学的テクストは、時には都市を作る側の政治性に荷担し、時には（いやおそらくは多くの場合）そこから逸脱するものにこそ眼を向ける。ただし後者においてさえも、それは文学が非政治的な領域を担うということではなく、その時代の権力的な言説システムの中で何らかの身振りを演じてしまうことに他ならないのだ。

古き良き近代都市へのノスタルジアとしてではなく、今まさにここにある問題として、都市をめぐる文学テクストを論じようとするならば、あたりまえの結論ではあるが、まずは次のことが要請されているのではないだろうか。文学テクストをより一層の細やかさをもって読み解いてゆくこと。と同時にその読みを、都市をめぐる様々な社会的歴史的言説と、繊細さを忘れることなく結び合わせてゆくこと。そのうえで、都市と文学との二つの政治性が〈交通〉し交錯する在り方をこそはっきりと問い直すこと。文学が政治性と切れた無垢なる存在ではありえないことが見えて来てしまった今日、そこにこそ都市／文学を読む意味もまたあるだろう。

（吉田司雄）

〈都市〉文学を読む　作品解説者

夜行巡査　秋山　稔《あきやま　みのる》　金沢学院大学

十三夜　松下浩幸《まつした　ひろゆき》　明治大学

少女病　藤森　清《ふじもり　きよし》　金城学院大学

窮　死　関　肇《せき　はじめ》　関西大学

秘　密　金子明雄《かねこ　あきお》　立教大学

小僧の神様　森下辰衛《もりした　たつえ》

舞踏会　篠崎美生子《しのざき　みおこ》　恵泉女学園大学

檸　檬　柴　市郎《しば　いちろう》　尾道大学

街の底　石田仁志《いしだ　ひとし》　東洋大学

交番前　竹内栄美子《たけうち　えみこ》　明治大学

水族館　山﨑正純《やまざき　まさずみ》　大阪府立大学

目羅博士　吉田司雄《よしだ　もりお》　工学院大学

木の都　宮川　康《みやがわ　やすし》　大阪教育大学附属高等学校

橋づくし　小埜裕二《おの　ゆうじ》　上越教育大学

人間の羊　島村　輝《しまむら　てる》　フェリス女学院大学

〈都市〉文学を読む

発　行　2017年2月25日　初版1刷
　　　　2019年2月25日　　　2刷
　　　　2020年2月25日　　　3刷
　　　　2023年3月25日　　　4刷
編　者　東郷克美
　　　　吉田司雄
発行者　金子堅一郎
発行所　鼎　書　房
〒134-0083 東京都江戸川区中葛西5-41-17-606
TEL・FAX 03-5878-0122
URL https://www.kanae-shobo.com
印刷所　イイジマ・TOP　　製本　エイワ

ISBN978-4-907282-28-8 C0095

〈異界〉文学を読む

東郷克美・高橋広満 編

泉　鏡花　**龍潭譚**（鈴木啓子）
永井荷風　**狐**（中澤千磨夫）
佐藤春夫　**西班牙犬の家**（高橋広満）
芥川龍之介　**奉教人の死**（庄司達也）
谷崎潤一郎　**母を恋ふる記**（東郷克美）
梶井基次郎　**Kの昇天**（中沢　弥）
夢野久作　**瓶詰の地獄**（押野武志）
江戸川乱歩　**押絵と旅する男**（浜田雄介）
太宰　治　**魚服記**（木村小夜）
萩原朔太郎　**猫町**（小関和弘）
岡本かの子　**川**（宮内淳子）
井伏鱒二　**へんろう宿**（新城郁夫）
中島　敦　**狐憑**（一柳廣孝）
川端康成　**水月**（馬場重行）
井上　靖　**補陀落渡海記**（倉西　聡）

（　）内は解説者

定価（本体二、〇〇〇円＋税）

ISBN978-4-907282-29-5 C0095